悪役令嬢の中の人
The person in a villainess

悪役令嬢の中の人

まきぶろ

ILL. 紫 真依

一迅社ノベルス

悪役令嬢の中の人

005

Contents

The person in
a villainess

悪役令嬢の中の人

Main story

序章

The person in a villainess

夜会の場、天井から下がったシャンデリアが、中央がぽっかり空いたホールを照らす。

煌《きら》びやかに装った傍聴人に囲まれて、私は一人だけでこの断罪劇の被告人として立っていた。

私の向かい、まるで敵対するように立ったプラチナブロンドの青年は、私の主張が変わらないのを最後に確認すると一度目を伏せる。一瞬、その瞳に悲しげな色が見えた。

「……残念だよ、レミィ。そこまで頑《かたく》なに罪を認めないならさすがにもう庇《かば》えない。……レミリア・ローゼ・グラウプナー!! ……星の乙女を虐げて、その罪すら認めず贖罪《しょくざい》も行おうとしないお前のような者を未来の王妃として迎え入れるわけにはいかない。王太子ウィリアルド・アーク・クライゼンの名をもって、この婚約を破棄する！」

十年にも渡る婚約を、十年の間育んできたと、思っていた信頼関係を……破棄すると、声高く宣言したウィリアルドは私を鋭く睨《にら》みつける。

声とともに顔を上げた高貴な碧色《へきしょく》の中にはもう悲哀は見えず、私への軽蔑に溢《あふ》れていた。腕にすがりつく、淡いシフォンブラウンのふわふわした髪の毛にストロベリーピンクの瞳の愛らしい少女は先程まで不安を顔に浮かべてまるで子犬みたいに震えていたのに、今は俯《うつむ》いた顔に勝ち誇ったように薄く笑みを浮かべている。

淑女からは程遠く、はしたなくもウィリアルドの体にしなだれかかった彼女の嘲りが見えていたのは正面にいる私だけだろう。

……ああ、ダメだった。あんなに頑張ったのに。

ウィル様も、可愛い義弟のクロードも、幼馴染《おさななじ》みでもあるデイビッドにステファンも。おぞましいものを見るような目で私を睨む。

みんな、みんな、私を信じてもくれなかった。そんなことしてない、その証拠にも覚えはないといくら訴えても聞き入れられることはなくて。

そんなことレミリアがするわけない、何かの間違いだ、なんて最後まで信じてくれなかったのだ。

……確かな信頼関係を築けていると、思ったのに。

敵意に満ちた周りの目……これだけ大勢の人に、私は嘘《うそ》を吐《つ》かれて罪を着せられるほど恨まれていたの？　身に覚えの全くないことを捏造《ねつぞう》されるほど……。

そしてこの場を整えたのが、私が……心を通わせ互いに信頼し合っていたと思っていたウィリアルド達だという事実に打ちのめされた。

ウィル様だけじゃない、クロードも、デイビッドも、ステファンも……みんな、私を……

絶望に目の前が真っ暗になって、さぁっと全身の血の気がひいていく。微《かす》かな浮遊感とともに、私の意識はそこで途絶えた。

意識が明瞭になる。ああ、久しぶりに感じる体の重み。……そうね、エミの知識の中にあったわ。これが重力というものなのでしょう。

わたくしは悲しげに、しかし不自然でない程度に優雅に周囲に視線を巡らせる。対面する目の前の五人を含め、好意的なものはひとつもない。この、針の筵《むしろ》のような状況にエミを立たせてしまっただなんて。

……自分の思い通りに動く体、おおよそ十一年ぶりのことなので戸惑いそうになる。ただし無様を見せるわけにはいかない。王太子と婚約を結んでいる、淑女と名高き「公爵令嬢レミリア・ローゼ・グラウプナー」はそんな失態は犯さない。

わたくしは怒りを隠し、悲しげに見えるように、しかし気高さを失わないまま微笑を浮かべた。

この状況を作り出した、今はウィリアルドの腕に巻きついて優越感に顔を歪《ゆが》めている女を睨みつけそうになったのを理性で止める。

今はその時ではない。

自分の婚約者を信じずに違う女に籠絡《ろうらく》された愚かな男、家族として過ごした時間も忘れた薄情者、心の闇を払ってくれた相手を裏切った恩知らずの幼馴染み達に、悪意をもって作り上げた嘘と欺瞞《ぎまん》で「エミ」を傷付けたこの世で一番おぞましい女。

彼らと向かい合ったわたくしは、エミが築き上げた「レミリア・ローゼ・グラウプナー」が一番美しく見えるよう背筋を伸ばして前を向いた。

わたくしはお前達を許さない。

エミがどんなにお前達の態度に悲しんでいたか。そこの女が広めた、根も葉もない噂《うわさ》によって傷付けられたか……。

ここしばらくは学園で常にその女がウィリアルド達と共にいて、婚約者としての時間なんてまともに過ごせていない。星の乙女、と呼ばれるその女を庇護《ひご》するためとは言えその距離と接し方に何度もエミが不安を訴えても聞き入れられることはなかった。

今日のこの夜会も、エミは心の底から楽しみにしていたのに……エスコートに訪れたウィリアルドを見てどんなに安堵《あんど》していたか分からないだろう。

わたくしは知っている。

知っているだけ……見ているだけで何もできなかった。お前達がエミの意見をろくに取り合わなかったことも、その星の乙女がエミと二人きりの時には醜悪な顔をして人を罵倒することも、婚約者の寵《ちょう》を失った公爵令嬢は王太子の新しい恋人に嫉妬をして苛烈な嫌がらせを行っていると周囲から認識されていることも。

見ているだけで、ついぞ何もできなかったわたくし自身の不甲斐《ふがい》なさと……目の前の裏切り者と、諸悪の根元の「星の乙女」に対する激しい怒りがわたくしの体の中で渦巻いていた。

第一章

The person in a villainess

ある日、エミはわたくしの中に突如現れた。幼い頃、まだわたくしがわたくしだけであった時、風邪をひいて高熱を出したわたくしは、何の前触れもなく……目が覚めると唐突に体の自由を失っていた。エミの知識の中にあった。憑依《ひょうい》という事象が一番近いのではないかと思う。

最初わたくしはとても憤った。

体を奪われ、全くの赤の他人がわたくしとして生きて、体を操り、喋《しゃべ》っているなんて。それを見ているだけで何もできない状態で怒りを感じない者がいたら聖人を通り越してとんでもない愚か者である。

幼いながらにわたくしはわたくしの奪われてはならない尊厳を無理やり取り上げられたことに憤慨したが、わたくしだった体の中から喋ることも自由に動くこともできずに、わたくしの体を乗っ取った何者かが見たり喋ったり動いたりするのを誰にも届かない声で年相応の幼稚な罵声を浴びせ、内心で泣き喚《わめ》きながらただ眺めているしかできなかった。

数日すると、少し冷静になったわたくしはわたくしの体を奪った対象を観察する余裕が出てきた。奪い返してやるという結論に辿《たど》り着いた結果でもある。

わたくしの体の中に入った何者かは、やはり数日は高熱の影響でうなされつつ意識が朦朧《もうろう》としていたようだったが、わたくしが冷静になる頃には体調もやや回復していた。

その時に、わたくしの体の中に現在入っている何者かの、声に出さない意識がわたくしの中に流れ込んできていることに初めて気付いた。相手も相当に混乱しているらしく、当時の幼い精神のわたくしでは理解できない内容も多分にあった。

ぼんやりと分かったことを繋ぎ合わせると、わたくしの体を今動かしているのは「エミ」という名の女性の精神であること、エミはここことは違う世界で生きていた「ダイガクセイ」の女性で、一度死んで気が付いたらわたくしの体で目を覚ました、というようなことが分かった。

エミは元の自分の生活にとても未練があるようで、「帰りたい」「お母さんお父さんお姉ちゃん、死んじゃってごめんなさい……」「どうして私が」と、困惑とともに嘘《うそ》偽りない悲痛な思いがわたくしの中に流れ込んでくるうちにだんだんとエミへの怒りは失われていった。

「この体の本当の持ち主のレミリアちゃんにも悪いし……そもそも今レミリアちゃんってどうしてるんだろう」という心配げな声を聞いたからかもしれない。まるで抱きしめられているようで、こんなに心地の良い感情を向けられたのは初めてだったから。

こんな暴虐を行った神か悪魔は呪ったが、巻き込まれたエミに対する怒りはわたくしの中から消え失せていた。

エミの心の声が聞こえてくるようになって、エミへの怒りが消えた後。わたくしは自分の記憶を思い出すような意識で「エミの記憶」に触れられることに気が付いた。

エミの記憶はとても優しくて温かで、幼かったわたくしが一切知らなかった幸せな想いが満ち溢《あふ》れていた。エミはふとした瞬間に家族に「会いたい」と何度も願っていた。

廊下でメイドが自分の家族の話をしている時、わたくしの家族を「お父様、お母様」と呼ばなければならない時、エミの記憶にある部屋よりもずっと広いわたくしの部屋の中で一人で寝る時。

わたくしは家族を愛する気持ちなんて知らなかった。愛されたこともなかった。わたくしの母も父もわたくしと顔も合わせずに一日を終えることもある。わたくしがわたくしだけであった時に言葉を交わした記憶もあまりない。

わたくしはわたくしの体をエミが動かすようになった時も、自分の体を奪われたと怒りを感じこそすれエミのように「悲しい」とは欠片《かけら》も思わなかった。わたくしは体の中から見聞きすることだけはできるとはいえ、例えば逆の立場であったなら……エミの体にわたくしが入っていたのなら。家族を愛していたエミは、家族と自分の言葉で会話ができずに見ているだけしかできなくなったことをとても悲しく感じていただろう。

わたくしはエミの記憶に触れて愛を知った。

エミの記憶の中にはわたくしには分からない道具や知らない風習や文化がたくさん出てきたが、その内容もエミの記憶……知識を覗《のぞ》くことで幼い日のエミと一緒に少しずつ理解していく。エミの視点で紡がれる記憶は、まるでわたくしが経験しているようで。わたくしが愛されて育ったような錯覚を覚えるほど、人ひとりが生きた記憶というのは濃くて、重くて、愛《いと》おしかった。

エミがわたくしの体で数ヶ月過ごす頃には、わたくしはエミの記憶の中の色々なことを見て知るのに夢中になっていた。時折意識をエミの実際の視界に合わせることもしていたが。

エミの記憶の中には幼い子供の精神だったわたくしが夢中になるような物語や、ずっと浸っていたくなるようなエミの家族や友達との幸せな記憶が満ち溢れていたから。

エミがわたくしの母親に連れられて王宮の茶会に出たのは知っていたが、どうやらそこで王太子が内定しているウィリアルド第二王子との婚約を言い渡されたらしい。

そこで記憶の中のとある物語との奇妙な一致を感じたエミは、帰りの馬車の中でわたくしのお母様に叱られない程度に質問をしていた。第一王子の名前、騎士団長と王宮魔導士長を現在担っている家とそのご子息の名前。

お母様はまだ教えていない高位貴族の名とその子息までも知っていたことに満足げな笑みを浮かべていたが、エミの心中は嵐のように荒れて手足の指先が冷え切っていた。

呆然《ぼうぜん》としたまま部屋に送られたエミは言葉を発することなく鏡に歩み寄ると、そこに映ったわたくしの姿を映す鏡をぺたぺたと触った。

「レミリアって、あのレミリアたん!?　悪役令嬢レミリア・ローゼ・グラウプナー……!?　マジで？　嘘、私レミリアたんに転生しちゃってたの!?」

わたくしにとっては見慣れた、なんの変哲もないわたくしの姿。「金を熔《と》かして紡いだよう」と言われる濃い金色が豊かに波打つ髪、少し吊《つ》り目がちの大きな瞳。影ができるほどびっしり生えたまつ毛が縁取る真ん中に、快晴の青空と同じ澄んだ青い瞳。

勝気そうにツンとした鼻、紅を塗っていないのに苺《いちご》のように赤く色付いた唇。すでに大人達から美《び》辞麗句《じれいく》を聞き飽きているわたくしは自分の見目が良いものなのだとは認識していた。

エミもわたくしの体に入った後、意識を取り戻してすぐは鏡に夢中になっていたが今更どうしたのだろう。

でもこうして鏡を覗くとエミと顔を合わせてるみたいで楽しいわ。

「あーでも確かに面影ある、っていうかあのイラスト忠実に実写化して子供にするならこうなるなって感じの……」

乱れた言葉遣いは心の中でだけ呟《つぶや》いているので、部屋の中で控える侍女には聞こえていない。自分の映った鏡をジッと見つめるレミリア・ローゼ・グラウプナー公爵令嬢に訝《いぶか》しげな視線を送るだけだ。

エミが心の中で叫んだ事柄をまとめると、わたくしがわたくしとして生きていたここはエミの知っている物語の中であるらしい。

エミが生きていた中で、エミが「スマホ」という道具で遊んでいた中の「ゲーム」という物語。わたくしはまだその物語の記憶は見ていなかったので、エミの記憶の中から探し出してその内容を他人事のように眺めた。

その中にはエミが「レミリアたん」と呼ぶ美しい少女の絵姿が出てくる。わたくしが知っているような写実的な肖像画ではなく、記号として簡略化されていたが確かにエミの言う通り、わたくしに似ている。きっとわたくしが成長したらこの通りになるんだろう。

でもそれだけ。わたくし自身が出てくるらしいのに、エミの日常の記憶の方がよほど近しく感じた。

エミの記憶の中にあった物語の中のわたくしは、エミの人生を覗き見た今のわたくしからするととても「哀れで可哀想な少女」であった。両親からは政略結婚の駒としてしか扱われず愛情を注がれたことはなく、歳からは考えつかぬほどただひたすら優秀で、底が見えないほど飛び抜けた魔力を持ったレミリアは六歳になってすぐにこの国の第二王子ウィリアルド、後の王太子と婚約を結んだ。

両親とは顔を合わせることも数えるほどしかない冷え切った家族関係で、使用人は公爵令嬢と必要以上の口をきかず、それは家庭教師達も同じこと。レミリアは、初めてまともに言葉を交わせる存在……ウィリアルドに、執着と依存をすることとなっていく。

親からほぼ拒絶されて生きてきたレミリアは、自分でも気付かないまま婚約者への重い感情を一方的に募らせる。

レミリアは本来であれば親から与えられるべき愛情をウィリアルドに全て求めた。子供が親に向けるような無償の愛……執着もウィリアルドに全て向かった。

当然ウィリアルドはそんなレミリアを煩わしく思い厭《いと》うようになる。

王族として、婚約者としての最低限の義務を果たすだけで、物心がついて数年もするとウィリアルドはレミリアに政略結婚の相手、以上の感情を向けることはなくなっていった。勇者の血を引く王家に膨大な魔力の持ち主を混ぜる、家畜の品種改良のようなその婚約はそれ以上の意味を持たないまま時は経《た》つ。

物語は、レミリアがウィリアルドに依存と執着を拗《こじ》らせきった頃に始まる。

魔力持ちが入学を義務と課される魔法学園がその第一章の舞台。物語の「主人公」である「星の乙女」が平民としては異例の魔力を観測され、特待生として入学式を迎えるところから。

星の乙女は学園で、ウィリアルドをはじめとした何人もの男性と親しくなっていく。

騎士団長の次男にあたるデイビッド、王宮魔導士長の一人息子であるステファン、今はまだわたくしの従兄弟《いとこ》であるクロード。この四人が「強制加入キャラ」だそう。

ゲームの中で「イベント」というものを何度もこなし、自分を含めた仲間の「ステータス育成」を行い、第二章からは世界滅亡を防ぐ戦いへと身を投じて星の乙女として仲間を鼓舞しともに戦う、そういったストーリー。

レミリアは最初から最後まで物語に影を落とす。そう、悪役として。

星の乙女として、稀有《けう》な「他者の能力を引き出し高める」力を持つ主人公は国からの庇護《ひご》を受けたことをきっかけにウィリアルドと知り合い、惹《ひ》かれ合っていく。

学園を舞台にした第一章ではレミリアはウィリアルドの恋に本人よりも早く気付き、主人公に様々な嫌がらせを行う。それは秘められた思いを抱き合う二人には気持ちを盛り上げるちょうど良い障害にしかならず、最終的に「星の乙女の命を奪おうとした」ことを断罪されて、婚約は破棄され貴族令嬢としての身分も失う。

ただし追放、ましてや処刑などはされなかった。その身に流れるのは確かに高貴な血であったから。犯行は未遂で防がれたこともあり、公的な身分だけを奪われて、グラウプナー公爵家の領地の片田舎《かたいなか》に幽閉という名の軟禁をされるに留まった。

しかし、そこで全てに……今までの人生において「全て」を占めていたウィリアルドを失ったレミリアは絶望した。

その手に入らなかった「愛情」を……幸福を求め狂い続け、ついには膨大な魔力と、古代文明の遺跡や文献から自力で儀式を再現する比類なき優秀さを兼ね備えていたレミリアは悪魔召喚を成功させてしまう。

レミリアは呼び出した悪魔に「この国の破滅とウィリアルドの魂」を願い、この世のどこかに存在すると言われる魔界、その地を統《す》べる魔族の王がそれに応えてしまった。

これにより世界は「厄災の時」と呼ばれる滅びの道を歩み始める、ここまでが第一章。星の乙女とその仲間達が厄災と魔王に立ち向かうきっかけの話。

その後レミリアは作中何度も主人公達に強敵として立ちはだかってくるのである。

エミはこの物語のことを「乙女系育成ＲＰＧ」と呼んでいたようだ。物語を進めるゲームとしては、必須キャラ……ウィリアルド達との新しい「ストーリー」を「解放」するためにイベントをこなしたり、それらを育成するための経験値を稼いだり育成アイテムを集めたり。

必須キャラ以外にも何人も男性を仲間にできるらしく、そのための「ガチャ」というものをいつどれだけ回すかエミがうんうんと悩んでいるのも記憶にある。まぁこれはあまり関係のない話である。

わたくしはわたくしの、歩むはずだったらしい物語を眺めた。

物語とともにあった、エミの抱いていた感情も。エミはずっと「レミリアたんは寂しかっただけ」「美味《おい》しいもの食べさせてあったかい布団に寝かせてあげたい」「レミリアたんを幸せにする道はないんですか!?」「うちの妹に生まれてくれればこんな悲しい思い絶対させなかったのに」と物語を読み進めながら涙することさえあった。

エミはこの、レミリア・ローゼ・グラウプナーという存在をとても愛してくれていた。

最初は見た目がとても好きだったからというきっかけであったけど、物語を進めていくエミはレミリアのことを何より気にするようになって、他の誰よりもわたくしの幸せを願ってくれるようになっていた。

その事実に何より嬉《うれ》しさを感じる。わたくしは確かにエミに愛されていた。今もエミはわたくしを愛してくれていて、「レミリアたんを幸せにしてあげたい」と心から願い様々なことに奔走している。

エミの本当の家族は記憶の中にいて、わたくしの両親とまともに口すらきかないことを気にもしていない。

そのため「誰にも愛されない可哀想で孤独な少女レミリア・ローゼ・グラウプナー」はこの現実世界には存在しなかった。

「うわっ、さすが公式の認めるチート！　ステータスだけで言ったら邪神と魔王に次ぐだけあるなぁ……」

「レミリアたん……私、頑張るから！　絶対に、私がレミリアたんのことを幸せな女の子にしてあげる！」

流れ込んでくる感情は常にとても温かで、心地の良いもの。

エミがわたくしのことを愛してくれているのが、愛を知らなかったわたくしにも分かるほど。

「悪役令嬢レミリアの幸福を」

祈りにも似た強い誓いはエミの中にいたわたくしを優しく包んで、エミと共に過ごして、エミの中でわたくしを育んでいった。


「ゲームと同じことが起きたけど、クロードのお父さんが助けられたのは良かったなぁ。でもここがゲームの世界とは決め付けられないし、ただよく似ているだけの世界かもしれない……油断しちゃダメだ」

「私は厄災の時を起こす気はないけど、魔界はどのみち救わないと世界も滅びちゃうから、メインイベントに関しては起きる前提で動こう。ゲームの強制力がある世界の可能性も考えないと。それに万が一星の乙女が現れないかもしれないし、備えだけはしっかりしておかないと」

エミはゲームの知識とやらを使って「レベル上げ」「育成」というのを行っていった。

特定の条件下で、錬金術に使う素材を混ぜて作った、魔法薬と呼べないような何かを飲んでから魔法を使うと、その魔法を使う際の熟練度が飛び抜けて上がるということもエミは苦労して探し当てた。

そこに辿り着くまでは、用意した素材を粉々にして自分に振りかけてみたり、辺りに撒《ま》いてその中で魔法を使ったり、また腕にすり込んでみたりととても苦労をしていた。

試してみた方法がダメだと判明して素材を無駄に消費したことに何度も落ち込んで、失敗して「ぎえええ！」と可愛い悲鳴を上げることもあった。

エミが見ていた物語では、育成素材を集めたらタップひとつでスキルのレベルが上がっていたものね。まさか飲まないとならないとはわたくしも思わなかった。あれらを経口摂取しようと思い付くなんてエミはすごいわ。

他にもエミは魔晶石を使った高速レベリングとやらも行っていた。

魔物の体内から採取できる魔石、これを加工して得られる「魔晶石」。

エミの記憶の中ではログインボーナスや課金などで得られる色とりどりの宝石様の物体だ。「ガチャ」というものに使うと「神殿で祈りを捧《ささ》げながら握りしめると魔晶石は強い輝きの後に消え、新しい仲間の訓示が得られる」という演出でキャラクターが手に入る。

他には……掲示板というところで「割る」と呼ばれていたが、これを消費するとスタミナと呼ばれる行動可能回数が最大値まで回復していた。

実際にこの現実世界では「体に接触させた状態で破損させる（割る）と魔力や体力が回復する」という使われ方をしている。

物語の中のように一律に最大まで回復できるわけではなく、大きさによって回復量に差があるものだが一般的に普及している存在だった。神に祈りを捧げる際に握り込むのも一般的だ。訓示がおりることは実際にはとても稀《まれ》らしいが。

それを公爵家の令嬢として自由になるお金は全て魔晶石と育成素材に費やし、エミは魔法の鍛錬と自身を高めることに注ぎ込んだ。

魔法の才能を開花させて見せたエミはわたくしの両親にも「さらに有能な駒」として物語の中より話を聞いてもらえるようになっていて、クロードの父親である子爵が領地の視察中に野盗に襲われて護衛ともども命を奪われることもこれで防げた。

……しかし、その翌年流行病《はやりやまい》を拗らせてあっと言う間に亡くなってしまったことで、出産時に母親を失っていた従兄弟のクロードは物語で見た通りわたくしの義弟となってしまうが。

エミは物語の強制力がと恐れていたが、未来は少しだけ変わった。

クロードとその実の父親の確執を結果的に解くことができたのだから。

物語では星の乙女がそれを行っていた。クロードは出産時に母親の命を奪った自分は父親に恨まれていると思っていた。

子爵はちょうどタイミング悪く領地で起きた不作や川の氾濫による人死、野盗の出没と数年で立て続けに起こった問題の対応に追われ、母のいないクロードをあまり構えなかったことで、物心ついた息子と接するようになって罪悪感から態度がぎこちなくなっていたのがすれ違いの原因だった。

物語の中では星の乙女が、学園で仲を深めた後、クロードの故郷である子爵領の領主邸を訪れた時に執務室でクロード宛ての手紙を見つけて誤解が解ける。

わだかまりを解消しようと、クロードの次の誕生日に子爵が渡そうと用意していたものだった。貴族には珍しく恋愛結婚で結ばれた、愛した女性の遺《のこ》した息子に対して、仕事を理由にあまり家族の時間が持てなかったことを謝罪する父の筆を目にしてクロードは泣き崩れる。

この現実世界では、子爵は野盗に殺されることなく、自分の手でクロードに手紙を渡していた。仲の良い父子となっていたクロードは、子爵を流行病で亡くした時はとても憔悴《しょうすい》していたが、引き取られた先でできた心優しい義理の姉に世話を焼かれてゆっくり回復していく。

ここも物語とは違う道を辿《たど》った。

物語では、クロードは「自分は誰にも愛されていない」と思い込みずっと陰鬱に生きていた。星の乙女が父との誤解を解いた後も、どこか陰のある少年として描かれる。

実際のクロードは、エミと家族になってからは本来の子供らしさと天真爛漫《てんしんらんまん》さを少しずつ取り戻し、姉が大好きな少年へと育った。

お姉さんぶって絵本を読み聞かせてあげるエミはとても可愛かったし、わたくしもその声を子守唄にエミの中で眠りに落ちた日も多い。

共に庭を泥だらけになって駆け回り、木にまで登った。時に喧嘩《けんか》をすることもあったが二人はとても仲の良い姉弟だったし、わたくしもそんな二人が親に顧みられることのない中、互いだけが家族だと幸せそうに笑い合っているのを眺めるのはとても好きだった。

エミは気付いていなかったが、中から第三者として眺めていたわたくしにはクロードが淡い思いをエミに抱いていたのを察した。

クロードが家に来た時にはエミ――レミリアは王太子の婚約者であったため、その思いを表に出すことはなかったが。……ただの家族以上にエミのことを大切に思っていたはずなのに。

そうして物語の知識を使って、エミは他の「主要キャラ」達の心の闇も晴らしていた。

騎士の家に生まれたデイビッドは、兄の才能に劣等感を抱いていた。何をやっても勝てない、年齢の差だけではなく、今の自分と同じ歳だった頃の兄のあらゆる功績と比べられる、と。デイビッドも同年代の中では頭一つ飛び抜けて優秀だったが、兄であるシルベストはそのさらに上を行き「神童」と呼ばれていたのだ。

物語の中では、デイビッドは剣技では学年一位の実力者と言われながらも「どうせ兄には劣る」と鬱屈した思いを抱えていた。

それを星の乙女は「デイビッドにはデイビッドにしかできない戦い方がある」と鼓舞し、魔法剣士としての才能を見出《みいだ》す。

その時は剣聖となっていたシルベストは、剣だけの自分とは違い魔法にも秀でて政治の世界でも活躍できるデイビッドの才能を実は眩《まぶ》しく思っており、そこを「互いに国を支える立場として補い合おう、兄弟なのだから」と星の乙女が二人の仲を取り持ってわだかまりは解消する。

この現実世界では、デイビッドはエミにも劣等感を抱えていた。

エミの魔法使いとしての才能は貴族の間にも広く知られているほど突出していて、大人の魔術師顔負けの腕を持っていた。それを耳にしたデイビッドは、自分の目指す剣の道とは違うがすでに周囲から強者として評価を得ているエミ——王太子の婚約者であるレミリアに嫉妬と焦燥を抱えてしまっていたのだ。

忸怩《じくじ》たる思いをしているところにエミが魔晶石による無理な訓練を行っていたことを知り、父親に褒められたエミを羨ましく思っていたデイビッドは子供らしい浅はかさで「同じことをすれば自分も同じくらい強くなれるはず」とそれを真似してしまった。……十二歳のデイビッドは魔晶石を抱え、一人で魔物の出る王都郊外の森に入ったのだ。

エミでさえ最初の実戦時は人を連れていたのに。

さらに魔法使いは接近戦には不向きだが実力差のある相手であれば多数対一の戦闘に強く、デイビッドとは前提が違う。一対一の経験しかなかったデイビッドは、弱いと呼ばれているスライムやゴブリンに囲まれて、デイビッドの無謀な行為に気付いたエミが追いかけて発見した時には再起不能の大怪我《おおけが》まではしていなかったが大分ボロボロになっていた。

エミに窮地を救われたデイビッドは悔し涙を流しながら「何で助けた」「笑いに来たのか」と憎まれ口を叩《たた》く。エミはそれを張り手で黙らせると、「友達が危ないことしてるんだから止めに来るのは当たり前でしょ!!」と叱り付けるとデイビッドよりも激しく泣き出したのだ。

ぽかんと口を開けてほうけるデイビッドに取り合わず、エミは手を掴《つか》むと有無を言わさず帰路につく。道中は気まずげに、だが素直に手を振り払わず繋《つな》いだままついてくるデイビッドにエミは顔を向けずに語りかける。

このままだとまたこの子は無茶をする、と純粋に心配するエミの心がわたくしに流れ込んでいた。

「ねぇ、デイビッドはなんでこんな無茶をしたの?」

「お兄さんに負けたくない、じゃあ何でお兄さんに負けたくないの?」

「分からないんだね。負けたくないのは分かるよ、私も負けず嫌いだもん。でも勝つのが目的になっちゃダメだよ、お兄さんにも負けない剣士になって……デイビッドはどうしたいの？　世界一の剣士になりたいの？　強い魔物を倒せるようになりたいの？」

「うん、まだ分からなくてもいいと思うよ。……私？　私が無茶してた理由？　……私はね、ウィル様の横で……どうしても、絶対に叶《かな》えたい夢があって……それを叶えるために、あったら役に立つ力だから頑張ってるの」

その言葉と同時にエミの心の中は優しい感情で満ちる。

「王妃になった時にウィル様を支えられる女性になりたい」「悪役令嬢だったレミリアを幸せな女の子にしたい」エミは両方を実現するためにここまで身を尽くしているのだ。次期王妃としての教育をこなしながら魔法の腕も磨くのは簡単に語れるような努力ではない。

そこまでエミが「レミリア」の幸せを願ってくれている、その事実が何よりも嬉しい。

屋敷に戻ったデイビッドは周囲の大人から徹底的に叱られてしばらく罰として王城に上がるのを禁止され新兵に交じって一際辛い訓練を課されるなどしていたが、その科《とが》が明けると清々《すがすが》しい顔になっていた。

目的のない強さを追い求めることの無意味さを知ったと言っていたが、中から見守っていたわたくしはデイビッドが話す「騎士として支えたいと思う、守りたいと思う大切な人ができたから」それがエミなのだと察した。

わたくしは気付いたが、デイビッドの心境の変化に純粋に喜ぶエミの心はウィリアルドに向いたままその理由に気付くことはなかったし、デイビッドも胸に秘めたまま分かるような態度に出すことはなかった。

この男は密《ひそ》かにエミに忠誠を捧げていた、そのくらい大切に思っていたはずなのに。


もう一人の幼馴染《おさなな じ》み、ステファンの悩みもエミが取り払った。

いずれも物語の中では星の乙女が解決していたことだったが、エミは生来のお人好しらしく、救う方法を知っているのに何もしないのはできないようで。クロードの父親を含めて助けられるものは自分の手が届く限界までどうにか救おうと足掻《あが》く、それがエミだった。

ステファンは自身に魔法の才能があり、周囲から王宮魔導士長の父親と同等の期待をかけられて当然のように後を継ぐように思われていることに悩んでいた。

実はステファン自身は幼少の頃から芸術……音楽の世界に身を投じたいと思ってそれを誰にも話さずに半ば諦めていたのだ。

物語の中では、願って得たわけではない魔法の才能に周囲が喝采を送るのを冷めた目で見る青年に成長していた。「こんな人を殺す力をありがたがって」と発言したのを、星の乙女が「ナイフと同じ、人を傷付けることに使う人もいるけど料理や工芸にも、人を救うために使うこともある。素晴らしい力だよ」と諫《いさ》め、その言葉に胸を打たれて考えを改める。厄災の時で混乱していた世界では芸術を楽しめない、と魔王を打ち倒して平和を取り戻し、そしたら再度音楽の道を目指すことを目的に世界を救うために魔術師として力を使うことを決める。

この世界での現実のステファンは、自分の夢と周囲の期待に悩む前に、エミによって心が挫《くじ》けそうになっていた。

エミは「ステファンは音楽の道を志すべきだよ、お父さんにも相談してみるといいよ、きっと反対しないから」とステファンの相談に乗りつつ、物語の中では「私もそうだった、好きなことをしなさい」と応援してくれる彼の父親との壁を取り払おうと尽力していた。

だがそんな中、エミの前世だった世界で有名な……誰でも知っているようなクラシックの曲を鼻歌で奏でながら一人でダンスの練習をするエミを王宮の庭園で見たことでステファンの意識は変わってしまう。

その時、エミの中のわたくしは、花の咲き乱れる中二人で踊っていた気分だったのにそれを中断させられてとても不満を覚えた記憶がある。

ただ、そのエミの鼻歌について音楽に生きる者として強く興味を惹かれたステファンはその曲の仔《し》細《さい》を尋ねた。しかし前世の曲、などと言えるわけもなく、内緒だ、秘密だとはぐらかしたエミはその場から半ば逃げ出してしまう。

数日かけて、エミの口ずさんだ旋律を楽譜に起こしたステファンは、古今の楽譜を調べ宮廷音楽家達にも聞き回った結果「レミリア嬢が作曲したのでは」との結論に至ってしまう。

魔法使いとしてすでにその実力を認められているレミリア嬢が、作曲の……音楽の才能もあったなんてと落ち込み、音楽の道を諦めそうになっていたのだ。

それを必死で止めたのもエミだった。「私はステファンの弾くヴァイオリン好きだよ！」「とても心がこもってて、楽しい曲を聞くと踊りたくなるし悲しい曲は本当に泣きそうになるくらい、すごい才能があると思ってる。だから絶対ステファンは音楽を続けるべき」と。

すごいすごい、と臆面もなく褒められて、ステファンはポカンとした間抜け面を浮かべた後何を言われたか理解して赤面していた。

エミが口ずさんだ曲についても「夢、みたいな……そんな感じのとこで聞いた記憶がある、自分が作ったなんてとんでもない！」と否定して誤解はとけた。

ステファンがぽそりと、「レミリア嬢は心が綺麗だから、妖精の歌う声が聞こえたのかもしれないね」と呟いたのはわたくしだけが聞いていた。

魔法の才能についても、エミのお陰でステファンは肯定的に捉えることができるようになっている。「魔術師の音楽家がいたらすっごく目立つし、目立ったらステファンの曲を聞いてくれる人も増えるしすごく良い作戦だと思う」とニコニコしながら提案されて毒気を抜かれたようだった。自分の見目を生かす芸術家は多い、なら魔法の才能だって自分の一部だと受け止められたようだった。

魔術師と音楽家と、どちらも両立させるのはとてつもない努力が必要だろうが、エミはあんなに頑張っているんだからウィリアルドの側近として、友人の自分も負けていられない。

何より魔法も音楽も、その尊さを気付かせてくれた大切な友人を笑顔にできる自分の武器だと言っていたのに。

物語の知識を生かして自分を磨き様々な才能を開花させるエミ――レミリアにウィリアルドが嫉妬するという、物語にはなかった問題も起きた。

わだかまりが解消されるまでの間……エミの才能に嫉妬する自分に気付いたウィリアルドが、自分を嫌悪するとともにエミへの態度が冷たいものになってしまい、中から見ているしかできなかったわたくしは気が気でなかった。

結局そのぎこちない空気を察した周りの大人が「きちんと話しなさい」と、結婚前だというのに二人きりの時間を設けるという異例の措置を取ったのだ。

二人が信用されていたからであるものの、庭園の奥の四阿《あずまや》に、当然声は聞こえないが離れた場所に侍女も護衛も待機してはいたが。それほど周りの大人も二人の仲を好意的に思ってくれていたのだろう。

ウィリアルドはエミの魔法の才能や、そこに甘んじることなく自分を磨いて様々な分野を学んでいること、何より自分にはない柔軟な発想により問題を解決する能力を羨ましく思い、それを妬んでさえいると告白した。

エミは……自分が頑張れているのはウィリアルドのためだと。ウィリアルドの隣に立って誰にも恥ずかしくない女性になりたいから魔法も勉強も王妃教育も頑張っているのだと涙ながらに語った。

初めてエミの歳相応の悩みを伴った心の声を聞いたウィリアルドは、何でもできる完璧な少女だと思っていた「レミリア」が自分を思って今までの努力をしてくれていたと知り顔を赤らめ、「僕のためだったなんて知らなかった」と呟いた。

事実歴史や経済や政治の分野ではウィリアルドの方が造詣は深く、エミはそれを補うように自分の得意を伸ばしていた。

「私こそウィルに相応《ふさわ》しくいられるように頑張らないとって思ってて、今でもまだ足りないって……」

その言葉に、今まで「優秀すぎる幼馴染み」としか思ってなかった婚約者を、ウィリアルドは女性として意識するようになっていた。

わたくしは二人の初々しい恋の予感に、中から見ていて胸が熱くなるほど幸せを感じていたのに。

「レミィがちょっと自由奔放すぎるから、パートナーになる僕はちょっと頭が固いくらいでちょうどいいよね」とウィリアルドも笑っていた、なのに。

わたくしは幸せに過ごすエミをどこか眩しい気持ちで眺めていた。

それだけで十分幸せだった。

エミが言っていたわ、レミリアが幸せになる姿が見たいと。

わたくしもその気持ちが今なら分かる。わたくしの大好きなエミが慕われ、幸せそうに過ごす様子は見ているだけで嬉しく感じる。このまま婚約破棄することなく、エミが心を寄せるウィリアルドと幸せになるところが見たいと心から思った。

エミは、「ウィル様はレミリアの婚約者なのに」と内心では申し訳なく思っているようだったが……今のわたくしはウィリアルド殿下個人には何も思うことはないし、わたくしがわたくしのままだったらウィリアルド殿下もわたくしを大切に想うことはなかっただろう。エミが心配することは何もないと伝えたいのに、意思疎通ができないのを良い意味でもどかしいと思ったのはこの状態になってから初めてだったかもしれない。

わたくしは、エミの中からエミの幸せを見届けることができるのなら……それだけで良かったのに。

そんな平穏で幸せな時間は壊された。

星の乙女が学園に入学してきたのである。当初はウィリアルドをはじめとして、エミの心配とは裏腹に星の乙女はあまり好意的には受け入れられていなかった。

むしろ、星の乙女とは言え高位貴族の子息、特に婚約者のいる男性にまで気軽に声をかけ、その手や腕に触れたりする姿に常識を持った者なら男女問わず敬遠されるまでであった。

エミの中から貴族としての一般常識から教養まで学んだわたくしからすれば、あれは物語の中だからこそ色々な殿方に粉をかける話が独立して存在することが許されていただけで、現実世界で同じことをしたらこうなるのは当然の結果であると思うのだが。

星の乙女の学園での生活を庇護する役目を負ったウィリアルドとその側近、クロードとデイビッドとステファンも最初は星の乙女への不満をよく口にしていて、好意的にすら見えず。

エミは、ウィリアルドがすぐさま星の乙女に惹かれなかったことと、星の乙女と出会った自分が物語のように勝手に虐《いじ》めを行うようなことにならずに心底安堵《あんど》していた。

エミは自分が誰かを傷付けることも厭うような心優しい少女であるのはわたくしが一番よく知っている。そんなエミにとってつらいことが避けられないような世界じゃなくて良かったと心から思ったものだ。

ただ、星の乙女……この現実では「ピナ・ブランシュ」という名の元平民の少女。

この女もエミと同じ、この物語の記憶を持っていたのだ。まだ星の乙女の信者が学園内にいない頃……レミリアが一人でいるタイミングを狙ってわざわざ暴言を吐きに来たのだ。

「あんたも転生者でしょ!? ゲームと違ってウィルと仲良いみたいだし、クロードとも仲悪くないし、デイビッドもステファンもみーんなアンタの味方! サイッテー! 子供の頃から知り合いってだけでゲームの知識使ってズルしてたんだ。悪役のくせにみんなから好かれる逆ハーやっちゃおうとか思ってたわけ? ウィルもクロードもデイビッドもステファンも、特にアンヘル様は絶対にアンタなんかに渡さないからね!!」

一方的にそれだけ言って、星の乙女——ピナはエミを睨《にら》みつけるとその場から走り去った。

わたくしからすると、ピナこそが物語の知識を使って男性達を籠絡せしめようとしているようにしか見えないし、複数人の名前を挙げて全員を「渡さない」と言うお前の方が異性を侍《はべ》らせたがっていると思うのだけれど。

それからのピナは積極的に物語の再現に努めていた。

「イベント」とエミが呼んでいた、男性達とのやり取りを再現しようと躍起になっているのが頻繁に噂《うわさ》として聞こえてくる。

ステファンが音楽室でヴァイオリンを練習しているところに突然やってきて一方的に何事かまくしたてたという話を聞いた。弾いていた曲と全く印象の違う感想を言われて気分を害したとだけ言っていたが。

図書室にいたクロードも、読書中に突然話しかけられたそうだ。政治の本を手にしたピナに「カサンドラ王朝時代の政策について意見を聞きたくて」と言われたが、手にしていた本は違う国のものだし「ではまず君の意見でも聞いてみようか」と返したら何も言えずに黙り込んだ後無視したら消えていたらしい。

デイビッドも、他の学生と練修場で鍛錬をしていたところ、突然タオルと水筒を手に駆け寄ってこられて面食らったと呆《あき》れ混じりに言っていた。

ウィリアルドは、一緒に居るとよく転ぶ上に護衛ではなく自分が手を伸ばさないと立ち上がろうともしないのは、何を考えてあんな行動をするのだろうとため息をつきつつエミとのお茶の席でこぼしていた。

聞く限りは全て、正規手段で好感度を上げるために必要な通過イベントを再現しようとして失敗しているようだった。

物語の中ではキラキラした瞳で感想を告げた星の乙女にステファンは「自分の音楽の才能を分かってくれる」と好意を抱いていたが、すでに魔術師と音楽家を両立させるために励んで小さいながらも音楽会にも招かれているステファンには上面だけの褒め言葉は響かなかった。

クロードとのイベントも、最初に話しかける様子は物語の中で描写されていたが……画面では「政治の話で盛り上がった」と書かれているだけで台詞《せりふ》はなかった。きちんと物語の通りに話を進めたいなら物語の中の星の乙女と同じように教養を身に付けておけば良かったのに。

クロードと親しくなるには物語では主人公のステータスの教養や学問が必要だったのだから。

デイビッドとのイベントも、好感度を上げると初期に発生する個別イベントで「今度良かったら練修場に来てみないか」と誘われた後のもののはずだった。

現実世界で誘ってもいないのに押し掛けてこられたら迷惑だし、物語の通りだったとしてそこに辿り着くまでのやり取りがないのに次に進むわけがないというのを想像できなかったらしい。

ウィリアルドについては……おそらく「怪我をした星の乙女がお姫様抱っこで救護室に運ばれる」というものがあったがそれを再現したかったのだろう。

物語の中では、急に王太子のそばに寄ることを許された元平民をやっかんだ女生徒が足を引っ掛けたという話だった。

酷《ひど》く捻《ひね》って立ち上がることもできなくなった星の乙女を、護衛の制止を退けてウィリアルドが手ずから救護室に運んでいた。「君を取り巻く悪意に気付くことができなかった贖罪《しょくざい》に、せめて君の手当てをさせてくれ」とまで言って。

まぁ物語に文句をつけても仕方がないけど、この物語の中のウィリアルドは、そんなことをしたらそれを見た周りが余計に嫉妬を募らせて星の乙女に危害を加えると想像がつかなかったのかしらね。

物語と違って王太子達にべったりでは他の生徒も何かする気も起きないだろう。

そもそも国が庇護している星の乙女に王太子の前で危害を加えるわけにはいかない。

目の前でなくとも少し考えればリスクの方が大きいのにわざわざそんなバカなことをする者もいなかったのだろう。このままでは嫌がらせが起きないと悟ったピナはない頭を絞ってわざと目の前で転ぶことを繰り返したらしい。

そうやって物語と同じ出来事を起こそうとしている、とエミは警戒して星の乙女を避けていたようだったが……それでは足りなかったのだ。

わたくしの言葉が届かない、身動きもできないこの状況に甘んずることしかできないことが何より口惜しい。

エミの中からどんなに声を張り上げても、エミにはわたくしの忠告が聞こえない。

ピナは自分の考える「攻略」ができないのを遅まきながら悟ると、物語の中に登場した「アイテム」の力を使い始めたのだ。

わたくしは中から見ていてすぐ気付いたが……最初から、「無理やり人を好きにさせるアイテムなんて」と考えていたエミには、そんな卑怯な手段を使うなんて意識の端にものぼらず、おかしいと思った時にはピナにまとわりつかれて共に過ごす時間が多かったウィリアルドを含め、学園内の過半数がそのアイテムの影響を多かれ少なかれ受けていた。

ピナの振る舞いを最初から警戒していた生徒の一部はその光景に異様なものを感じつつ、極力関わらないように過ごすだけでエミの味方になったりはしない。

ピナが友達と呼ぶ「取り巻き」を作ってからは早かった。

あの女はエミがやってもいない様々な「虐め」を捏造《ねつぞう》し始めたのだ。それも周囲に気取られないような狡猾《こうかつ》な手段を使って……。

ピナという女と関わらないだけでは足りなくて、積極的にあの女が広げる噂を打ち消すように動き公の場で否定しなければならなかったのも、ピナが捏造する言いがかりに反論できるような証拠を用意することも、王家に忠誠を誓い、常に複数人に互いの監視もさせて……偽りを報告することのできない影を付けるよう自ら申し出るのも、善人のエミには思い付けもしなかった。

自分が、一切やってもいないことで悪人に仕立て上げられるとは思ってもいなかったのだろう。

わたくしだってエミの中からどうにかできないかと色々手を尽くした。体の主導権を奪い返すことができないのは分かっていたが、中にいるわたくしに魔法が使えはしないか、声は届けられないか、夢で干渉できないか。

でも、ダメだった。

わたくしには何もできなかった。見ていることしかできなかった。

エミが、覚えのない悪意の噂で傷付けられて、友人や信頼していた人達を失うのを。初めは「あの子はちょっと変わってるね……」と呆れ気味に言っていたウィリアルド達さえもが気付けば「平民だったからしょうがないじゃないか、少しずつ学んでいけばいい」なんて好意的な言葉を口にしていた。

あんなに、常識外れのアピールをされて辟易《へきえき》していたはずなのに「ちょっと間違えて空回っていただけ」「それだけ仲良くなりたかったんだって」と困ったように笑うようになっていて。

その後すぐに「レミィがあんなことをしたなんて信じてないけど、あの子は住んでた世界が違うから僕達と捉え方が異なる、接し方には気を使ってあげた方がいいと思うんだ」「ねぇレミィ、ピナにもうちょっと優しくしてあげることってできない？」なんて言う彼らにエミが傷付き始めてからも。

それが「レミリアはこんなことをするなんて思いたくなかったのに」「何であんなことを言ったん

だ？　ピナは泣いてたよ」と、まるで事実のように扱われるようになるまでわたくしは、ただ、見ているしかできなかった。

エミはその度に否定した。

そんなことはしていない、言ってもいない、信じてくれと。それなのにあの男達はエミの信頼を裏切った。

エミの味方はいなかった。

表面上は残っているように見えた友達の顔をした裏切り者は、星の乙女と内通していて「レミリアが星の乙女に虐めを行っていた」証拠として後に提出される私物を盗んで提供したり、レミリアが一人となる……現場不在証明のできない時間帯を調べたりの手駒となっていた。

星の乙女は周囲の人間を騙《だま》して被害者ぶる手腕にだけは長《た》けていて、この偽装工作もそうして獲得した取り巻きに「グラウプナー公爵令嬢のご機嫌を損ねないように時間と場所をずらして行動しようと思って」「寮の部屋に届いた脅迫状に使われていた便箋がどうもグラウプナー公爵令嬢が使っているものに似ていて確かめたい」などと口にしていたらしく、それを何人にも分けて少しずつ頼んでいたせいで当時は明るみに出ることはなかった。

レミリアの星の乙女への態度を諫《いさ》めるウィリアルド達、自分の罪を認めないレミリア、そのレミリアを庇《かば》って健気《けなげ》に過ごす星の乙女、という構図が学園内に周知されてすぐ。階段でエミとすれ違おうとした星の乙女は小さく悲鳴を上げて体を傾けた。

お人好しのエミが思わず助けようと手を差し伸べたその瞬間、大きく悲鳴を上げながらあの女は階段を転げ落ちたのだ。

その場には、驚いたまま中途半端な体勢で手を伸ばしたままのエミと、階段の下に倒れる星の乙女……。

都合よく近くにいたウィリアルドと側近達が突然のことにその格好のまま固まったエミを見上げた。

あっと言う間に人だかりもできて、わたくしはエミが陥れられたことをすぐ悟った。

わたくしは、あの女が、落ちていく瞬間薄く笑っていたのも見ていたのに……見ているだけしか、できなかった。

エミが何もしていないことは、エミの中から全てを見ていたわたくしが一番知っている。

知っているだけで、何もできない自分が憎くて情けなくて、いっそ狂ってしまいたかった。


物語の中で星の乙女の命を狙ったと、断罪され婚約破棄が行われた王宮の夜会は無情にも現実のものとなってしまった。

あの「ゲーム」では、レミリアは暗殺者を雇って星の乙女にけしかけ、その時一番好感度の高い主要キャラが助けに駆けつけて窮地を脱する。

それが再現されるならばあの時ピナを助け起こしたのはウィリアルドだったので、おそらくもう完全に骨抜きになっているのだろう。

たいして長くもない階段から落ちて打撲と捻挫で済んだというのにそれを「殺人未遂」と言い張る

とはいっそ呆れる。

エミの言葉は一切聞き入れられず、ウィリアルドは星の乙女を傷付けた愚かな女と詰め寄り、無実を訴えるエミを「反省なし」と切り捨てて婚約破棄を行った。

ウィリアルド殿下をウィル様と呼び、幼馴染みや義弟とも確かな信頼関係を築いていたと思っていたエミは全てに絶望した。

絶望して、強く人生に悲観を抱いたエミは自分の中に沈んでいってしまった。きっとわたくしがいなければ、エミは気を失って、その後は会話もままならないような人形のように過ごしただろう。それほどエミの抱いた絶望は強かった。

わたくしは心の中で涙を流しながら、今度はわたくしの中に閉じこもってしまったエミへと言葉をかける。

まだ確かに存在は感じるけれど、いつもあんなに、絶え間なく流れ込んでいたエミの心の声も感情も何一つ感じない。

きっと深い眠りについているような状態なのだろう、今のエミは何も感じることができず、何も考えることができないということがぼんやりと分かってしまい、とてつもなく寂しくなる。

あなたが何もしていないのはわたくしが誰よりも知っていてよ。

だから大丈夫、「エミ」のことはわたくしが守ってあげる。幼いわたくしの心をエミの思い出が救ってくれたように。

エミが心を砕いてくれた「悪役令嬢レミリアの幸福」もわたくしが取り戻すわ。

わたくしは自分の中にいるエミに優しく誓うと、豪華絢爛《けんらん》な夜会の中央で相対する、エミを裏切った男達とエミを陥れた女に意識を戻し、怒りを気取らせぬ声色で弱々しく声をかけた。

「……陛下と、わたくしのお父様は了承してらっしゃるのでしょうか」

「当然だ。道理を通さずこのようなことはしない」

「わたくしは何もしていないといくら言っても……聞き入れては、くださいませんのね」

「今更しらを切るつもりか。先程お前に突き付けた数々の証拠……犯罪行為を命令された下級貴族の子息子女達の証言、その際に使われたお前の紋章入りの手紙、それらについてはお前付きの専属侍女二人と護衛三人の裏付けも取ってあると、一つ一つ提示して見せても君は一切認めなかったが……何より先日、衆人環視の中で行われた殺人未遂……今更言い逃れができると思っているのか」

「それらは全て悪意によって捏造された物です、とわたくしにはそれしか言いようがございません」

「往生際の悪い……君はもっと頭の良い女性だと思っていた。幼馴染みでもあった、長い付き合いの分情は残っている。……自らの過ちを心から悔い、謝罪を行って心を入れ替えるならそれを受け入れるつもりだが――」

「いいえ、わたくしはわたくしの名において……レミリア・ローゼ・グラウプナーの犯していない罪を認めるなど、偽りを述べるわけにはまいりません」

「……ここまで証拠も出揃《でそろ》って。ああ、そうか。あくまでもシラを切り通すつもりなのか」

おぞましい、とでも言いたげにウィリアルドは口を歪《ゆが》める。

グラウプナー公爵家に仕えるはずの侍女に護衛もとっくの昔に内通者と化していた。

公爵令嬢の予定を漏らし、罪の捏造に使われた私物を持ち出し、冤罪《えんざい》としてでっち上げられ星の乙女への加害を示す証拠を公爵令嬢の私物に紛れ込ませ……わたくしはそれに気付いていながらも、エミに伝える術《すべ》を持たなかった。

エミはあの者どもも、身分は違えど友人のように思ってやっていたのに。

エミと――レミリアと過ごした時間があって、それでも星の乙女の言い分を信じたこの男とこれ以上言葉を交わす意味はないだろう。

わたくしはそれ以上抵抗することをやめ沙汰を待った。

別室にて待たされた後、陛下が訪れ本日の夜会が星の乙女の社交界デビューを兼ねた最終通告であり、心を入れ替えて星の乙女に謝罪をすれば、婚約は一旦保留とされ、今後の様子次第では婚約破棄とはならなかったことを伝えられる。

横に座る、わたくしのお父様からは失望がひしひしと伝わってきた。

だがしかしわたくしは、エミがやってもいないことを認めるだなんて口が裂けてもできない。

先触れの後、夜会を終えた陛下が部屋においでになる。幼い頃から知っている娘が相手だからだろう、陛下としての顔ではなく、婚約相手の父親として痛ましいものを見る目がわたくしに向けられた。

「何か、最後に言い残したいことはあるか？　レミリア嬢。義娘《ぎじょう》になるはずだった君がこのようなことになるとは残念だよ」

「……王家に直接誓いを立てた、顔を見せぬ影に互いを監視させつつ常に複数わたくしに付けてくださいと、星の乙女がウィリアルド殿下に近付き始めた時に申し出なかったことを後悔しております」

「………」

陛下は何も言わなかった。ほんの少し、わたくしに対する疑惑が生まれたような気がしたが、わたくしはそれを利用して思い切り哀れっぽく申し出る。

涙を我慢しているように見える、健気で悲しげな表情はできているだろうか。

「わたくしの身柄は貴族籍を持ったままグラウプナー公爵領内の田舎に幽閉されるとお聞きしています。罪を認めぬわたくしを疑うためで構いません、どうぞわたくしの生活を監視させる者をお付けください」

「……考えておこう」

「ご配慮、痛み入ります」

陛下はここにきてようやく疑念を抱いたようだったが、隣のお父様からの怒りは消えない。

愚かなことをしたのか、工作に負けたのか、どちらにしてもわたくしという駒の利用価値はなくなってしまった。物語とは違って貴族籍の剥奪まではされなかったが、星の乙女を傷付けようとして幽閉された令嬢など何の価値もないだろう。

しかしああまで星の乙女に骨抜きになっても、物語とは違い「婚約者のレミリア」に対しての情は残っていたのが窺《うかが》える。

親しかった幼馴染みでもある婚約者が嫉妬から醜い行いをした失望も。今夜は皆の前で断罪し、エミ――レミリアから謝罪の言葉を引き出して、それによって手打ちにするつもりだったそうだ。

話す言葉は全て事実なのだろう。嫉妬から星の乙女を傷付ける王太子の婚約者を非難する声は強く上がっていた。

そうでもしないと王家とはいえ貴族の反発を一方的に押さえ込むことはできない。予想と反して、レミリアが最後まで罪を認めないばかりか婚約破棄に同意したのは彼らにとって計算外だったのでしょうが。

「……レミリア嬢、いいのか」

「わたくしはレミリア・ローゼ・グラウプナーの名において、謂《い》われなき罪をけっして認めないと宣言いたします」

先程の、ウィリアルドの宣誓を踏襲するようなわたくしの言葉に陛下はため息をついた。

最後まで、わたくしは背筋を伸ばしたまま退室の礼まできちんとこなす。

……今はまだ手札がない。そう、ここは大人しく引き下がるべきである。エミを絶望させた者達に報いを受けさせるためにはまだ足りないものが多すぎる。

「嘘付き」「公爵家の威光で今まで周りを黙らせていたそうよ」「星の乙女を迫害して」「王太子殿下の婚約者といえどここまでの横暴は許されまい」「このおびただしい数の証拠に目撃者がいてそんな主張が通るとでも」「まだ自分ではないと言い逃れをするとは」

夜会の最中、エミの周りで囁《ささや》かれた言葉をわたくしは一言たりとも聞き逃していない。

声で誰かも分かっている。

エミの今までの行いを一切鑑みようとせず、あの女の嘘に騙されてエミを陥れ偽証に手を貸した者達は一人たりとも許さない。悪意の有無は関係なく、罪を捏造する偽証を行うのは王国法で犯罪だと明記してある。犯罪者に相応しい末路を用意してさしあげよう。

そしてわたくしの今の発言から、「レミリア」が星の乙女を傷付けるような真似はしていないとうっすら察していながら我が身可愛さに実の娘を見捨てたこの男にも、同じ反応をするわたくしの生物学上の母親にも相応の報いは受けてもらう。

エミに救われておきながら、エミを裏切った幼馴染み達も許さない。

彼らは婚約者がいながらエミのことを想っていた。

彼らの婚約者も薄々それに感付きながらも、それが忠誠から大きく外れるようなものでないのを分かっていて言及せずにいたほどの淡いものだったが。

家族として一番長い時間を過ごしたはずのクロードも、ピナの醜悪な本性を見抜けず騙された。エミはそんなことをするはずがないとお前は誰より知っていたはずなのに。

何より、エミに想われておきながらあの女に落とされた、人を見る目のない無能な王太子ウィリアルド。

「こんなに優秀で優しい女性が嫉妬するほど自分は想われている」と優越感を抱いていたのは気付いていた。

あの時の話し合いでわだかまりを解消したものの、得意分野が違うとは言え質実なウィリアルドに対して画期的なアイデアを生み出すエミの方が貴族社会の中では注目されやすかった。それを「自分も負けずに頑張ろう」と思いつつも眩しく思っていたのをわたくしは知っていたが、そんなエミに嫉妬されていると喜ぶような醜悪な精神を持っていただなんて。

あの男達は自分の信じたいものを信じたからこうなったのだ。

「レミリアに嫉妬されるほど大切に想われている」と、それが真実だと思いたかったからそう信じてこうなった。エミは悲しみこそすれ人を妬むような子ではなかったのに！

近頃は星の乙女が訴える通りのことをエミが本当にやったかどうかなど疑いもせず、言われるがままにエミの行いを嬉々《きき》として諫めていた。

忠告と名を借りて、彼らの目の奥に「自分のことが好きなのは分かるけど、さすがにこれはやりすぎだ」とやれやれといった大儀そうな態度が透けて見えていた。

彼らも騙された被害者だなんてわたくしは思えない。

エミのことを知っていたのに、エミと過ごして信頼を築いていたはずなのに、それを裏切ったあの男達をわたくしは許さない。お前達が一番後悔する形で復讐《ふくしゅう》を行ってあげる。

何よりあの女。

何故、神はあの醜悪な魂に星の乙女の体を与えたのかしら。

お前だけは何があろうと生きたまま地獄に落とす。

心優しいエミが知ったら悲しむだろうがわたくしはこればかりは自分を止められそうになかった。

殺すなんて生温《なまぬる》いことはけっしてしない。死を願うような、死すら救済と感じるような境遇があの女には相応しい。

わたくしは、これからのわたくしの取るべき行動について優先順位を付けた上で綿密に計画を立てた。

まずはわたくしに与えられた田舎の屋敷一帯の裁量権をお父様――いえ家族の縁を切られたからグラウプナー公爵とお呼びしなくてはね。

グラウプナー公爵から譲り受けた屋敷とその周辺、その中に含まれる廃村の裁量権を引き取った。

わたくしの名義で、エミが様々に開発してロイヤリティが入っていた前世の知識を利用した商品の権利と引き換えにだったが。それとは別に村を興すための資金も手切れ金として僅かだが手に入れた。

今はまだこれでいい、復讐のための下地はこれで十分に作り出せる。

わたくしは「悪役令嬢レミリア」の名誉を取り戻し、裏切った者達全員に復讐を遂げた上で幸せになる。幸せにならなければならない。

第二章

The person in a villainess

数日後、わたくしは田舎《いなか》の片隅にあるこじんまりとした館の前に立っていた。公爵令嬢の装うドレスではなく、裕福な商家の娘が着るような簡素な装いに身を包んで。侍女もいないため髪も自分で簡単にくくっただけ。

この国の社交界に、わたくしの名前は「星の乙女に危害を加えた悪役令嬢レミリア」として広く知られてしまっていた。エミの知識で潤ったはずの懇意にしていた商会も他の貴族の目を気にして、連絡も寄越さない。エミのおかげで散々儲《もう》けたくせに、ずいぶんと薄情ね。いえ、グラウプナー公爵のものになったエミの開発した商品の権利さえあればいいということなのだろう。

声高に無罪を叫んでも今は誰も聞いてくれない。味方はいなくなった。

お父様がお情けで手配した使用人達も、「とんでもないことをしでかしてここに幽閉される貴族のお嬢様が来る」としか聞かされていないらしくわたくしに向ける目は冷たい。

いいわ、エミにこんな思いをさせるところだったと考えれば、何の痛痒《つうよう》も感じない。

自分の中に意識を向けると、エミがわたくしの中に閉じこもっている今もエミの記憶に触れることができた。

エミの感情は一切感じることができなくなっていたが、その繫《つな》がりによってエミが存在することを確かめられる。

エミの中にいた時からウィリアルド達に何が起きたかを察していたが、使い魔を放ってピナの周りを探らせるとその推測が間違っていなかったことを確信した。

物語の中のレミリアは烏《からす》を使っていたが、わたくしは指先程度の小型の蜘蛛《くも》の魔物を使い魔に選んだ。力はほとんどないがそれ故に感知にかかることはなく、諜報《ちょうほう》に格別役に立つ。

一匹ではほとんど何もできないが、数十匹集まれば蜘蛛の糸を使って魔法陣を描き音も映像もわたくしに送ることができる。

そうして得た情報によってわたくしは自分の予感が的中していたことを知った。……エミの記憶の中の物語に存在した「課金アイテムショップ」、やはりピナはそこの商品を使っていたのだ。

まぁ、普通に考えたらあれだけ常識外れの行動をしておいて、なのに何人もの男がピナに骨抜きにされているあの状況がありえないから当然だが。

何かしら卑怯《ひきょう》な手を使っていたと考えるのが普通だ。

その店では魔晶石もそうだが様々な効果をもたらす品を扱っていた。通常のアイテムや素材ならＲＰＧパートの戦闘の報酬で入手できるし、そういった普通のアイテムのみを取り扱うショップメニューもある。

課金アイテムにはプレイヤーの魅力値や、攻略対象の好感度を上げるアイテムが存在した。

もちろんお金を使わなくても好感度を上げることは可能だが、最大値が一〇〇％に対して通常入手が可能な好感度アップアイテムでは本、お菓子、お酒の中から好みに合わせた物を贈っても〇・〇二％

しか上昇しない。パーティーメンバーに加えて戦闘を行うとランダムで好感度が〇・〇五～〇・一％上がるのだがいずれにしろ時間がかかる。

愛着をもってずっと戦闘メンバーに入れておけば気付けば上限に達しているものだが、あの短期間でピナが行うのは無理だ。

この通常の好感度アップアイテムは戦闘で一、二個ドロップする程度だが、課金ショップでは一つで好感度が五％も上がる「恋の秘薬」が無制限に購入できた。

恋の秘薬を使うと見ることのできないイベントがあるためエミの見ていた攻略掲示板では「邪道」と呼ばれていたが、使っているユーザーは多かったらしい。

プレゼントを贈った際や行動を共にした時の好感度上昇を二倍にできる「魅力の香水」というアイテムも存在する。

一度使用すると効果は一ヶ月続くという設定だったが……あのピナという女はいつでも嗅ぎ慣れない匂いがしていた。

きっとあれがそうだったのだろう。あの香水のフレーバーテキストには「一緒に過ごすことで相手は好意を抱くようになる」と書いてあった。わたくしが見てすぐ気付いたあの女の底意地の悪さを、あれほど大勢の貴族の子息子女達が時間経過とともに信奉者に回っていたのがあの香水のせいでないのなら説明がつかない。

それに反して第一王子はあの女に一切傾倒していないのがわたくしの仮説に裏付けをする。あの恋の秘薬と魅力の香水は魔族と、魔族の血が濃いものには効かないからだ。物語の中で明らかにされるが、第一王子を産んだ陛下の側室は魔族だ。魔族とその近縁達の好感度を上げるための課金アイテムは、第七章に入って魔界フィールドが解禁されてからでないと購入できないのだが、今はこの話はいい。

あの女が王都の裏通りにある、という設定の課金アイテムショップを利用していたのは間違いないだろう。

さらに証拠の捏造《ねつぞう》の手腕も素晴らしかった。

エミのように人から好かれる才能はなかったが、人を陥れてまるで本当のことのように嘘《うそ》を吐《つ》く才能は誰よりも優れていた。

別々の人間に頼んだものを様々に組み合わせてレミリアの罪を何もないところから作り上げていたのだ。偽証を行った者達は、一つ一つは些細《ささい》なことすぎて、「自分はほんの少し裏付けを強めただけ」としか思っていないだろう。

確信して嘘を吐いて裏切ったのは、グラウプナー公爵家に忠誠を誓っていたはずだったレミリアの専属侍女と数人の護衛くらいだ。

でなければ、「レミリアお嬢様は私共に『ここで待つように』と言われてお一人で過ごすことが頻繁にありました」などとなかったことを言うはずがない。

その、監視がない時間にレミリアは星の乙女を虐げる行為を陰でせっせと行っていたことになっていた。

「きっと、あの女はレミリアが厄災の時を引き起こしたことにしようとしてくるわよね」

物語と同じ筋道以外認めようとせず、ウィリアルド達以外にも将来仲間になる殿方を学園で見つけてはマーキングのように親しげに振る舞っていた。

まるで自分に惚《ほ》れるのが当然とでも言うように。虐めの証拠を素晴らしい手腕で捏造してくれたあの女のことだ。このまま「レミリア」を厄災を引き起こした大罪人に仕立て上げるだろう。

当然わたくしはそんなことをするつもりはないが、冤罪《えんざい》の証拠を持ち込まれてはたまらない。

悪魔召喚について記載されている魔導書や書きかけの召喚陣をこの屋敷に存在する隠し部屋に秘密裏に運び込ませるくらいの捏造はやってのける。物語の中のレミリアが実際に悪魔召喚を研究して実行していたその部屋に。

魔界と渡《わた》りを付ける手段は最終的な目的のためには必要だが、古書を集めたり遺跡を回ったり「悪魔召喚について調べていた」と証拠が残るような愚かな真似はするつもりはない。それについてはすでに目処《めど》もついている。

エミが「前世チート」と呼ぶレベリングを行ったおかげで魔法を扱う力だけはずば抜けていたわたくしは使用人全員に十分な手当を渡して紹介状を書き、勝手を詫《わ》びると暇を出した上でこじんまりした屋敷全体にわたくし以外の出入りができない結界を張った。

思いっきり哀れっぽく、「わたくしは王都で冤罪をかけられて王太子様の新しい恋人に追放されたの……あなた達がここにいてはわたくしに巻き込まれてしまうかもしれません。けれどせめて次の職場を見つける手助けだけはさせてください」と涙ながらに美少女に語られて、警戒していた彼らはわたくしの身の上に同情していた。

自分の村でこの話を広めてくれるだろう。ピナの影響の及ばない僻地《へきち》から、真実を広める手を打っておかないと。今はこの程度の消極的な手が最善。

人間は信用できない。

ピナの手駒になる可能性があるから。

わたくしは使用人を全て解雇した屋敷の中で自分の用意した食事を摂る。

エミの記憶のおかげで多少の家事なら手間ではないし、掃除や洗濯は魔法で片付く。知らない人間にそばにいられることの方が煩わしかった。

ああ、今はこの家の中にエミとわたくし二人だけなのね。

こんなに心休まったことはないわ。

待っててね、すぐにエミの名誉は取り戻すから。

わたくしはわたくしの胸の上に手を当ててそっと祈った。


守りを固めたわたくしが次にしたのは、ピナが利用していると思われる課金ショップを潰すこと。

潰すといっても物騒な話ではない。エミとわたくしが意思疎通をできたのなら、エミが提案しそうなことをするだけよ。

わたくしは、王家に手配された監視の目を欺《あざむ》くために、深夜就寝したと思わせて王都に転移で飛んだ。

メインストリートから大きく外れた裏道の奥、物語の中の背景を頼りに使い魔に捜索させて見つけた古びた商店の前に立つ。そこにあると知らなければ辿《たど》り着くことすらできない、知る人ぞ知る不思議な商品を取り扱う店……という設定だった。

ここの店主は実は魔族で、同じような店が世界中にいくつもあり、魔界から転移魔法で仕入れた品を売って得た金銭で食料などを買って魔界に送り返しているのだ。

魔界は大地の実りが少なく、魔物資源とそれを加工した品をこうしてこっそり人間の生活圏で売って何とか祖国を養っている。

国とは言ってももう魔族は全体で三万にも満たない少数種族になってしまっているが。

ところで、今のわたくしは名目だけは独立した貴族の、寂れた村の村長である。

村と言っても住民はおらず、使用人は近くの村から数日に一度通うことになっていた程度の閑散とした土地で、近くに打ち捨てられた廃村がある森のそばの一帯だが……ここの裁量権をグラウプナー公爵家からわざわざ買い取ることにしたのは最終的な目的のためである。

その過程では「課金ショップを潰すこと」と「魔族を入植させる」は外せない。

わたくしは店主に「ここに、あなたを含めたこの国に潜伏している魔族で村を作らないか？」と誘った。最初は警戒心をあらわにしていた店主も、復讐劇《ふくしゅう》に必要な根回しをしがてら定期的に店に訪れて熱心に誘うわたくしに少しずつ心を開き、「今居場所がない奴らだけなら……」と少しずつ村に入植することを了承してくれた。

店主は、大罪を犯した、とされるわたくしが「栄えた街を作ってわたくしを冤罪で追いやった奴らを見返してやりたいの。そのためには最初にわたくしの領地でもいいと言って入植してくれる人が必要で」という言い分と、担保にと預けた……子供の頃から密《ひそ》かに貯め込んでいたわたくしの全財産を見て少しずつ信頼を寄せてくれた。

実際にこれはわたくしの本心ではある。「悪役令嬢と言われたレミリアが、魔族も幸せに住む街を作る」のは計画上必要なことだった。

魔族だけならピナに骨抜きにされる心配を当分しなくていい。

わたくしはやっと手駒を手に入れた。店主にはさらに、恋の秘薬と魅力の香水については貴族に目をつけられ始めているから販売を中止するか相手をごくごく厳選するようにと伝える。

「この二つが一番売れるんだけどな」と渋る店主に、代わりにわたくしの作った魔晶石を大量に融通することで首を縦に振らせた。

信頼を勝ち得てから詳しく話を聞くと、やはりピナはこの店を利用していたらしい。

店主には「その常連の若い女が貴族相手にその薬を複数人に使って好き勝手やったため」にこの店までもが攻撃対象になるかもしれないと話をしたら「お得意さんだったんだけどなぁ、面倒なことに巻き込みやがって」とピナに悪態をついていた。

もうピナには商品を売るべきではないと分かってくれたようだ。

当時のピナの行動を思い返す。

香水を付けて学園内をうろつき、その香水の匂いによって少しずつ好感度を上げ、護衛の兵や側近まで手懐《てなず》ける。一度懐に入り込んだ後は恋の秘薬を仕込み放題だっただろう。

毒見はあるがあれは毒物ではなく即効性もない。

むしろ毒見で恋の秘薬を口にした王太子の護衛達までもが、ピナのそばに侍《はべ》ることを争うだけだった。

エミは課金アイテムの存在に思い当たってからは、ウィリアルド達にピナの淹《い》れたお茶や差し入れのお菓子を口にしないように話していたが、「毒見は毎回しているしそれで異常が出たこともない」「嫉妬か？　被害妄想が過ぎる」と、その時にはもうまともに取り合ってもらえなくなっていた。

一度、王妃様がエミの訴えを聞き密かにピナの提供した食品に含まれる薬物がないか調べられたようだけど……魔界原産の素材を使って作られた、こちらに存在しない成分の「恋の秘薬」は今の人間が保持する技術では異常として検出することができなかった。

微量の魔力が計測されたことを王妃様は訝《いぶか》しんでいたようだが、「レミリアの言いがかりを母上も真に受けて」とウィリアルドが激昂《げっこう》したため調査はそこまでで打ち切りとなっている。

他にも、間違いに気付くきっかけはたくさんあった。

そのはずなのに、こうして最後まで踏み抜いたあの者らをわたくしは許せない。

薬物によってピナに偽りの好意を植え付けられていた彼らだったが、操られていたり正気を失っているわけではなかったのだから。

あの男達は自分の愚かさを一生悔いながら生きるべきである。

ピナに復讐を仕掛けることにしたわたくしには勝算があった。

エミがレベリングと呼んでいた行為には最初莫大《ばくだい》な資金が必要になる。

魔晶石はそこまで安い買い物ではない。去年まで平民だったあの女にはとてもではないができないだろう。物語の知識があれば効率の良い資金稼ぎはできるだろうが、恋の秘薬と魅力の香水に使い込んでいたあの女の星の乙女としてのレベルは間違いなくまだ低い。

エミは、子供の頃はレベリングのために魔晶石を購入していたが、錬金術を学んで腕を上げてからここ数年は自分で作ってそれを使うようになっていった。

魔物を討伐し、魔石を回収し、それを加工して魔晶石を作り、作った魔晶石を割って魔力を回復したらまた魔物を討伐する。「ヤバイ、永久機関できた!」とすごく興奮していた微笑《ほほえ》ましい光景が昨日のことのように思い出された。

つまり、星の乙女は物語の第二章から出てくるいくつものダンジョンをまだ攻略できていない。攻略する力もなく、それは本来パーティーメンバーとなるウィリアルド達も同じ。

エミのおかげで物語の時よりは強いだろうが、足を引っ張るステータスのあの女を連れて行けるはずもない。そもそも今は学園を卒業した王太子とその側近が、物語の時のような世界の危機でもないのに気軽にダンジョンに出かけられはしないだろうが。

わたくしは今日も紅茶を飲む片手間に魔石を魔晶石に加工し続ける。魔道具の動力にもなるため需要はなくならない。

作ったら作っただけ売れる上に魔術のスキル全般の熟練値が僅かだが溜《た》まるので資金稼ぎ兼自分の力を高めるには優秀な手段だ。

少しでも時間があれば魔晶石加工を行う。常人なら日に三つが良いところだがわたくしほど習熟すればこうしてティーテーブルに軽く山となる量を小一時間で作れる。深紅の宝石にも見える、「レミリア」のテーマカラーでもあったわたくしの魔力固有の色を光にかざした。

これをあの店の店主を経由して半分は売るが、もう半分はわたくし自身の「レベリング」に費やしつつ最終的な目的のために各地のダンジョンを訪れて使うのがこのところの日常である。

公爵令嬢だった時は長く豊かに垂らしていた髪も多少短くして後頭部で結んでいる。ダンジョン探索のために男のような格好をしているのもあって、さながら女騎士に見えるだろうか。

わたくしが村の運営費のためにダンジョンに潜り魔物の素材を換金しているのは王家が付けた監視も知っている。むしろ見せつけるようにそうしていた。わたくしが個人で転移を操れることは知られていない。もう少し潜るダンジョンの脅威度を上げたら監視はついて来られなくなるだろうから、そしたらその中から転移を使って王都に飛ぶ予定である。監視が緩むまではアリバイ工作も気を抜けない。

入植した魔族の民は正体を隠して数人が廃村に住み始め、わたくしの援助した資材と食料を使って慎《つつ》ましやかだが平穏な生活を始めた。

感謝を告げてくる村人達に困っていることはないかと頻繁に尋ね、できるだけの力を尽くす。もっともっと彼らには恩を売らないと。

「悪役令嬢レミリアは公式チートの存在である」とはエミの記憶の中にあった言葉である。

何でもできる完璧令嬢。学園では主席以外になったことがない。魔力にも秀でた天才。

さらに一人で古代文明の遺跡と文献を紐解《ひもと》き辿り着いた悪魔召喚の儀式を独学で再現し、自分の魔力だけで起動してしまう。主人公達に立ちはだからせるために物語の開発者は悪役令嬢レミリアに、物語に起きる不都合を解消させる様々な能力を与えていた。

どこにでも出没して邪魔をするために非常に稀有《けう》な転移魔法の才を、主人公達を惑わせるために幻惑や変身の魔法を、人々を混乱に陥れるために魔物を先導するようなテイマーに似た能力や、変異させた疫病を流行《はや》らせ特効薬になりうる素材の生息地をあらかじめ破壊する医学知識と手腕、その他主人公達に問題を振りかけるために毒物や呪術にも精通していた。

さらに戦闘ではレイピアを使った剣技から攻撃魔法、自己強化《バフ》、自分を回復させる治癒魔法まで扱える。

ステータスの数値だけで言うと、主人公側で最強に育つ、勇者の血を引くウィリアルドさえも軽く凌駕《りょうが》していた。

レミリアは魔力が高い魔術師型のキャラクターだったが、最終決戦時に叩《たた》き出すダメージは物理攻撃力でウィリアルドに勝るほど。

レミリア一人対主人公パーティーだというのに、人数と手数の有利をもってしてもしっかり育成を行い戦略を練らないとあっさり負けるほどレミリアは強い。

そう、エミの大好きだったキャラクター「悪役令嬢レミリア・ローゼ・グラウプナー」はそのくらいのポテンシャルを持っている。

エミが途中までやったレベリングのおかげでわたくしは十分強くなっていたけど、わたくしの目的に必要な、その途中を達成するためにはまだ足りない。

そのためにはエミがこなしていたものよりももっと負荷をかけた鍛錬が必要だ。

魔法の技術もしっかり磨いて、ポーションに魔道具も山ほど持ったわたくしはエミの知識の中にあったいくつもの遺跡に飛んで、必要なものを集めつつ自分の能力をさらに高めていく。

わたくしの足取りを監視している者達からは、目隠しとして受けた冒険者としての依頼のおかげで採算の十分取れない人助けに駆け回っているようにしか見えないだろうが。

最大の効果を最短で。

わたくしがとるべき行動はすでに決まっている。

まずは国境沿いにある、もう攻略されたと思われている休止したダンジョンの奥。ここの最後の部屋には隠し要素があって、その奥も踏破するとステータスに恩恵を受けられる指輪を得ることができるのだ。

ピナはもちろんここの存在も知っていたはずだが、「ボーナスダンジョン」と呼ばれるほどにたやすく攻略できるのに反して強い装備が手に入る、ここに手をつけていないということはこのほかも何も進めていないだろう。男漁《あさ》りに夢中になって、星の乙女の本来の役割を捨てていたあの女らしい。

わたくしは復讐のために盤面をゆっくりと進めていく。この先にあるあの女の破滅が待ち遠しいわ。


その次は国境にある寂れた村の北に生息していた魔物の巣ごと討伐を行った。彼らは「神のお導きがあったの」と告げて無償で危険に身を投じたわたくしに酷《ひど》く感謝をしてくれた。

ここは元開拓地、今は年老いた最初の住民は開拓を条件に恩赦を受けた軽犯罪者達だった。死者も出る被害を訴えられても領主が積極的に動こうとしなかったのはそのせいだろう。魔物によって元犯罪者とその家族である住民が全滅したら、開墾された土地と住む者がいなくなった住居に移住を受け入れるつもりだったのを知っている。

彼らに恩を売ったわたくしは「お礼に」と渡されそうになった金銭も辞退した。そんな端金《はしたがね》を受け取るより「レミリア」に感謝してくれた方がわたくしの利になる。それにエミならこんな時お金を受け取ったりしないで困ってる人を助けるわ。

わたくしのように、「その身に犯罪者の血を流す汚れた存在で」と思ったりしない。痩せ細った子供達にこうして貴重な甘味であるドライフルーツを振る舞うような優しい少女だもの。エミならきっとこうしていたわ。

そうしたらわたくしのことを「聖女様」なんて呼ぶ者が出始めたのよ。あら、見所があるじゃない。そうよ、エミの「レミリア」は優しくて清らかで、その通り聖女の名が相応《ふさわ》しい素敵な女の子ですもの。ついつい良い気分になって施しを与えすぎてしまったわ。

物語では問題解決のためにあちこちに行かされていた行程も最小の手数でこなしていくつもの土地や人を救っていく。神格化されている水龍の怒りをおさめて砂漠の国の辺境の水不足も解決した。

何故知っているかと聞かれたら「神からの啓示がありました」とだけ答えて、後は行動で示していけば問題ない。

神託を受け取った元貴族の少女が、無償で人々を救いながら旅をしている。そんな評判が静かに出回り始めているのを知ったわたくしは「わたくしはただ神が求めるままに行動しているだけです」と少し困ったように言って見せた。

えぇ、わたくしとエミを引き合わせたのが神のご意志なら、わたくしがエミのために復讐を行うのもきっと神のご意志だわ。

やることは目白押しだ。無いとは思うが、ピナより先に全てをこなさないと意味がない。

それに、長い時間「レミリア」に冤罪による汚名を被《かぶ》せたままでいるわけにはいかないわ。自分に転移魔法の才能があって良かったと心底思う。

そうでなければ都合の良い所在だけ監視に見せつつ隠れて各地と行き来することも、国での盤面を進めつつ物語で出てきたダンジョンを同時に攻略するなんてことはできなかったから。

物語の中ではターン制……というカードゲームをする時のようなお行儀の良いシステムのせいで悪役令嬢レミリアは負けたが、現実世界で今のわたくしが戦うなら攻撃魔法を放ちながら剣技を使ったり回復をしながら防壁を張ったりをしないはずがない。

おそらくわたくしが魔王の手先となったとして、一対複数ということを差し置いても星の乙女達に勝つこともできるだろう。もちろんわたくしはそんな未来を選ばないが。

斥候も索敵も戦闘も一人でこなすのは大変だったが、エミが愛していた「悪役令嬢レミリア」も、魔王の配下になった後も手下がいるような描写はなかったので問題ない。

事実、少々の苦労でわたくしは一人で全てをこなせた。

安全マージンは多めに取って自らの力を磨いていたが、それでも予定より早いペースで物語と同じ道を辿れている。物語の中よりも早い時点でわたくしが訪れているため、時間経過で悪化していたと考えられる問題が比較的軽い状態であったのも大きいだろう。

何より、物語の中の星の乙女達よりもわたくしの方が有能だったという単純な話でもあるが。

この頃になると監視は名目だけの存在と化していたが、慢心はしない。村のため、を名目に堂々とダンジョンに向かうことで、人の目の届かないその奥から王都に転移して裏工作の手も回す。

村に戻った時は稼いだ金銭は必要最低限を除いてほぼ全額を村長に預けるとともに簡単な指示を出しておく。

先日は少し離れた街から身寄りのない子供を受け入れていて、予定よりもその人数が多かったため必要な物資の再計算に迫られ、預けた分では少し足りずに村長が少し身銭を切ってくれたらしい。

感謝を告げると、

「俺達こそレミリア様に感謝してるんだ、こうして真っ当に村に住める身分になれるなんて思わなかった」

と涙ながらに当初の態度を謝罪された。

自分がしたいと思ったことをしているだけだから、と感謝に対して恥ずかしそうにして見せる。

わたくしはエミだったらしていることをしているだけよ。エミの望みを叶《かな》えるのも、エミが願っていた「悪役令嬢レミリア」の幸せを実現するのも、それを叶えるために些末《さまつ》な問題をこうして解決するのも、わたくしの心からの望みなのは間違いないわ。全部わたくしの最終的な目的に必要なことですもの。

この次の一手に使う素材も各地のダンジョンを回って集めきった。疲れを感じて足を止める暇はない。

次の目的地はドワーフの国、身分を隠して城下にいた御転婆な王女様と偶然を装い友人になり、さりげなくこの国に来た目的を口にすることで彼女の姉である火の神の姫巫女《みこ》様に面会する許可をもらった。

「良かったの？　姫巫女のお姉様には貴族も謁見待ちの列を成《な》していると聞いたのに……」

「いいの！　レミリアみたいな本当に必要な人にはプシューク姉さんも便宜をはかってるし。ねぇまたダンジョンに潜った時の話聞かせてね！」

「ええ、喜んで。でも姫巫女様へのお願いとは別に、サラと友達になれて嬉《うれ》しい。わたくしの国には女性で剣を振るう人は少ないから、話が合う同性の友達が出来たのなんて初めてよ」

「それは私も！」

ドワーフの国の御転婆な王女様、サラスティリと顔を見合わせてフフフと笑い合う。昨日と今日で友誼《ゆうぎ》を深めてわたくしは愛称を呼ぶことを許されるまでに気安い仲になっていた。

わたくしはエミの「レミリア」として接していたのですぐ仲良くなれたが、きっと初対面の同性には嫌われるあの女じゃ無理だったでしょうね。今はあの香水も手に入らないし。

約束の日、白い石造りの神殿の中にわたくしは足を踏み入れた。何故聖鎧《せいがい》を求めるのか、姫巫女様の口を借りて神からの詰問《きつもん》を受けることとなる。わたくしはそれに少しも臆さず答えていった。

「わたくしの中には神から授かったとしか思えない啓示がございます。この世のものとは思えない超常の存在から、この世界の滅亡とそれをもたらすものが在ること、それを防ぐためにはどう動けばいいのかを教えられてここにおります」

火の神が打つ聖鎧はただの神創物ではなく、神の裁きを退ける力を持つ。この鎧《よろい》を纏《まと》った人間には神罰は効かず、つまりは神を討つ力を与えることになる。

だから火の神は見定めているのだろう。かつて夫の男神を人間に奪われた嫉妬から国を滅ぼしかけた女神を討つ時に勇者だった青年に与えたのが最後、神話に出てくるおとぎ話としてしか語られていない。その青年がウィリアルドの祖先であるが、まぁ今はその話は関係ない。

火の神がわたくしに問う。それをもって何を討つつもりかと。わたくしは二柱の神の名を告げた。その理由も、わたくしがエミの記憶の中から知りうることを全て。

それを聞いて納得してくれた火の神はわたくしのために聖鎧を拵《こしら》えることを約束してくれた。言われる前に、その場で必要な素材を全て渡すと「そなたに神託があったのは真《まこと》のようだ」と火の神は今日一番驚いた顔をされていた。

さらにわたくしは言葉を重ねる。

「今告げた神討を成し遂げました暁には、必ず火の神様のもとに聖鎧を返しに参ります」

「……人の世に存在する中では二度と手にすることのできない価値と力を持った品だが、何ゆえ手放すと、その結論に至った？」

「人の身には過ぎた品だからでございます。わたくしの存命の間はともかく、後世に人の間にも神に対しても諍《いさか》いを生むことになりましょう。神のみもとに返すことこそ相応しく思います。どうか次の世に必要とする方がいましたら火の神ご自身がお授けください」

「……よく言った」

エミならこう言うだろう、と物語の中ではなかった提案をしたら火の神にとても気に入られてわたくしは火の神の加護も授かった。予想外だがこれはこれでやりやすくなった。神聖な炎は浄化の力があるもの。

ウィリアルドの祖先から伝わった勇者の鎧は国宝として宝物庫に厳重にしまわれているが、この様子ならあれもきっと神界に返した方が良いとエミなら思うでしょうね。復讐が終わったら提案しましょう。

わたくしのために作られた、金地に青い紋章の入った優美な聖鎧を身に着け遺跡を回り、鍵を集めたわたくしは天界への門が眠る丘にやってきた。収集した伝承の通りに門を開くと光で出来た長い階段を登り、はるか上に聳《そび》え立つ白亜の城に向かった。

その庭の広い泉には創世神の末娘が蓮《はす》の花となって囚《とら》われている。天界の主に見初められ、それを拒否した罰として蓮の花の姿に変えられてしまった哀れな女神だ。物語の最終章に登場し、主人公に協力を請《こ》われて世界の破滅を防ぐために不可欠の力を貸してくれる。

ここのフィールドはその天界の主に苛烈な妨害をされるために火の神に授けられた聖鎧なしに進むことはできない。物語の中では人数分の素材を用意する必要があり、それを全て作るには相応の時間もかかった。わたくし一人だけで済む分短期間で済んだのは少人数のメリットだろう。

彼女を助け出すには、この天界の主をくだす必要があった。物語の中では、「浄化の女神が私の想いに応えてくれないのはこの世界が汚れているのを悲しんでいるため」「世界が汚れきる前に心の美しい者だけを拾い上げ、その他を全て水で洗い流して一度何もない世界にリセットすれば、世界を綺麗《きれい》に戻した私にきっと彼女は感謝するとともに想いに応えてくれるはず」という迷惑な考えのもと文明を滅ぼそうとしていた存在なのでわたくしにも躊躇《ちゅうちょ》はない。物語の中でも滅びても世界に何も影響はなかったし。

余裕を持って力を高めたわたくしに、天界の主はそのたった一人を相手にその存在を抹消されることとなった。最後まで浄化の女神への恋慕を叫んでいた身勝手な神はわたくしの手によって滅された。神が滅びると死体も残らないのね。この世から存在が消えてそれで終わり。

迷惑な神を滅ぼしたわたくしは、泉に囚われていた女神を優しく揺り起こした。顕現した女神に、あなた様が閉じ込められている間に浄化の女神の父神である創世神に何が起きて今どのような姿になってしまっているかを語り、協力を取り付けた。女神は快くわたくしに力を貸してくれると約束し、物語の通りに自身をおろす触媒も授けてくれた。

さて残すは創世神の浄化だけである。

わたくしが「レミリア」としてやることはまだあるが、物語で星の乙女が辿った旅をなぞって世界中を救って歩くのは終わりが見えた。

父である創世神が権能を振るうたびに蓄積していくこの世の淀《よど》み、それを祓《はら》う役目を持っていた末娘が姿を消したことで、かつての創世神はその身に淀みが溢《あふ》れ邪神へと堕ちている。

彼女が蓮の花に変えられたのは、エミの世界で蓮の花が浄化と密接に関わっていた神秘の花だったからだろう。

女神としての力を取り戻した「レンゲ」の協力を得たわたくしは、これで用は済んだとばかりに天界を後にした。

城の裏にある試練の洞窟を踏破すると装備が手に入るのだが、あれは星の乙女の専用衣装なので興味はない。「レミリア」にそんな物を身に着けさせる気はさらさらなかった。

そもそもあの女とわたくしでは体型が違いすぎて入ると思えないし。

胸が窮屈そうで嫌よ。


一旦手ごろなダンジョンの深部に転移してから村に戻ると、最近何度も感知した気配が存在することに気が付いた。彼女については触れないまま留守の間について村長を任せている魔族の男に尋ねると、やはり思っていた通り来客を告げられる。

ラウド伯爵令嬢……いえ、つい先日伯爵家との縁を切ったと聞いたので「元」伯爵令嬢と言うべきかしら。

エミが「レミリア」として社交を行っていた頃から彼女――スフィアは女騎士として活躍していて、彼女が卒業した後にエミ達が入学したため記憶の中にあまり交流をしていた様子はない。

しかし、この開拓村に住民が一桁《ひとけた》しかいなかった頃から彼女はわたくしのもとを頻繁に訪れているのだ。

彼女が婚約者であるデイビッドから数年かけて聞いたわたくしの話や社交界での評判と、星の乙女が現れてからの顛末《てんまつ》に違和感を覚えてわざわざ話を聞きに。

何年も一緒に過ごした幼馴染《おさなじ》みより、その又聞きをしたほぼ他人の方が正しく判断できているなんて皮肉が効いているわ。

当初は数人の魔族が入植を始めたばかりで、まだ人間を身内に数えるわけにいかなかったわたくしは「ここには城の監視が付いているから、わたくしに関わったら貴女まで不幸になってしまうわ」とそれだけを告げて拒絶した。

完全ノーマークで使い魔の監視も付けていない人物だったせいで腹の中が分からなかったし、星の乙女の息がかかったスパイの可能性もあったから。

ただそれで彼女は諦めず、自分自身でわたくしが村で何をしているか聞き込んだり勝手に近所で野営をしていって調べたりするうちに「レミリア」に心を傾けて同情し、わたくしが身寄りのない者を引き取ったりその者達に仕事を与えたり、そこに交じって働いていたりと、行いを実際目にするうちにあの一件が冤罪だったと確信を得たようだった。

最初の訪問の時に彼女に付けた使い魔の監視経由で、その後星の乙女の取り巻きと化したデイビッドとの婚約破棄を遂げ、騎士団長の家と縁を繋ぎたいと屑《くず》と娘を娶《めあわ》せようと最後まで抵抗していた家族との縁まで切っているのは知っている。

各地のダンジョンを回り、この頃は村に戻るたびにスフィアがわたくしと話をしたがる素振りを見せていた。おそらくここに移住したいとでも希望するのだろう。

……そうね、そろそろあの件を知っている駒が必要だったからちょうどいいわ。

人間を近くに置くのは避けていたが、ピナはあの香水、手持ちの分まで使い切ったようだからもう寝返ることを心配しなくてもいいわね。

ああ、人間の子供達はそれより先に村に招いていたけれど、それはいいのよ。

だってピナが身寄りのない子供程度にあの香水や恋の秘薬を使う可能性はないもの。そのために少女と、見目の悪い少年ばかりを集めたのだから。それに、彼らはこの村に来て真っ先に星の乙女が行った所行を先住民の魔族達から聞いている。

わたくしを陥れて追放したって。衣食住を与えて、母親か姉のように彼らに接して今は本当の家族のように懐いて感謝もしているわたくしに、星の乙女はそんなことをしたのかと彼らは憤っていた。

これをひっくり返すのはもうあの女には無理だろう。

スフィアも星の乙女をすでにしっかり嫌っているから仲間にするには好都合だわ。

それに正義感が強くてハッキリとものを言う彼女が居た方が……素敵なことになりそう。

わたくしは、スフィアが言わんとしていることを何も予想がつかないフリをして、彼女を屋敷に招き入れた。

しかしその話し合いで、移住どころかわたくしの部下になりたいと言い出されるのはさすがに予想外だったわ。

若い貴族女子から思春期の熱病のような疑似恋愛含めて慕われていたスフィアがこちらの陣営についてくれるのはありがたいけど……わたくしの騎士になりたいとは。

まぁ……こっちの方が愉快な盤面が作れるかしら？　わたくしは突然の申し出に戸惑う顔を見せながら、「じゃあお友達から始めたいわ、よろしくねスフィア」と笑いかけた。

エミならきっとこう答えるもの。

スフィアはその返事にたいそう感動したらしく。

「貴女に忠誠を捧《ささ》げようとした私の目に狂いはなかった」

と胸を押さえて天を仰いだ。

あら、エミの「レミリア」に忠誠を捧げてくれるなんて。話を聞いて自分で判断してここに来た時から感じていたけど、貴女はやっぱりわたくしの見込んだ通り信用に値しそうね。

ピナに騙《だま》されて裏切ったデイビッドとは大違いだわ。予想外の収穫があって嬉しい。

この次の一手もわたくしの計画よりも良い成果を得られそうな予感すらしてくる。

いけないいわ、慢心はダメ。エミの「レミリア」が幸せになるまで気は抜けない。

わたくしの住むこじんまりした屋敷の中に部屋を与えると、張り切ったスフィアは「部屋を整える」と村にある唯一の商店に細々としたものを買いに行った。

スフィアの用事が済んだわたくしも、後回しにしていた村長の家へ足を向ける。役場としても機能している比較的大きな民家の中、村長の執務室と兼ねた応接スペースに案内された。

「ところで村長さん、お変わりはなくて？」

「ああ、レミリア様か。いやぁ、腰を据えて暮らすっていうのはいいね……色々トラブルはあるけど援助もしてもらってるし、助け合って何とかなってるよ」

「それなら良かった。また取ってきた魔石を魔晶石に加工したから、村の建設資金に回していただける？　そろそろ一回り広い柵も必要だと思うの」

「ありがたい、耕作地がこれで増やせます」

空間魔法から取り出した革袋を村長、元王都の課金ショップ店主に手渡す。

彼がかなり早い段階で店を畳んでくれて本当に良かった。これは計画からは外せない一手だったから早ければ早いほど助かったわ。

王都にも情報収集のため少し潜伏して残っている仲間がいて、つい先日そこから「店だったところにどこかの貴族の私兵が大挙して押し寄せ、中を全部ひっくり返す勢いで捜査していた」と伝わったらしい。

わたくしの放った使い魔の情報からすると、好感度アップアイテムを売ってもらえなくなったピナが痺《しび》れを切らして店主を捕縛させようと取った手段だったらしいが。

騎士団に伝手《つて》のあるデイビッドを通じて違法な薬物を作っている疑いが、と吹き込んだらしい。その違法と思われる薬物を散々星の乙女に摂取させられた身で笑いそうになるわ。

その後監禁しつつ秘密裏にアイテムの製造をさせるつもりだったようだ。

しかし他にも有用なアイテムを売っていたこの店に顧客は多かったらしい。利用者に貴族も多かったこの店が潰れた理由として「商品を独占しようと店主を略取し飼い殺しにしようとした者がいる」ことと、摘発を行おうとした兵をどんなきっかけで誰が手配したのか広めておいたら、毛生え薬や痩身薬の手に入らなくなった貴族達は背後を調べて出てきた星の乙女のことを見事に恨むようになっていた。

ピナは学園編と呼ばれるわたくしの断罪で一章を終えると、「ガチャ限定キャラ」だった男達と出会う端から考えなしに香水や秘薬を使っていた。それは店から売ってもらえなくなってからも。

顔の良い男と新しく出会うと我慢ができないらしい。

そんなことを続けて、店から買えないまま手元の恋の秘薬が尽きてしまって焦ったのだろう。

現実世界には会話イベントや選択肢はなく、まともに自分の言葉で人と親しくなるのはあの女を見ていた限り成功する様子はない。

通常好感度アップアイテムだった本にお菓子やお酒も、現実でプレゼントするならその中でさらに好みが分かれる。

冒険譚《たん》が好きな人に経済学の本を渡してもあまり喜ばないように。そのあたりの機微を察するのもあの女はできていなかったし、好みを学ぼうとする姿勢もなかった。

使い魔経由で観察していたところによると、未だにこの現実がゲームと同じシステムで動いていると思っているらしく、

「なんでゲームと同じものあげてるのに好感度が全然上がらないの!?」

と思い通りにいかないのをよく喚《わめ》き散らしている。

物語とは違って、当然だが「知人以上」と言える程度には親しくならないとそもそも命を預け合うこともあるパーティーに加わって戦闘に参加してくれるわけもない。

それに今のあの女は城に留め置かれていて、護衛も国が用意しているため、市井《しせい》に暮らしていたり冒険者だったり傭兵《ようへい》だったり、国からは独立している機関の魔術師や他国の者と出会っても仲間に引き入れることは叶わない。

あの女は人の好意を得る手段を実質失ったわけである。

店主は「レミリア様が言ってた通り貴族に捕まる前に逃げ出せて良かった」「あの女ただの常連だと思ってたら人のことを奴隷にしようとしてたなんてとんでもない女だな」とわたくしへの信頼が一層増したようでさらに嬉しいばかりだ。

わたくしは、すっかり「レミリア」の信者と化した村長の前で真剣な表情をして切り出した。

「それでね……村長さん。わたくしお目通りしたい方がいるの」

「目通り？　そんな偉い方の知り合いなんてレミリア様以外に俺にはいませんけど……」

「あなた達の王に……魔王陛下にお会いしたいの」

わたくしの言葉に、それまで人が好さそうに微笑んでいた村長の顔がこわばり息を呑《の》む。意図をはかりかね、しかし恩のあるわたくしを無下にもできない彼は言葉を詰まらせた。

「い、いくらレミリア様でも、それは……」

「難しい、かしら？　魔族が数百年は悩んでいる、『狂化』を解決する手段が見つかったと言っても？」

「！　……詳しく、聞かせていただけませんか」

わたくしはにっこり笑って、エミを思い出して真摯な目を村長に向けた。「助ける手段があるなら、私がそれをできるなら助けてあげたい」と言っていたエミの言葉を思い出して。

見返りもなく、クロードの父親の命を助けたエミと同じ表情がわたくしはできているかしら。

わたくしの話を聞いた村長によって無事謁見は取り付けられた。数度やり取りをした後《のち》、数日後を指定されて転移を使う。装いは、その後の目的も考えて礼服ではなく例の聖鎧で。魔王城の城下、倉庫の中に飛んだわたくしは案内に導かれて大きいだけで使用人のいない黒い城に足を踏み入れた。一番豪奢《ごうしゃ》で重厚な扉の前に辿り着くと、この先に魔族の王がいると告げられた。

……魔界の正式なマナーはさすがにエミの知識にもなかったが、外交時の一般的なものを踏襲しておけば問題ないだろう。

案内したものにレイピアを預けると、わたくしは玉座を直視しないように部屋の中を進んで中ほどで足を止める。謁見室ですら手入れが行き届いていない。国の運営に支障をきたすほど困窮しているのが見て取れる。

この地に転移をした時から存在を感じるほどだった、強大な魔力の持ち主が声を発した。

「それで……人の娘よ。そなたが狂化を治すことができると言うのは真か?」

面倒な挨拶はない。いきなり本題が持ち出される。話が早いからわたくしは歓迎だが、よほど気が急《せ》いているのだろう。

「発言を、お許しいただけますか? ……ありがとうございます。治すとは異なりますが、狂化について、解決する手段がわたくしには確かにございます」

騎士の礼をとって頭を下げていたわたくしは声をかけられたことで直答を許されたのだと判断してゆっくり顔を上げた。

エミの記憶の中にあった、美貌の魔王。王とは付くが物語の中の通り、魔族の最高戦力として魔物を屠《ほふ》るために戦場を駆ける生活を送っているようだ。威厳は感じるが、戴《いただ》かれる者にしては簡素な黒い軍服を身に着けている。

顔を上げたわたくしの目に強烈な色が飛び込む。宵闇が明けるように根元から毛先に向かって黒から濃青《のうせい》となる長い髪。その側頭部から生えた角は黒く、禍々《まがまが》しくねじれている。形状としては羊のものが近いだろうか。

わたくしを睨《にら》みつけるその瞳は、濃い金色。眉も、切れ長の目も、鼻筋も唇も輪郭も、全てが最高のバランスで顔の中に配置されている。いっそ整いすぎて生物として不自然に思うほど。

物語に表示されていた絵姿で知ってはいたが、実際に人の姿で動いているのを見ると、自分の顔に見慣れているわたくしですら感心するくらいには美しい男だった。

わたくしは一瞬のうちに思案を終わらせ話に戻る。

狂化、とは魔族に現れる滅びの時だ。

元々魔族に寿命らしい寿命はなかったのだが、ある時から理性を失い同族を食らう発作のような症状が観測される。

狂化を起こすと理性を失うが全ての身体能力が上がり、今まで使えなかった強力な魔法すら操り、時にはそれでめちゃくちゃに転移を使って人の住む領域に飛んでしまう個体もいる。

そのような存在が恐ろしい「悪魔」として人の世界に伝わっているのだ。同族の命を奪うほどの体積を食べると理性が戻るが解消手段は他にはない。魔族の中では「死に至る病」とも呼ばれていた。

狂化に至った魔族は誰かを食べる前に殺してやるのが慣習らしいが、稀《まれ》に自分を差し出してしまう家族や友人や恋人がいる。

それで理性を取り戻した魔族は、再度の狂化を防ぐために自ら死を選ぶことが多いが、わたくしの村で匿《かくま》っている人達のように人の世界に交じって生きていくことを選ぶ者もいる。

発症時に子供であった者は周囲がそう望みそうなることが多い。

「狂化とは、この地に発生する瘴気《しょうき》、これを取り込み続けることでいつか必ず理性を失い発症してしまうものでございます。個人によって瘴気に耐えうる量は変わりますが……」

「どこでその知識を得たかは知らぬが……ああそうだ、だからこの地を捨てろと？　数が減ったとはいえ我が国の民は三万はいるのに何処《どこ》へ行けと？　全員が海を渡る手段もないのだぞ？」

「いいえ、そのような問題の先送りを提案しにきたのではございません。それに……魔族としての力の強い方は、角や牙などの特徴が人に交じって暮らすには目立ちすぎます」

「ならば……」

物語では時系列は詳しく語られていなかったが、この時点で狂化の原因が瘴気と判明しているなら「狂化のしやすさは魔族としての力による」のも分かっているだろう。

幼い頃に狂化を発症するような魔族には魔族としての特徴を強く持った者はおらず、魔王のように皮膚の一部が硬質の鱗状だったり目に人ではありえない色がついていたり、爪、角や牙に羽を持つような強力な存在はまず数十年は狂化しない。

それが分かってから、狂化しやすい、人に近い姿で生まれてきた力の弱い魔族を人の世界に送ってそこで生活させているのもこの王が生み出した苦肉の策だ。

瘴気に満ちたこの地では実りが少なく、金策以外にも少しでも魔族を救おうと瘴気の生まれない土地に送り出しているのだ。

物語では、レミリアと契約して「滅びた後のこの国を魔族が貰《もら》い受ける」と狂化に悩まずに済む土地を欲して厄災を起こす。星の乙女の力によって魔族の問題が解決できる可能性も考えて、レミリアには内密に星の乙女の確保にも動いていた。

物語冒頭では「悪魔召喚」と描写されていた儀式は実際には魔界と物資をやり取りするために使われているもので、その名残は王都にあった店にもある。わたくしが悪魔召喚の研究をせずに魔界と渡りがつくと予想していた通り、あの店の使っていた転移魔法陣の座標から魔界に飛ぶことが可能だった。いくらわたくしでも一度も訪れたことのない場所には普通は飛べないから。

物語の中では中盤、悪魔と恐れられている存在は狂化した魔族の成れの果てだと判明する。

狂化して、今まで使えもしなかった魔法が……転移が使えるようになった個体は本能的に瘴気の薄い違う大陸を目指して跳ぶらしく、そうして人の住む世界に現れたものが「悪魔」と言い伝えられていたのだ。

狂化は同じ魔族を食らうと解けるが、実は人間を食らっても同じ。ただし効果は弱いらしく何人分もの肉体を食らわないと戻らないが、そうして狂化を起こしてたまたま転移で他の大陸に飛んだ個体が悪魔と呼ばれ、しばらく被害を出した後理性を取り戻す。その後第一王子の母親の祖先のように人に交じって生きるものもいるが、多くは悪魔として討伐される。

海を挟んで存在している人間達の生活圏に悪魔として魔族が伝わっているのはこのためだ。

こうして恐ろしいエピソードで描かれていた魔族の王は国を治め苦悩する指導者だった、というのが魔界編で明らかになるストーリーである。

今はまだ生きている、隣に立つ角の生えた男が彼の弟だろう。

彼は魔王が万が一狂化した時、真っ先にその身を捧げて魔王の理性を取り戻す用途として生きている。物語では、魔王はこの弟を含めた魔族を救うために遠い国を滅ぼして乗っとることを決めた。

魔界編が始まってすぐに彼は狂化した魔王によって命を落とす。

魔王アンヘルが生まれてちょうど百四十年となる日に……そこがアンヘルの狂化のタイムリミットだったのだろう。自らの手で家族を殺した魔王の慟哭《どうこく》、エミはその時も泣いていた。悪役令嬢レミリアと言い、エミは悪役として出てくるキャラクターに感情移入しすぎだと思うの。

「それに、この瘴気は魔界の中心に眠る創世神から湧いて出ているものです。放っておけばこの世界全てを覆い、魔族の安寧の地どころか人や他の生き物も住めない世界になるでしょう」

「何故人間が、魔界の地に創世神の神殿があると知って……」

「これを防ぐためにはただひとつでございます。創世神が神としての権能を使うたびに溜まっていく淀み、これを祓う役割を持っていた浄化の女神『レンゲ』をその前までお連れして、あるべき姿にお戻りいただくこと。これしかございません」

「……それを、何故、お前が知っている？　人間」

わたくしは微笑むと言葉を続けた。

物語では、魔王は嘘と真実を見抜く瞳を持っていた。わたくしが、今語ったことを「真実だ」と本音で思って喋《しゃべ》っているのは分かっただろうが、それを「何故知っているのか」という情報源を確かめなければ荒唐無稽《こうとうむけい》すぎて真実とは思えないだろう。

「わたくしには、この世界を救う乙女の記憶があるのです」

「記憶？」

「はい、記憶でしかございませんが、わたくしはその記憶を頼りに自分を高め、たった一人で世界各地の遺跡をめぐり、天界へと繋がる扉の鍵を集め、天界の主さえもくだしました。どう鍛えるか、何処に天界への鍵があるか、創世神の浄化をする女神が数百年前突然姿を消したのは何故なのか、その世界を救った乙女の記憶から知りました。ただ、それを良しと思わぬ悪《あ》しき心を持った存在に妨害を受けてしまい、記憶の中の出来事とは大きな乖離《かいり》がありますが……」

エミがこの世界を救って、その記憶があるのは本当。物語の中でね。

ピナに邪魔をされたのも本当、わたくしが悪役令嬢になってないのは大きな乖離。

何も嘘は吐いていない。

嘘を吐かずに伝えたいように話をするなんて簡単にできる。

それを魔王は気付いていないようだけど。

魔王の中ではその「悪しき心を持った存在」が周囲を騙してわたくしを追放したように見えるだろう。

「……それが間違っていた場合、如何《いかが》する」

「邪神となりかけた創世神に近付いて、愚かな女が一人命を落とすだけにございます。わたくしは創世神の浄化を助け、滅びゆくこの世界を救うことが、わたくしがやらねばならぬことなのだと思っております。魔王陛下、貴方様が持つ、創世神の神殿の鍵をお貸し願えませんでしょうか」

「……これは国宝だ、貸し渡すことはできぬ」

「そんな……」

「俺も行く」

「兄上⁉」

「控えろクリムト。……勘違いするな、人間。お前を信用したわけではない……お前の言葉に嘘がなかった故、ボロが出るまで監視を続けるだけだ」

頭の中で計算する。

今のわたくしは原作のレミリアの最終ステータスを軽く凌駕している。一人でも「堕ちた創世神」は倒せる予定だったが、戦力として魔王が加わるならばこれ以上助かることはない。

さすがのわたくしでも多少の苦労をすることを覚悟していた。

聖鎧は魔王の分はないが、予定になかった火の神の加護を使えば創世神の振り撒《ま》く神罰を無効化する力を一人分は生み出せるから問題ない。

物語の通りなら創世神を浄化するには一度徹底的に弱らせる必要がある。

物語の時より早い段階とは言え完全状態の邪神に近付きつつある創世神をそのまま浄化はできないし、瘴気の濃い状態ではレンゲを召喚できないからだ。

「……感謝いたします」

この男がいた方が利益は大きい、との結論に至ったわたくしは目を涙で潤ませながら大仰にお礼を言って見せた。

ありがたいと思っているのは本当だもの。

さすがにその日そのままというわけにはいかず、わたくしは比較的まともな状態の客間に案内される。野営に比べればどうと言うことはないが、せめて簡単に掃除をした後さびれた厨房《ちゅうぼう》に向かった。

魔王の弟、クリムトと呼ばれた青年が芋の皮を剥《む》いている。あの案内は門番を兼ねていて、他に人はいないそうだ。

食材を提供するといたく感謝されて、そのついでに、親しみやすく意識をして世間話もした。彼はまだ半信半疑のようだが、兄が信じると決めたわたくしのことを信用することに決めたらしい。

魔族ではないわたくしに任せることに罪悪感を抱いているようで、「どうかよろしくお願いします」と苦しそうに頼まれた。


翌日、簡単に戦闘時の打ち合わせをした後使い込んだ黒鎧を身に着け戦斧《せんぷ》を手にした魔王と並んで神殿の奥に向かう。この強硬策は他の側近に知られると止められる、と内密にしたまま実行するので見送りはいない。

魔王自身は嘘を見抜けるとは言え、その事実をもってしても周りの説得すら待てないほど切羽詰まっているのだろうと感じ取れた。

「それでは、魔王陛下。準備はよろしいですか」

「……アンヘルと呼べ」

「は……？」

「俺の名だ」

そう言うと、わたくしの「準備はいいか」の声に答えないまま魔王――アンヘルは神殿の奥の扉を開けた。

……戦闘時に呼びかけるには長い呼び名は不便だから、という理由を考えたがどうやらそうは見えない。

エミを意識したわたくしの「悪役にされても健気《けなげ》に世界を救おうと見返りもなく頑張るレミリア」という顔にアンヘルはどうやら好意を抱き始めているようだった。

これも利用できそうだ。「世界を救うことにいっぱいいっぱいで、他人からの恋慕になんて気付かない一生懸命なレミリア」に見えるように心がけよう。

嘘ではないわ、エミならきっとそうなるもの。

「堕ちた創世神」のダンジョンには、他に魔獣は現れない。

アイテムもなし。戦闘は創世神とのみ。「悪役令嬢レミリア」のいたこの物語はエミの世界では珍しく円満にサービスを終了したソーシャルゲームで、緩やかにアクティブユーザー数を減らしていった六年目に最終章を配信した。

何故瘴気が発生するのか、何故創世神は堕ちたのか、最後に取ってつけたような設定も多く、エミが見ていた掲示板もそのせいで少し荒れていたが解決策や背景が分かるというのは今とてもありがたい。

完結後に発売されたファンブックもエミは買っていたので、そこに書かれていたこともわたくしは記憶を見て全て知っている。

魔界に発生する瘴気の問題を解決した星の乙女とその一行は、世界を救ったと称《たた》えられながら幸せなエンディングを迎える。

一番好感度の高いキャラと、または上限に達していたキャラが複数いるならその中から一人を選んでハッピーエンド。

他の人のエンディングも見たいなら課金して専用アイテムを買えば全員とのプロポーズに結婚式も見られる。

アンヘルさえもその対象になっていたのに、悪役令嬢レミリアは、最終章の途中で星の乙女を暗殺しようとし、かつての婚約者ウィリアルドに討たれて命を散らす。「わたくしだって誰かに愛されたかった、幸せになりたかった……」と言い残して。

何故彼女だけ救われないのかとエミは泣いてくれていた。

この堕ちた創世神のダンジョンでは道中、短い会話が挟まる行動選択時に五回に一回は「先に進む」ではなく「アイテム／魔法」からの「浄化」を使わないと仲間のうち魔族と人間がランダムに狂化する。

そうすると仲間との戦闘が発生して、勝つと正気に戻るが戦闘不能になってしまう。

魔王アンヘルのステータスで狂化されるととても面倒なので、忘れずに浄化をかけておく。

浄化は聖魔法に属するため、治癒魔法が使えるレミリアもちろん使える。これは物語のレミリアもそうだったが、使える魔法の属性と本人の善悪は一切関係ない。

だってあの、醜悪な魂が入っている体で星の乙女の力が使えるのを見れば分かるでしょう？

わたくしはファンブックに書いてあった裏情報もアンヘルに語って聞かせる。エミだったらきっと全部教えてあげていただろうから。

魔族と人は元は同じ存在であり、瘴気の発生する地に住んでいた人達の中で「瘴気に耐性がある人が生き残っていった結果」魔族と呼ばれる種族ができた、という話。

極寒の地に生息する動物の毛皮が厚くなるのではなく、「厚い毛皮の個体しか極寒の地では生き残れず、生き残った厚い毛皮の個体がさらに交配することでその特性は強まる」と同じことが起きたのだと。

「その証拠に人間も瘴気の強い場所に長くいると狂化を起こすのです。多くはその変化に人間の体が耐えきれず、その過程で命を落としますが」

「人間と魔族が子供を作れるのも、これは種族として元が同一な上に体の作りも大きく違わない証拠です」

「日差しの強い国では肌の色の濃い人が生まれるし、寒い国の人は体温が高くなる。生まれた場所で少し特徴が違うだけ。だからきっと人と魔族は手を取り合えるし、共に平和な世界が作れるとわたくしは信じているの」

わたくしの言葉にアンヘルは涙を堪《こら》えるようにぐっと歯を噛《か》み締めていた。

わたくしはアンヘルのその様子に気付かないふりをしながら……レンゲを召喚する触媒となる、神聖な蓮の種が入った瓶のペンダントトップに強い意志を込めて服の上から触れた。

エミは魔族の境遇にも同情していた。エミならばきっとこう言ったはず。エミが望む平和な世界を作るのはわたくしの心からの願いでもある。

狂化は瘴気が蓄積して起きる症状だが、瘴気が原因だと判明したのも魔界では最近の話だ。

そして、瘴気を祓うことのできる聖属性の魔法の使い手は、瘴気に耐性の強い魔族からは体質的に生まれない。

定期的に浄化を受ければ狂化を発症する魔族はいなかっただろう、それを知ったアンヘルはひどく悲しむからと、この話だけはせずに創世神を浄化した後にレンゲから聞いたことにして伝えようと思っている。

「神の意志で知った」とレンゲが教えたことを匂わせるの。

浄化の女神レンゲを捕らえて閉じ込めていた天界の主のせいで魔族は知ることができなかった、だからしょうがないことだった、ということにする。長い歴史の中、貴方達はできることは全部やっていたと安心させてあげたいの。

浄化の女神はこの嘘だけは許してくれるとおっしゃっていたわ。今まで苦しんだ魔族の心も守ってあげたいのねって快諾してくれた。

ええ、そうよ。孤独で、守るために冷酷にならざるを得なかった魔王アンヘルも救いたいの。だってエミならこうするわ。

堕ちた創世神との戦いは想定していたよりもはるかにあっさりと終わった。

さすがエミの言う公式チートの悪役令嬢レミリアと、実質表ボスの魔王アンヘル。ターンの制約がなく、回復アイテムさえ潤沢に使えれば物語のように苦戦などするわけがない。ステータスは主人公側よりも高いのだから。

実際わたくしは多少苦戦しているように見せつつアンヘルの後ろから防御障壁を張って、回復をかけ、余裕があれば攻撃する程度で終わってしまった。全力を出した演技はしておく、手の内を全て見せずに済んで良かったわ。

浄化の済んだ後、まだ弱ったままの創世神を手助けするために、レンゲは神殿の最奥に残ると言い残してわたくしに「浄化の乙女」の称号を授けた。

星の乙女でなくとも貰えるのかと一瞬思ったが、エミならきっと「恐れ多い」とばかりに慌てるのだろうと思ってその通りの反応を返す。

「そんな、このような称号、わたくしに相応しいとは到底思えません……！」

そう返すと正気を取り戻した創世神も、レンゲもアンヘルも微笑ましいものを見るような顔をして「いや、レミリアにこそ相応しい」などと言葉を続けるので戸惑いながら受け入れたような態度を取った。

実際わたくしは嘘偽りなくこんな呼び名を付けられたくなどなかった。

物語の星の乙女とお揃《そろ》いだなんて。エミの愛してくれた「レミリア」に、星の乙女の手垢《てあか》が付いたものを贈られた気分だわ。

こうして瘴気と狂化の問題が解決した魔界は、魔界の有史以来初めての平穏が訪れた。

目の前に迫っていた危機は消え去ったが、まだ土地に染み付いた瘴気《しょうき》が心配だからと各地を回ってわたくしが浄化をかけることを提案して実際足を運ぶ。「そこまで迷惑をかけるわけにはいかない」と渋るアンヘルに、「ではその代わりに欲しいものがあるのだけど」と持ちかけた。

この程度の労力でわたくしの欲しいものが手に入るなら喜んで。

魔族の製薬技術は体系が丸ごと人のそれとは大きく離れていて、わたくしが一から学んで習得するにはさすがに時間がかかりすぎる。

わたくしにしかできないことならばその限りではないが、この場合はすでに存在する魔族の薬術研究者に協力を仰ぐべきだろう。

あの物語の中では、「好感度を下げるアイテム」というのが存在していた。

好感度が一定値に達すると短いエピソードが読めるのだが、それが後から追加されたキャラクターが数人いて、「すでに好感度を上げきっていた場合図鑑画面から見られるようにはなっているが、自分の進めたゲーム画面でちゃんと見たい」というコアな層の熱い意見によって実装されたアイテムだ。

中には何度もそのアイテムを使って、「この時期のツンツンした反応のディル君が一番可愛い」などと好感度が上がりすぎないように調整で使うディープなプレイヤーもいたほど。

第三章

The person in a villainess

これをウィリアルドなどに使ってピナへの好感度を下げようと思ったのだが、エミが築いた「レミリア」への想いも消えては困る。

そこでアンヘルに「わたくしを冤罪《えんざい》で追いやった悪《あ》しき存在の企《たくら》みを暴くために」と前置きをした上で「魔族の作る恋の秘薬によって植え付けられた偽りの感情だけを消したい」と相談した。

似たようなものがあるのだからこれも作れるだろう。

改めて、「礼を言いたい」と設けられた席にて、ようやく人を招ける程度に整えられたこの執務室の主は不安そうにわたくしを窺《うかが》った。

「……レミリアは、その……ウィリアルドという男を今も想っているのか？」

尋ねる言葉すら迷うほどアンヘルはひどく動揺している。

「いいえ……偽りの好意を植え付けられていたとはいえ、それまでに築いた信頼関係を全て否定されてはもう……洗脳でもされていたのならあるいは許せたのかもしれませんが……」

「そうか」

ほっとしたように小さく安堵《あんど》のため息をついたアンヘルをわたくしは視界の端にとらえた。

わざとそれには一切気付かなかったフリをして、言葉を続ける。

「ただ、その悪意をもって嘘《うそ》を吐《つ》いた方……星の乙女と呼ばれるピナさん、という少女なのですが。

わたくしの婚約者だったウィリアルド殿下をはじめ、わたくしの弟や他の殿方の心も手中に収めてしまっています。わたくしとしてはウィリアルド殿下が望むなら婚約破棄は受け入れるつもりだったのですが、あの方が複数の殿方を侍《はべ》らせたまま王太子のそばに在ることは国の未来も含めて看過できません……」

「レミリアはそのような目に遭っているのに寛大だな」

アンヘルの見る目がなさすぎてフッと鼻で笑ってしまった。

表情は取り繕ったままだったので、アンヘルから見たら悲しげに微笑《ほほえ》んだように見えただろう。

寛大？　そうかしら？　でもあそこまで悪意をもってエミを陥れた女を殺さずにおいてやろうというのだから寛大なのかしら。

ええ、殺すつもりはないわ、そんなことで済ましてやるなんて。死を希《こいねが》うような罰を与えて寿命で死ぬまで苦しむ様を見ないと気が済まない。

「恋の秘薬」を打ち消すアイテムの開発を依頼したついでに、「世界を救った乙女の記憶に出てきたのですが……」と、物語の中で魔族の好感度を上げるアイテムとして存在したいくつかの物品を取り扱い禁制品にすることをすすめた。

わたくしに授けられた記憶の中に知識が存在する、魔族にとっては無理に感情を操り最終的に身を滅ぼす危険もある品であると伝えるとアンヘルはわたくしの言葉に嘘がないことを見たのだろう、ただちに進言を聞き入れてくれた。

高品質のポーションの材料になるような素材もあったが、魔族の弱みにもなるので絶対にそのものの輸出はしないとアンヘルは言う。これでピナが魔族に取り入る手段は奪った。

わたくしは心からの喜びを胸に、満面の笑みを浮かべてどこか頬の血色の良いアンヘルに礼を告げた。

魔界が落ち着いた頃、わたくしはアンヘルの居城と開拓村とを行き来して領主としての仕事もこなしつつ最終目標のために細部を詰めていた。魔族の使う魔術も習得して、わたくしの居た国の王宮に保管されていたかつてレミリアの断罪に使われていた証拠を探る。

ああ、あの女は罪を捏造《ねつぞう》するのが本当にうまかったのね。

例えばこれ、「中庭にて、レミリア公爵令嬢が星の乙女ピナの頬を打ち、汚らわしげにその手を自身のハンカチで拭《ぬぐ》うとそれを投げ捨て立ち去った」というもの。

これにはそれぞれ星の乙女の証言以外に「中庭の手前で待たされていたレミリアの護衛」「レミリアの侍女によって届けられた中庭に星の乙女を呼び出す手紙」「渡り廊下からレミリア公爵令嬢が星の乙女に詰め寄っているのを目撃した者」「ちょうどその時間中庭から立ち去る不機嫌そうなレミリア公爵令嬢とすれ違った者」「うずくまって泣くピナの前に落ちていた、レミリア公爵令嬢のハンカチを拾った者」が存在する。

第三者目線で見れば揺らぐことのない証人と証拠が揃《そろ》っているように見えるだろう。

ただしこれには中から見ていたわたくしがはっきりと、エミはこんなことをしていないと断言できる。

あの女は証拠も証人も何もないところから作り出していた。その手腕には感服するわ。わたくしは、魔法陣を刻んだ水盆の中を睨《にら》みつけた。学園内の人目のない廊下を背景に、困った顔を作ったあの女がわたくしの魔術によって水面に映し出されている。

『私を叩《たた》いたのを見ていた方はいるのですが、他にもグラウプナー公爵令嬢がその場にいたと証言してくれる方はどこかにいないでしょうか……？』

『ああ、そう言えばその時間にそこから立ち去るグラウプナー公爵令嬢を見たかもしれない』

この男は、「叩いた現場を目撃した人がいるなら」と念を押した上で偽りを口にした。

『私を叩いたのを目撃されたと思ってか急いで立ち去るレミリア様を見た方と、その時に私を叩いた手を「汚い」と拭って投げ捨てたハンカチはあるんですけど、実際に叩いた場面を都合よく見ている人はいなくて……レミリア様が私を手紙で呼び出したことはレミリア様付きの侍女の方が証言してくれると約束してくれたのですが……この時間に渡り廊下から中庭を見ていた人は知りませんか？』

『昨日のその時間は俺のクラス移動教室だったな、その時間の中庭に君がいたのは見たけど、その時に？』

『はい、レミリア様は見てませんか？』

この男は実家への手紙で、雇われている侍女が証言することから王命が働いていると確認を取り、状況証拠は揃っているとして星の乙女に与《くみ》した。いつの間にか星の乙女の口車に乗せられて、叩いたところを見たことになっていたが他にも証人が大勢居たのを知ってそれを訂正することをしなかった。

そうそう、当日の名女優っぷりもしっかり記録しておかないと。

『グラウプナー公爵令嬢！　お待ちください！』

『あ、あれ……君は星の乙女のピナ嬢……？』

『ライフォンツ伯爵子息……』

『グラウプナー公爵令嬢がどうかしたのかい？』

『先程、この高そうなハンカチを置いていかれてしまって……この刺繍《ししゅう》はグラウプナー公爵令嬢の持ち物で間違いないですよね……？』

『ああそうだな、この紋章を持ち物に刺すのが許されているのはグラウプナー公爵家のレミリア様だけだ。……今は、地べたに手をついているように見えたけど、何かあったのか？』

『あの……何でもないんです……ただ、私が元々は平民なのにこんな場違いなところに……ううっ』

『！　どうしたんだ、頬が腫れているじゃないか』

『王太子殿下達と恐れ多くも交流の場を与えていただいたから、それが……グラウプナー公爵令嬢は気に食わなかったみたいで……』

『！　許せないな、そんな話……俺も証人になるから、今すぐ訴えに行こう』

『お待ちください、……ライフォンツ伯爵子息が実際に現場を見たわけではありません、きっとこのハンカチだけでは公爵令嬢を罪に問うには証拠不十分だと言われるでしょう……』

『だからって……』

『ですので、後々何か聞かれたら、事実だけをお答えいただけたら……グラウプナー公爵令嬢が落としたハンカチを一緒に確認したと……』

『いや、せめて……これは俺が拾って証拠として保全したことにさせてくれ……』

『ライフォンツ伯爵子息……良いのですか？』

『あと三歩早く中庭に足を踏み入れていれば、うずくまっていたピナ嬢の前に落ちていたハンカチを拾ったのは俺だったし、グラウプナー公爵令嬢とすれ違ってもいただろう』

腕にすがりつくピナの胸の膨らみににやつきながら、この男は『さっき金髪を見たような……？』と調子のいいことまで言っていた。その後友人に『殿下は王命で星の乙女を守護しているのに女の嫉妬は怖いな』『叩いたところを見たとまで言うわけではないから嘘にはならないだろう、事実を分かりやすく答えただけで』などとうそぶいているところも追跡して見ることができた。

「なるほどねぇ……」

偽証は全て学園で行われた。

つまり学園の敷地内の過去を見ることができれば何が起きたのかつぶさに分かる。

あの女の演技力だけは素晴らしい、星の乙女よりも女優の方が向いていたのではないかしら。

最初は偽証している人間の過去を覗《のぞ》こうと思ったのだが、「よほど魂の相性が良くないと相手が廃人になる」とアンヘルに言われてやめた。

エミは大切な人を守るためとはいえそんな手段を絶対取らないから。

魔族に伝わる「過去の水鏡」の魔術を教えてもらえなかったら別の面倒な手を使わないとならないところだったから助かったわ。

魔族はこの魔法がプライベートな空間や内密にしたい時間を映さないように簡単に防げるおまじないを生活圏にかけるらしいのだけど、人間の世界には存在しない魔法だったので想定されてもおらず、学園で起きたことは全て映像として収得できた。

エミの記憶にあったファンブックにも書いていない話だったので、教えてくれたアンヘルには感謝しないと。

あの女が偽装工作をする様子を全て記録した映像を編集して、魔晶石にひとつずつおさめる。

同じ名前が複数あるがそれは特別、雇われておいて「レミリア」を裏切った侍女と護衛達のものよ。

レミリアの私物を盗んでピナに渡したり、レミリアが一人で居た時間を漏らしてピナが罪を捏造する助けをした、意思を伴って罪を犯した犯罪者達。

証拠になる映像が長すぎてひとつじゃ収まりきらなかったのよね。

誰のものかきちんと名前を書いて、それぞれ升目に納めれば、標本箱のような綺麗《きれい》な仕上がりだ。

使い終わった水盆を片付けると研究室として使っている領主邸の一室に戸締まりを行った。

これが、エミを……エミが望んだ「悪役令嬢レミリアの幸福」をぶち壊した者達に裁きを与えると思うとてつもなく愉快に思うわ。


着々と必要なカードは揃っていく。中には予想以上に威力のある一手になりそうな素晴らしいものも交じるほどだ。

「レミリア、嬉しそうだな」

「ええ、これでウィリアルド殿下も、わたくしの弟や幼馴染《おさなな じ》み達も、皆偽りの愛情の呪縛から救ってあげることができると思うと」

「そうだな……例の、恋の秘薬の解毒薬も完成したと報告があった」

「本当に……？」

「ああ。……ありがとう、レミリア。転移門の設置もレミリアなしでは作れなかったからな。レミリアがいなければ明日の会談は整うこともなかっただろう」

転移門、とは転移魔法とは違い無制限に人や物を送り込める、エミの記憶の中にあった青いロボットの持つピンクのドアのようなものだ。

結ぶ座標は固定されて変更はできないが、これでやっとわたくし以外の者も簡単に行き来ができるようになった。

そうでなければ海を挟んで隔絶している魔界と人の住む大陸だ、アンヘルが渡る手段は実際に海を越えるしかなかった。

悪魔召喚……と思われている、古代に行われていたあの儀式だって物資のやり取りのためのもので、姿と声は互いに届くが行き来ができるものではない。

……通常転移魔法で送れるものは物と、術者、それに術者よりもはるかに魔力の小さい存在のみ。人の世にひっそり交ざれるような魔族としての力の弱い者は別として、転移魔法の才はなかったアンヘルを連れて跳べる術者はいない。さすがにわたくしでも無理だわ。

ちなみに物語の中の転移門は魔界と呼ばれている大陸に辿《たど》り着く少し手前でそれを設置する知識と素材が揃う。

それまでも移動手段として空中艇などは出てくるが、魔界編の後は物語の都合上国と魔界を大勢が頻繁に行き来する必要が出て来るためだろう。わたくしはその知識を使って転移門のほとんどを作り上げたのだ。

　この転移門によって、魔国は初めて他の国との国交を持つことになる。これで転送に使う魔法触媒や、重量制限を気にせず規模の大きな商業取引を行うことが可能となった。魔国は食料を、わたくしの祖国は貴重で品質の良い魔物の素材や魔晶石を手に入れられる。その貿易を行う契約を国の同盟として申し入れに行くのだ。

「俺達は明日、ブルフレイムの王城に行くが……やはりレミリアも一緒に来るか？」

「いいえ、わたくしは予定通り、話がまとまって落ち着いた後に……星の乙女を傷付けた大罪人が最初から一緒におりましたら、アンヘルのことを罪人の仲間だなんて思う人が出てまとまる話もまとまりませんもの……」

「こんな時まで、周りの心配ばかりだな、お前は。……なぁ、レミリア。この同盟が無事結べたら、俺と……」

「……アンヘルと？」

　何度か口を開いたり閉じたりしながら、顔を赤く染めたアンヘルは瞼《まぶた》をギュッとつぶった後息を吐き出した。また決心はつかなかったらしい。

「いや、……いい。こういうのは、めでたい話がまとまって、落ち着いてから伝えたい」

「なぁに、それ」

　ふふふ、と何も分かってないように笑みを浮かべる。

　もちろんわたくしは知っている。きっとアンヘルはわたくしに求婚するつもりなのだろう。

彼の内心としては、真実を知ってレミリアに謝罪をするウィリアルドにレミリアが絆《ほだ》されたら、と心配して伝えるのを先延ばしにしているのが感じとれた。

もう信用できないとは聞いているが、かつて愛した相手が涙ながらに後悔して詫《わ》びる姿を見たら決心が変わるかもしれない、その時レミリアの負担にならないように、と。

同盟を結び、何の枷《かせ》もない状況でレミリアがかつての婚約者を振り切れたらアンヘルは想いを伝えるつもりなのだろう。

そんな心配しなくていいのに。エミを信じないで断罪したあの男にレミリアの幸せを託すことなんてありえないわ。何より、あの女の一番のお気に入りは魔王アンヘルなのだとエミに向かって言っていた。

そのピナの前でアンヘルの手を取るのがずっと楽しみだったのだから。

会談が行われた当日、魔王城の中庭。アンヘル達を見送った転移門の前にわたくしは訪れた。

既視感のある魔力の揺らぎの後、その中から晴れがましい表情をした魔王一行が現れる。

「おかえりなさい、同盟は……？」

「無事に締結した。こちらは魔物の素材と魔晶石を、あちらは食料をはじめとした生活必需品を。しばらくは様子見に小さな規模で行うが、それでも店を隠れ蓑《みの》にしていた時よりはるかに多い取引額だ。レミリアのアドバイスしてくれた手土産も効果があったよ、ありがとう……これなら民が飢えずに、凍えもせず冬を越せる」

「良かった……！」

わたくしは心の底からの笑顔を浮かべる。

この同盟が歓迎されて、友好的に結ばれるのはわたくしの計画に欠かせないことだったから。

まぁ星の乙女とウィリアルド達が学園を卒業してから一年も経《た》っておらず、エミのような自己鍛錬もしていなかったのを考えると、逆らったところで魔王含めた魔族に立ち向かえるような戦力がないというのが大きいだろう。

物語の中で、当時国内の最高戦力だったデイビッドの父親である騎士団長が魔族と戦って討ち死にしたことから推測するに、物語の中のような無理な強化と育成をその身に課していない人間が魔族に戦闘で勝つ能力を得るのは無理な話だ。

スキルは別だが、かなり鍛えた主人公達と魔族の一般兵士のステータスがほぼ同じだったくらいだもの。

アンヘルと一緒に向こうの王城に行ってきたクリムトに話を聞くと、向こうの面々は隔絶した存在の魔王を前に、冷や汗に塗《まみ》れてアンヘルの言うことに頷《うなず》くだけの人形のようになっていたらしい。

「アンヘルは嘘を嘘と見抜けるせいで、目の前にいる相手の実際の表情や反応をきちんと見ないのよね……向こうが言葉の通り心から受け入れていたのは真実だろうけど。最初から最後まで平和に終わったように言ってましたけど、きっと向こうは生きている心地がしなかったでしょうね。国を滅ぼせるような戦力が城に乗り込んできている前で否と言えるわけがないもの」

「兄さんは自分がどれだけヤバい存在か分かってないんだよなぁ」

そうね、と笑いながら計画の進度をひとつ進める。

しばらくすると王都に放ったわたくしの使い魔は、平和裏に魔族との交易が始まって、厄災の時の災禍は学園を卒業してしばらくした今も影すら見えないことに「何で!?　どうして!?」と自分の部屋で荒れ狂うピナの姿を映し出した。

そうね。厄災の時が訪れないとお前は男達に囲まれて旅ができないものね。

旅の途中で仲間になる男とも会えないし、旅の中で起きたはずのイベントも全部起きないから思っていた通りにならなくって腹立たしいでしょう?

ああ、すぐよ。

もうすぐ。

わたくしの大切なエミの望む「レミリアの幸福」を、悪意をもって壊した女の首に手がかかる。


最後の仕上げに入る前に、大切な下拵《したごしら》えに着手した。

王都の使い魔を通じて、偽証をした者達の意識にほんの少しだけ洗脳をかけた。ふとした瞬間に湧き上がる「グラウプナー公爵令嬢の事件の偽証をしたままでは良くないことが起きる」という焦燥感。

これで四人が家族や同僚に真実を告げた。

そのうち二人は王宮にて証言の訂正まで行った。

「でも他に証言してる人はいっぱいいたし」「自分の証言だけで決まったことじゃないから」「何かあの時は少しくらいの嘘を吐いてでもピナ嬢を助けないと、と思ったんだよな」と。

あらあら、思ったより大分少なかったわね。

でもこれで王宮の人間にもささやかながらくさびを打ち込むことができたでしょう。

貿易を行うことで魔族への偏見が少しずつ解けていく。今までも魔族と明かさないまま人の社会に潜んで暮らしていた者はいたけれど、公式の交流はこの国の有史以来初めてだ。瘴気に触れることのなくなった魔族はあれから一人も狂化した者が出ておらず、そのことは知られないまま人間社会に無事溶け込んでいた。

実際に取引をする商人をはじめとした市民達から魔族の正しい姿や、伝承の悪魔とは違う存在であることが伝えられてジワジワと広がっていく。

魔界からやってくる交易品の、魔物の素材や魔晶石は質が良いものが多いと歓迎されたのもあるだろう。

瘴気の発生源が消えたことで、今は特産品となっているそれらの減産が見込まれているが……魔晶石の加工や魔道具の技術は魔族の方が高い。

生活が落ち着いて製造業がもう少し活発になればその代わりにそういった品々が交易品として並ぶだろう。

人間の国の市井《しせい》に広めた顛末《てんまつ》については。

魔族の祀《まつ》っていた創世の神が邪神との戦いで力を削《そ》がれ、醜い策略によって浄化の女神も捕らえられた。邪神は悪魔をはじめ尖兵《せんぺい》を生み出し長きに渡って人も魔族も苦しめていたが、このたび浄化の女神を救い出し、当代の魔族の王が邪神を見事にくだしたことでやっと魔族の住む国に平和が訪れ、こうして国交を結びにやってきたのだ、ということになっている。これは平和を守るために必要な優しい嘘だとアンヘルも了解している。

魔族の民に対しては、邪神によって狂化を起こす呪いをかけられていたが打ち倒したのでもう狂化は起きないと伝えられた。

人が呼ぶ悪魔の正体と狂化についてては緘口令《かんこうれい》が敷かれ、魔王のみが使える、魂を縛る契約魔法で国民全員に狂化について人間に話すことを禁じたそうだ。これからは魔族の国の機密として記録に残るのみとなるだろう。

便利な魔術が魔族にはあるものだ、これをピナに使うのでも良かったかしら？　いいえそれでは楽しくないわね。

そのため創世神が堕ちて邪神となりかけていたことも公にはされていない。

魔族でも知っているのは魔王アンヘルとあの場にいたクリムトだけだ。

「悪いのは全てその邪神という存在である」と話を持っていくためでもあるが、創世神への信仰は魔族の心の拠《よ》り所《どころ》でもあったから、それが瘴気を生んだせいで今まで自分達が苦しんでいたと知ったらこれから生きていく枷に感じる人もいるだろうから、とわたくしが提案したのだ。

天界の主をわたくしが打ち倒したのも天罰を心配する方が出るだろう、とこれも広めてはいない。

魔族には過ぎたことを憂うことなく幸せな生活を送ってもらわないと困る。これはアンヘルの前でも嘘偽りなく告げられるわたくしの本心からの言葉だ。

ピナは「そうではない」と物語の中で知った事実を元に反論しようとしていたが、「なぜそんなことを国から出たこともない星の乙女が知っている？」「向こうの国のトップが発表した話を何の根拠も無しに否定するなんていくら星の乙女でも……」「創世神が堕ちて邪神になった？　あちらの崇《あが》める神だぞ、そんな言いがかりを向こうに聞かれたら戦争が起きる」と諫《いさ》められてとても不機嫌になっていた。

あの女の独り言をまとめると、「狂化した危険な状態を悪魔と呼ばれ、その悪魔と同一視されて迫害されながら人間社会で生活を始める魔族達の誤解を解いて美形しかいない魔族に感謝されるのは自分であったはずなのに」というところだろうか。

確かに物語ではそうだったが、愚かでひとりよがりすぎていっそ哀れになる。

エミは見返りなんて求めずに誰かを助けていた。「きっとそっちの方がみんな幸せになれるから」と、より良い未来を求めて。

こんな女にわたくしの可愛いエミが絶望してわたくしの中に閉じこもるほど傷付けられただなんてやっぱり許せない。

計画に必要な根回しをしながら魔界で溌剌《はつらつ》と過ごすわたくしのもとにある日アンヘルが知らせを届けに来た。魔界の孤児院のような場所で、わたくしを姉のように慕う魔族の子供と泥まみれになって遊んでいた時だった。

どうやら魔界との貿易開始一年経過を記念して、より規模の大きな取引を望んだ王国側は魔王アンヘルをはじめとした魔界の重鎮を招いて親睦会を兼ねたパーティーを開くことになったらしい。

数年は小規模な取引で様子を見るという話だったが、魔族との交易品に魅力を感じる人は少なくなかったらしく、貴族や大商人からせっつかれた結果のようだ。

ピナの周りに潜ませている使い魔から、あの女がアンヘルに会えることを大喜びしている様子が伝わってきた。「もう少し節制を」と王宮の財務官につい昨日泣きつかれたというのに。

また新しいドレスを作らせるの？　袖を通してもいないのがまだ何着もあるのに……ピナ付きの従者達は気の毒にね。

しばらく前から取り繕いきれなくなったピナの本性が少しずつ見え始め、レミリア公爵令嬢の婚約破棄を含めたあの一件が全くの冤罪とまではいかなくとも「これだけ『良い』性格をしてる女が自分の婚約者に付き纏ってたら、嫌がらせの一つや二つしてもおかしくないよな」と思われ始めていた。

ウィリアルド達も、上げられきった好感度を上回るほどの嫌悪を無意識に感じているようだ。今では顔を合わせることも進んでしていない。

子は親に対して無条件に愛を向けるけど、ひどい親のもとに生まれた子供は親を嫌う。でも憎みきれないのは、最初に刷り込まれた親への愛を覚えているからだろう。それと同じように、植え付けられた偽りの愛情が、ウィリアルド達がピナを見限る選択肢を最後の最後で取らせていないのか。

または、「レミリアを断罪した自分は間違っていない」と拠り所を失うのが怖いのか。

星の乙女と呼ばれてはいるが、あまりにも醜悪な為人《ひととなり》が貴族や城の使用人の中では有名になりすぎていて普段は表に出てこない。出せないと言うのが正しいかしら。

戦乱の時代であったら重用されただろうか？　いえ、あの女は男にかまけるのに夢中で、レベル上げや星の乙女の能力である「味方の強化能力《バフ》」を磨くことはほとんどしていないのであのままでは使い物にならないから難しいわね。

物語と現実とは遠く離れた展開を迎えている。

半年前には魔族の学生を学園に受け入れる留学も始まった。「魔族に攻め入られたら今のこちらには為《な》す術《すべ》もない」という本音を隠し、魔族の有用性を認めて共存を選んだ。

それを機に第一王子は自身に魔族の血が流れていることを公表し、魔界との外交の先頭に立つようになっている。

先月は魔族と人間のカップルの結婚も報告された。寿命の差など課題はあるがこれからもっと増えていくだろう。

王太子であるはずのウィリアルドに対しては、グラウプナー公爵家の後ろ盾を結果的に失うことになってまで断罪した公爵令嬢レミリアの事件についてポツポツと偽証が見つかり、ピナの本性が時折垣間見えてヒステリックな顔が幾度も目にされるうちに「あの断罪は正しい行いだったのか？」と疑う者も出始めている。

やはりここでも、「嫌がらせ程度は実際あったのだろうが、あれが相手ならその気持ちも少しはわかるし、婚約破棄はやりすぎだったのでは」「最後の直接の加害だってひどい怪我《けが》をするようなものではなかったのに公爵令嬢に対して罰が重すぎたのでは」というものだ。

王家に対して表立っては言わないが、特に当時学園にいた女性にこの傾向が強い。

ピナから離れてあの香水の匂いを嗅がなくなったため、正しい判断ができるようになったのだろう。

魔界との外交で輝く第一王子とは真逆に、陛下からは「あそこまでして婚約者を退けた元となった御令嬢なのだから」といつまで経っても星の乙女としてまともに使えるようにならないピナの面倒を全面的に押し付けられたウィリアルドは鬱屈とした思いを抱えるようになった。

「なぁ、ピナ……いい加減にしてくれよ。まだ着てないドレスならたくさんあるだろう？　予算は湧いて出るものじゃないんだよ」

「どうしてそんな冷たいことを言うの？　今クローゼットにあるドレスじゃ恥ずかしくってアンヘル様を歓待することなんてできないわっ……。ウィルは自分の婚約者候補がみすぼらしい格好をして出席して、魔族の方達に笑われてもいいの？」

「そうは言ってないよ、ただ限度が……」

「酷《ひど》い……！　ウィルはあたしに冷たくなっちゃったね……学園にいた頃は、あたしの声に耳を傾けて、時間だってたくさんとってくれたのに。今では自己鍛錬の時間も必要だってあたしがいくら言っても……郊外に魔物討伐に行くことすらしてくれなくなって……なら他の人と、って思ってもウィルは許してくれないし……」

ピナがまだ婚約者候補、であるのは星の乙女のピナが当時そう望んでいたからだ。

ピナ自身は他の男を侍らせるのに明確に婚約者が決まっていては問題があるからのらりくらりと「まだ学ぶことが多いので正式な婚約者など務まりません」と逃げていて、周囲の「そんなことない」という言葉を待っていたが返ってきたのは「まぁ確かにそうだな」といった冷ややかな反応だった。それにピナが憤慨していたのは教育係とピナ付きの侍女だけが知っている。

新しい婚約者に、と星の乙女というだけでウィリアルドの周りの貴族はその時は乗り気だった。本性が知れ渡った今ではその話は凍結されている、今更ピナが望んでも今度は王家が渋るだろう。

ピナの不機嫌の元、自分の取り巻きのウィリアルド達の自己鍛錬不足……エミが行っていたようなレベル上げが今となってはできないのは当然である。

王太子やその側近としての執務があるからだ。物語の中では、レミリアが呼び出した魔王によって厄災の時が引き起こされ、各地で魔族に先導された魔物による被害が続くのを騎士団や兵士が抑える中、大元を叩くために勇者の血を引くウィリアルドが剣を持つことになっていたが現実は状況が違う。ピナは魔王討伐の旅がなくなったせいで、ゲームのストーリーを進めると発生する好感度上昇イベントが一切起きなくなって一年経過してしまったことに焦っていた。

恋の秘薬も手に入らなくなってしまい、ゲームのように仲間として共に戦って親しくなることもできていない。

最近は落としたはずの男達の態度も素っ気なくなってきて、「まさかゲームと違って何もしてないと時間経過で好感度下がるの？」と部屋でイライラしながら呟《つぶや》いていた。

ダンジョンでの夜営時の会話や魔物に襲われた人に助けを乞われた時、他にもイベントの選択肢は全部覚えてるから、旅にさえ出られればウィリアルド達以外の男も好きなだけ自分に夢中にさせられるのに、とピナは苛立《いらだ》たしさから歯を噛《か》み締める。

好感度を上げる通常アイテムを攻略対象に贈るのは、王太子の婚約者候補が他の異性に何度も贈り物をするのは外聞が悪いと今では止められてしまったし、第一あまり嬉《うれ》しそうにしていなかった。きちんとアイコンと同じ商品をあげたのに何がいけなかったの？　とピナはイライラして部屋の物に当たった。

だからこそまだ全然攻略ができていない男達と魔物討伐に行かないとならないのに。ゲームとは違い、嫉妬からか自分の行動を制限してくるウィリアルドにピナは不満を抱いていた。

また一方でいくら「執務があるから」と伝えても、それくらいのことも理解してくれないピナに最近はウィリアルドも苛立ちを感じることが多くなっていた。

魔物討伐が名目であるが、未婚の女性が他の男と外泊するなんて……名ばかりの婚約者候補とは言え外聞が悪すぎるといくら言っても納得しないし、かと言って女騎士を連れて行くのも嫌がるのでそれを許すわけにはいかなかった。それをピナは酷い酷いと目に涙を溜《た》めて責め立てるのだ。

今になって、「こんなに悲劇のヒロインぶって騒ぐなら、レミリアのあれもちょっとのことを大袈《おおげ》裟《さ》に騒ぎ立てていたのかもしれない。階段から突き落としたのだって、ついカッとなって押した後ろがたまたま階段だっただけで、殺すのもそうだが大怪我をさせる気もなかったのかも……」などと思う始末だった。

心の声までレミリアが聞けたのなら、復讐《ふくしゅう》劇を切り上げてでも「何を今更」とすぐさまウィリアルドの首を刎《は》ねていたかもしれない。

ウィリアルドの側近達は、ピナに入れ込む姿を見られてかつての婚約者に見捨てられるか、呆《あき》れられて穏便に婚約解消をされたまま次は決まっていない。

彼らも他の貴族からは見放され始めている。

ウィリアルドも側近達も、今はもうわがままばかりのピナに疲れ果てていたが何故だか最後の一歩で見限ることができない。

星の乙女と肩書はあるが、戦時中でもなければその力はよほど上手く使わないと役立たない。役立てるような農業や酪農、地質学の勉強を促してもピナはしようともしないのだが。

ウィリアルドはピナのキンキンした泣き声から逃れるように「新しいドレスは作れないから」と言い捨てると、部屋を出て行った。「何でこんなことになったんだろう」という後悔をぽつりと呟いて深くため息をつきながら。

城の中では「ウィリアルドは廃嫡されて第一王子エルハーシャが立太子するのでは」なんて意見も聞かれるようになってきた。

当時噂《うわさ》を聞いてレミリアの断罪執行を許した王は、ウィリアルドが「裏付けまで完璧にとった」と言い放って提出した証拠とは別に王家の隠密に再度調べさせるべきだったとあの後からずっと後悔している。書類上では確固たる証拠に見えていたが……。

最近になってそれを裏付けるように、良心の呵責《かしゃく》に耐えかねた当時の証人が「実は星の乙女に頼まれて偽証を行った」と言ってきた。

その告解を聞いた者から密告も上がっている。その数は少ないが疑惑は生まれた。

「他の証拠は捏造されたものではないのか？」

冤罪であるとレミリア嬢は訴えていた。

罪状とそれを裏付ける証拠が多すぎて、それは見た限り疑いようもなかった。

……当時は言い逃れも甚《はなは》だしいとしか思わなかったが、万が一それが真実なら。あの膨大な第三者として語られた証人に証拠が、全て偽りなら。

「いや、まさか……」

ウィリアルドはあの時婚約を破棄するつもりはなかった。あの時の断罪劇はレミリアに反省を促し、星の乙女とレミリアの和解を広く貴族に知らしめる茶番、のはずだった。

変わってしまったレミリアに愚かな行いを突きつけ、もし渋ればこのままでは婚約破棄だと脅し、そしてレミリアは星の乙女に頭を下げて大団円の予定。

だから記録に残ってしまう正式な裁判や正規の捜査機関による調査は行わなかったし、実際それは手打ちを行った後のレミリアの今後を考えてのことだった。

自分を含め、ウィリアルドやその側近、一部の貴族は裏話を知っていたが、なのにレミリアが罪を一切認めず強情を張ったまま婚約破棄を受け入れてしまったため全てが狂ってしまった、と。

数々の証拠を前に認めないとは反省の余地なしとしたが、本当に何もしていなかったのなら。

あの時無実の貴族令嬢を自分達が貶《おと》めて、星の乙女と呼ばれる力を持っているとは言えそれを成した毒婦をそうと見抜けず国を挙げて推したことになる。

それを認めるわけにはいかないがために無意識で、「そんな訳がない」と違和感に全て目をつぶって否定している。

当時未成年だった「レミリア」に責任を押し付けるようなことを考えているのをレミリアが知ったのなら、やはりウィリアルドと同じく復讐劇を終える前に首と胴体が別れていただろう。

各々の思惑があって魔界との親睦を兼ねた夜会の開催が発表されたが、実行日と決めたその日がすぐやって来るわけではない。

国の威信をかけた行事だ、準備期間は十分にとられ、参加する方もそれに備えて色々な手配を行う。

高位の女性貴族はドレスのための布を織らせるところから始めるというのも普通の話だ。

わたくしも夜会に備えて準備を行う。

と言ってもわたくしが心を砕いているのは断罪の準備で、ドレスや装飾品など魔族の女性達が嬉々《きき》として用意してくれることになったのでお任せしている。

そんな中、夜会の装飾品に使って欲しい、とアンヘルの作ったらしい本人の魔力の色である金色の魔晶石を渡された。その意味は知らないフリをして「綺麗な色の魔晶石ね」とただそれだけ伝えて喜んで受け取って見せる。

綺麗な色なのは真実その通りだ、わたくしの――レミリアの、エミの「レミリア」の髪の色もこの魔晶石やアンヘルの瞳と同じ、煮詰めたような濃い金色をしているから。

「あの……レミリアさん、それ、兄さんが作った魔晶石ですけど……それを身に着ける意味、ご存知ですか？」

「いいえ、聞いたことなくってよ？　……何か良くないのかしら？」

プロポーズの際に自分が作った自分の魔力の色の魔晶石を渡す文化が魔族にあるのも、それを装飾品に加工して身に着けるのが承諾を示すのも物語の知識から知ってはいたが、「レミリア」としては事実聞いたことがなかったのでそう答える。

ちなみに魔族は魔法に長《た》けた種族であるため、誰が作った魔晶石かなんとなく感じ取ることができるそうだ。伴侶へのマーキングの一種なのだろう。

「違うぞクリムト、その、煩わしい虫除《よ》けのためというだけで他意はないし、そ、そういうのじゃないから」

「……兄さん、騙《だま》して外堀を埋めるのは感心しませんよ」

「違うぞ、違う。まだ伝えてないだけで騙してはいないぞ」

可愛らしく狼狽《ろうばい》しながら必死に言い繕うアンヘルと、半目で兄を睨むクリムト。わたくしはそんな二人のやり取りを眺めながら、恋に鈍感なエミのようにただ面白そうに笑っておいた。

クリムト君とアンヘルは好きよ。

この子は兄と国のために躊躇《ちゅうちょ》せず命を差し出せる忠臣だし、アンヘルは民と国の未来のために私情を殺して行動できる為政者だもの。

たとえ彼らがこれからピナに惑わされて何を吹き込まれたとしても、ただ自分が好意を感じるというだけの女よりも国のために必要なわたくしを選ぶ、と心の底から信頼できる。

だってピナよりもわたくしの方がどう考えても有用でしょう？　まぁ惑わすためのアイテムはわたくしが封じたからそんなことは起こらないけど。

……そう、洗脳されて操られていたわけではないのだもの。

幼い頃から横にいて、長い時間を過ごして何度も救ってもらったエミを信じずにこの結末を選んだのは自分の責任だわ。

ねぇ、そうでしょ皆さま？

舞台は整った。

久しぶりに、わたくしが領主として治めていることになっている村へと戻る。

いいえ、今は村とは言えない規模になっているから適切ではないかしら。近隣の国境で隠れ住んでいた魔族もこの地に呼んだし、今は魔界との交易の拠点である貿易都市となっている。

王都やその近くに直接魔界と繋《つな》がる転移門をいきなり作るのは警戒されるだろうから、とここに道を開いたのだ。

もちろんそのことは国の中枢も知っている。

わざわざ「わたくしを監視してください」とあの時言ったのはこのためだもの。魔族の有用性が周知されたこの状況で「レミリア・ローゼ・グラウプナーが治める村ではそれよりも前から魔族が幸せに暮らしていた」と知られるための。

わたくしがこの村のために資材を用意して、手ずから入植者に炊き出しを振る舞い、最初は廃屋の修繕も行い、自ら魔法をふるって開拓をしたのも。

ここに移り住んだばかりの子供が熱を出した時に、わたくしの屋敷で預かって寝ずの看病をしたこともあったわ。学校も商店も仕事先も請われれば手配した。税金はほぼ全額この開拓地に還元して、それどころか領主という立場でありながらたびたびダンジョンにも潜って、わたくしが魔物を屠《ほふ》って稼いだ金銭も注ぎ込んだ。

今では魔族だけではなく、王都やよその領地で行き場をなくしていた子供や物乞いだった者も集めて農業や街の清掃、堆肥《たいひ》造りにと仕事を斡旋《あっせん》しているのも知っているだろう。

「最後まで自身の無実を訴えていたレミリア・ローゼ・グラウプナーは、僻地《へきち》に追いやられてからも腐ることはなく、せめて自分にできることをと人々のために尽力していました」

そう語られる行いは十分できている。

……わたくしはただ、エミならしていただろうことをやっただけよ。

エミの知識にあった、エミの世界で成功していたシステムを利用して。きっとエミも同じことをしていたわ。いいえ、わたくしよりももっと優しい街を作れていたはずよ。

成功を続けるわたくしの街とは違って、王太子ウィリアルドの直轄地は良い話を一向に聞かない。まぁわたくしが全てそう差配しているのだけど。

ピナから聞いた前世の知識らしい話から「輪栽式農業」の研究をしている最中だったのを先にわたくしが広めてあげた。

エミの世界ではマメ科植物の根に存在する菌が肝心だとさらに詳しい知識を知っていたわたくしはこちらの世界でそれにあてはまる存在を探し当てたから。どんなものを探すか決まっていれば道は大幅に短縮できる。さらに清掃業から派生させた、堆肥を作って安価に販売する事業も今では国内に広がっており、わたくしの領地が生産する堆肥のおかげで提携している穀倉地帯の収穫量は例年に比べて二割増しを記録したそうだ。

この街の産業になっている堆肥については魔族の力を借りている。魔族の中では魔力が少ないとは言っても人と比べれば魔族の魔力は強い。その彼らが堆肥の発酵や撹拌《かくはん》を一部担当しており、生産効率が高いからこその成果だ。

ピナが前世の知識から調味料や料理を作った時は、わたくしが何かする前に食中毒を出したり材料費で大幅な赤字を出したりで自滅して拍子抜けした。マヨネーズにカレー、チョコレートとウィリアルドの名前で色々手を出していたがどれも成功していない。

また、ウィリアルドが洪水を繰り返す地域に河岸の補強を含めた大規模な治水事業を行う予定だったのを、それより上流に位置するわたくしの領地の奥にダムを作ったことでその計画を潰した。一緒に建設した橋は「ダムの工事に必要な簡易的なもの」と勘違いできるように書いて、実際は馬車がすれ違えるような大きなものを魔族の力を借りて作っている。物流の流れを奪われた王家直轄地は寂れ始めているそうだ。ウィリアルド様、恨むなら治水事業に王家の予算を使うことを渋って、わたくしの計画書に許可を安易に出したご自分の父親を恨んでくださいね。

厄災の時は訪れず、今は戦もない。瘴気の発生を止めたこの後は魔物の脅威も弱まることが見込まれており、功績を立てるには内政に励むしかないがそれはわたくしが潰す。ウィリアルドの側近として周りに残っている者も今は実家に居場所らしい居場所はなく、大きなことをする力はもうない。

逆転の目があるとしたら彼らが侍っている星の乙女であるピナが何か奇跡を起こすくらいだが……わたくしがそれをさせるわけがないでしょう？

ああ、あとピナが「炊き出し」をしているがそれについてはあえて何も手は出していないの。良い結果にならないのが目に見えていたから。

現に貴族どころか民も点数稼ぎというのが分かっているのだろう、その行為を称《たた》える者はいない。

だって本当に炊き出ししかしないのよ？　就労支援をするわけでもなく、子供がご飯をもらいに来たら保護するわけでもなく、食事を振る舞うだけ。

飢饉《ききん》で餓死者が出ているわけでもないのに、ただ住所不定の無職の人間に餌を与えるだけになっていて、頻繁に炊き出しを行う広場の周りにそういった者達が住み着いてしまい周辺住民から恨まれている。

しかも比較的余裕があり、見栄えの良い王都や王太子直轄領都でのみアピールのように先頭に立って、真に困窮している僻地や開拓村への地道な支援はろくにしていない。褒められたいだけのあの女らしいわ。

そんな愉快な話を思い出しながら……アンヘルから贈られた、彼の髪の色と同じ黒から濃青へとグラデーションになった美しいドレスを体にあてながらわたくしは鏡の前でうっとりする。

秘書代わりにわたくしの領主の真似事を補佐してくれているスフィアが「お似合いです」と微笑んだ。彼女はアンヘルがわたくしを大事にしている様子を見ると我がことのように喜んでくれている。

アンヘルから贈られたドレスに見惚《みと》れていたように見えたのだろう。

わたくしはその期待に応えるように、「アンヘルは喜んでくれるかしら」と可愛い乙女のように答えておいた。ああ、本当に楽しみだわ。

予定された夜会……魔界とわたくしの祖国の親睦会には国内の貴族のほぼ全員が参加する予定となっている。

少しでも魔族と友好的な繋がりを持ちたいということだろう。それだけ魔族との交易品は魅力的で、「これに欠席でもして魔族に否定的だと思われてはたまらない」と怯《おび》えているのだ。

開拓地のわたくしの村にも実家から便りが届いた。

おおよそ二年半ぶりの接触だが何も思うところはない。要約すると「すでに魔族と商売をしているそうだが本当か？　一枚噛ませろ」ということらしいが、情報戦が命の貴族社会で公爵をやっているくせに耳が遅すぎである。

まぁわたくしが手を回して可能な限り情報を遮断していたのだけど。

エミはわたくしの両親に対して家族と認識はしていなかったから、あの日親子の縁を切ると宣言されたのも……その後実際に、子としての戸籍を抜かれて放り出されたことだってたいして気にしないと分かっている。けどグラウプナー公爵が、あの女に買収されるような侍女と護衛を雇わなかったら……エミに罪を着せるのはほぼ不可能だった。

愚かゆえの過失とはいえ、わたくしの可愛いエミに冤罪をかけて傷付ける原因を作ったのだから。

このくらいの罰は必要よね？

わたくしがグラウプナー公爵の名に大袈裟に怯えて見せたせいで、アンヘルによって魔界資源を扱う取引からはやんわりと締め出されているけれど才覚があったらどうとでも食い込めるはずだもの。

さらにグラウプナー公爵領の名産品である絹織物と蒸留酒、高級紙とわざと競合する魔界産の商品を大量に市場に流してやったので大分苦しいのだろう。

エミの作り出した、グラウプナー公爵に権利を売却する羽目になった商品の上位互換と言える様々な発明もわたくしが手を回して国中に広め始めている。

資金源を締め上げられて、税収が大幅に減っているのをやっと認識して慌てているのだろうか。公爵を務めるからにはもっと早く気付いて行動に移すと思っていたのだが拍子抜けだ。予想では半年前に動きがあると思ってたのだけど。

対応が遅かったせいで、公爵領では失業者も出てきているらしい。もちろん彼らはわたくしが、その家族ごとわたくしの領地の入植者として受け入れているわよ。貴重な生産力だし、何よりエミなら彼らのことだって気にかけただろうから。

別に交流を持つ気はないのでスフィアに言って手紙は暖炉の焚《た》き付けに使った。

わたくしをここに追いやる時に「陛下の温情で貴族籍までは取り上げられなかったが、お前には今日から家族はいないと思え、私もお前を赤の他人と思おう」とおっしゃって実際に親子の籍は抜いてわたくしを独立した家扱いで登録したのはお父様――いえグラウプナー公爵だもの。

知らない人に出すビジネスの手紙としては無礼すぎるわ。

第四章

The person in a villainess

一日千秋の思いで待った夜会の当日にアンヘルやその他魔界の重鎮と共に転移門を馬車ごと潜《くぐ》った。

アンヘル以外はほとんど、物語の中では戦闘や狂化によって命を落としていた。今は誰も欠けていない。狂化寸前で体調を崩していた者も浄化により回復してこの場にいる。

そのまま開拓地の中にもうひとつ新しく設置した、ここと王都を繋《つな》ぐ転移門をさらに抜けると交易所を建設途中の王都郊外に出る。今日は夜会のために魔界から魔族の王を含めた一行が通ると聞いて、道沿いには人々が興味津々《しんしん》といった様子でひしめいていた。

馬の代わりに魔獣を操る騎士に歓声が上がり、角や尻尾など見慣れぬ姿をしているが美形揃《ぞろ》いの魔族に誰もが好意的な視線を向けている。

「……レミリアにとっては帰省になるが。緊張しているのか?」

「ええ、少し。また信じてもらえなかったらどうしようと思うと……」

「レミリア……」

あの女が捏造《ねつぞう》した証拠を全て否定する用意はできているが。

それでも自分の信じたいものだけしか見ようとしない愚か者がいたら本当にどうしてくれましょうか。その時は物語の中のエイプリルフールイベントに出てきた、「丸一日真実しか話せなくなる呪い」

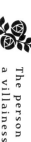

の再現を検討しないとならないかしら。

あらそれもいいわね。その状態で王都の広場に磔《はりつけ》にして自白させるのも楽しそうね、と思いかけて「エミは自分を陥れた相手にもそんなことしないわ」と思い直した。

不安げに見えるように作ったわたくしの顔を覗《のぞ》き込みながら、アンヘルがわたくしの膝の上の手を取る。

六頭立ての広々とした馬車の中でわざわざ隣に座った彼は、余裕をもって向かいに座る自分の弟妹の呆《あき》れた視線に気付かないフリをしたまま「俺がついてるから」と甘く囁《ささや》いた。

正装したアンヘルの胸元には、物語の中では主人公の瞳の色である薄紅色が存在していたが今は鮮やかな水色のクラヴァットが飾られている。

わたくしの瞳と同じ色。

カフスなどの小物も、星の乙女の髪色を彷彿《ほうふつ》とさせる茶色味の強いアンティークゴールドではなくわたくしの髪と同じ、煮詰めたような濃い金色でまとめてある。それ以外は物語の中でアンヘルが着ていた「限定衣装」と同じ、その美貌を引き立てる黒いジュストコールという洗練された装いだ。

反対に、わたくしはアンヘルの髪と瞳の色を全身に身に着けている。

ハートカットの胸元は黒地に金糸で細かな刺繍《ししゅう》が施され、肌を隠すように胸元から手首まで豪奢《ごうしゃ》で繊細な黒いレースがぴったりと覆う。タイトな上半身のデザインと一転して、わたくしのくびれた腰のラインからきれいに広がるように計算されたトレーンがふわりと広がっていた。その裾にはビジュー代わりの小さな魔晶石がちりばめられていて、ほんの少し動くだけでキラキラと金色に輝く。

清楚《せいそ》だが美しい、エミの「レミリア」に相応《ふさわ》しいドレスだった。ちなみに例の魔晶石はネックレスに加工して胸元を飾っている。

魔族には恋人や夫婦がお互いの色を身に着ける文化はない。髪も瞳も黒に近い色がほとんどの魔族は、固有の魔力の色が出る魔晶石を贈り合うからだ。アンヘルが人間の文化を分かっていてこんなことをしているのを「レミリア」は気付いておらず、「偶然よね」と思っていることにしている。

お互いの色を身に着けたわたくし達二人は、何も知らない人からは恋人同士としか思えないだろう。これだけ主張の激しいことを、わたくしに伝えもせず了解を取らないままやるのだからこの男はずいぶん愛が重いし臆病だ。

「本当に別々に会場に入るのか？」

「ええ、魔族の皆様とわたくしが最初から行動を共にしていると、この国の貴族の方々はあまり面白くないと感じるはずだわ」

もちろんわたくし個人の理由はそうではない。

実際貴族としての力を失ったと思われているわたくしが、これから国を挙げての重要な取引相手となる魔族とすでに親交を持っているのを歓迎しない貴族が多いのは事実だが、現在魔界資源の取引にすでに関わっている家の者には魔族のそばにわたくしが居るのは知られている。

ただ、国賓対応になるアンヘルの腕をとって最初から目立つのは、この後の復讐《ふくしゅう》劇を考えると良い判断ではないからだ。

だって、わたくしがアンヘルのパートナーなのを最初から見せつけたらつまらないでしょう？　あの女が調子に乗ったところを叩《たた》き潰すところからやりたいわ。

……あの、星の乙女が画策した断罪劇の日から今日をどれだけ待ち遠しく思ったか。


皆と別れて入った会場の中で人に交じり、給仕から受け取った発泡酒をくるくると回す。高い天井にはシャンデリアが煌《きら》めき、高価な魔道具を贅沢《ぜいたく》に用いて会場を明るく照らしていた。

わたくしは玉座付近を見たまま目を動かさずに周りに意識を巡らせる。

「公爵令嬢レミリア」に気付いた人は遠巻きにしながら何事かを囁き合っているのが見えるが、王家に近い位置の者からはわたくしがわたくしと分からないよう、ある程度離れるとわたくしを認識できないような軽い阻害の術を組んだので夜会の前に騒ぎになる心配はない。

「親善のために」という名目で魔族から持ち込まれた金色の発泡酒が灯りを反射してキラキラと輝く。

「元は人と同じ体の魔族の寿命が違う種族になるほど延びたことに関係があるのでは」と言われ始めている、魔界で実る数少ない作物のひとつであるリリンの実を発酵させて作ったお酒だ。

物語の知識で大丈夫だと知っていたが、わたくしや、わたくしの作った街に住む人間にある程度長期間摂取させて改めて安全性をしっかりと確認してある。

発泡酒を見る貴族達の目はギラギラ輝き、乾杯の挨拶のために配られたと自分を律していなければすぐにでも飲み干してしまいそうな欲深さを見せる者や、リリンの実の話を知らなそうな田舎者《いなかもの》に親切面して声をかけて「酒精の入っていない飲み物に換えたい方はいないかね？」とリリン酒を一杯でも多く手に入れようと画策している者までいる。

全員に飲ませるため「持っている魔力に応じてその健康に寄与する」効能については話してあるため誰も手放そうとしないが。

ポーションのように直接治す力ではないが、リリンの実には摂取した本人の魔力を消費してポーションや治癒魔法の効かない病気や慢性的な持病を改善する力がある。

実際、魔族が瘴気《しょうき》に侵された体を癒すために使われており、浄化の存在しない魔界でそれでもあそこまで多くの魔族が生きながらえることができたのはリリンの実のおかげだった。

先日、ステファンの父親である王宮魔導士長が病で伏せっていたのをリリンの実が治したのを知っている者は多いだろう。

普通の人はあれほど大きな魔力を持たないからあそこまでの劇的な効果は期待できないのだが、夢を見るのは自由だ。

現在リリンの実の作付け範囲も広がり、今後の交易品の目玉になる予定だが、このリリン酒はこの場にいる全員に必ず飲んでもらわなければならない。

二杯目以降を求めるのは良いが一人一杯は摂取させないと。これはただのリリン酒ではない特別製なのですから。再度用意して飲ませる場を整えるのは骨が折れてしまうもの。

夜会が始まり、この国の王が魔族の王を歓迎する言葉を述べると次は乾杯へと移る。

静かに待ちながらも、リリン酒を口にする熱狂を抑えきれない人々は手に持ったグラスから意識を外せない。この国の王もチラチラと気にして視線をやってしまっている。

そうして形式ばった挨拶を終えた後、訪れた歓喜の時に貴族達はグラスを一気に呷《あお》った。

わたくしもグラスを傾ける。ほのかな酸味に爽やかな果実の香りを持ったリリン酒は、こちらの下位貴族がたむろする会場奥のエリアでは、配られて時間が経《た》ってしまっていたため少しぬるくなっていたが、勝利に繋がる美酒だと思うと今までのどんなものよりも美味《おい》しく感じた。

前方の、おそらく高い魔力を持っていた高位の貴族達を中心に歓声が上がる。おそらく体に変化を感じたのだろう。持病が重く魔力が高い者ほどその効果は顕著だ。

王も、王太子も、その側近達も確かにリリン酒を飲み干したのを見届けたわたくしは玉座……アンヘル達がいる会場の前方へと静かに移動を始めた。

「体の様子はどうだろうか、人の国の王よ」

「これは……長年患っていた腰痛が溶けたように消え、常にあった息苦しさが嘘《うそ》のようになくなった。まるで若く健康だった頃の体を取り戻したような……。リリンの実を口にした時もその力は実感したが、この発泡酒にしたものはさらに素晴らしい」

「それは良かった」

「リリンの実は交易品としても販売していただけるというお話でしたが……」

「ああ、望むだけ全てというわけにはいかないが。需要が高いということは私達も把握している。ただ人の魔力量で頻繁に使いすぎると枯渇を起こすから、話したように流通させる際は何らかの方法で制限をかけた方がいい」

「それは確かに」

裾をさばく衣擦れの音もさせずに滑るように移動するわたくしを、近付いて初めてこちらに気付いた高位貴族達がぎょっとした顔で見た後道を開ける。アンヘルと王の声も聞こえてきた。

とは言っても風属性の魔法で増幅して拾っているので他の者の耳には届いていないだろうが。

さらに一歩前に出ると、今は騎士崩れとなっているデイビッドと、ぱっとしない政務官として働くクロードに、魔術師と音楽家とどっちつかずになっているステファンがいる。

その中心に囲われるように立ちアンヘルをうっとりとした目で眺めるピナが見えた。贅を尽くしたドレス、物語で出てきた「スチル」よりも装飾品がはるかに華美になっている。髪にまぶして輝かせているのは砕いた金剛石かしら？　趣味が悪いわ。

国の伝承で語られる星の乙女とは言え、この場の最上位の女性である王妃に張り合うような金額がかかっているのではないだろうか。それらをねだられて用意したと思われるクロード達の、ピナを見る目は困惑と驚愕《きょうがく》に彩られている。

わたくしは「悪役令嬢レミリア」の勝利を確信して思わず口角が上がりそうになった。

「リリンの実の素晴らしさはお分かりいただけたでしょうが、今回お配りしたリリン酒は特別製、弱いが解呪の力も持っているのにはお気付きか？」

「なんと!?　呪いとは……どのような？」

「体調不良と違って我がことながら把握しづらいであろう……人の感情を操り偽りの好意を植え付ける悪《あ》しき呪いの一種だ。今まで何故か理由もなく好意的に認識していた相手への好感が消え失せているのではないかね？」

そう、この酒はリリンの実の特性を活かした「恋の秘薬」の解毒薬だ。

調べて判明したが、この国の中で流通させていた恋の秘薬は一人の魔族の手によって作られていた。

リリンの実の成分が魔力を消費して病を治す特性を利用して、ハーブなども併せて使うことで、恋の秘薬の製作者の魔力によってもたらされた効果……つまり「恋の秘薬」で上げられた好感度のみをきれいさっぱり消し去る力を持つ。

その言葉に驚愕を貼り付けたこの国の王は気付くことがあったのか星の乙女の方を見た。横で話を聞いていたウィリアルドも自身の胸元に思わずと言ったように手を当てて息を呑《の》むと、すぐさまピナに視線を向ける。

「魔王陛下！」

それを何と勘違いしたのか、どこまでも自分に都合良く考えたあの女は他国の王に突然走り寄った。

アンヘルの側近達が眉を顰《ひそ》め、剣に手を添えたクリムトが体を割り込ませてピナを威圧する。

「……この女は」

「は、その……我が国の言い伝えに残る『星の乙女』の力を持つ少女でして……」

「ほう、良い『お飾り』のようだな」

大層な名はついているが中身は伴っていないと鼻で笑ったアンヘルの反応に、人間達はさっと顔色を変える。

嫌味にも気付かぬピナだけが滑稽にも、褒められたと勘違いして頬に手を当てて「いやですわ、飾りたいだなんてそんな」などと照れたように笑っていた。

ああ、楽しみだわ……今からその顔が絶望と後悔に彩られて歪《ゆが》むのよ。

わたくしは心の底から湧き上がる喜びを抑えて淑女の笑みを浮かべた。

「魔王陛下、あの、アンヘル様とお呼びしても？」

「……この女の名は」

「やだ、私ったら……あの、私、ピナ・ブランシュって言います。星の乙女って周りからは呼ばれてますけど、是非アンヘル様はピナとお呼びください」

無礼な者の名を相手側に聞いただけなのに、曲解したピナにそう返されてアンヘルの額に青筋が浮かんだ。

言っていることのすれ違いすぎに喜劇のようにしか見えなくて、はしたなくも歯を見せて笑ってしまいそうになる。

何故この女を国賓の前に出そうと思えたのだろう？　時間はあったのにマナーを教える講師は何をしていたのかしら。これなら茶会デビューもしていない五歳児の方がまだマシだわ。

ピナの走り抜けた空間からはふわりと予想通りの香りが漂っていた。期待通りに罠《わな》にかかってくれたことにわたくしの機嫌はさらに上向く。やはり何人も人を介してはいたが「リリスの花の蜜」を求めたのはこの女だったのね。

仲介した者が口封じに一人殺されてしまったせいで暫定だったのだけどこれで確かとなったわ。

リリスの花の蜜は物語の中では魔族の好感度を上げる課金アイテムとして登場していた。今はアンヘルが取扱禁制品に指定して国外への持ち出しを厳しく禁じている。

もちろん、この女の手に渡ったのは実際にはリリスの花の蜜ではない。特徴的な匂いのする魔界原産の花を使ったただの無害な香水だ。

ピナ自身も実物は手にしたことがないのだから気付かないだろうと罠に使ったのである。

こうして証拠を身に着けて出てきてくれて、いっそ可愛いと感じるほどに愚かな女。

「ところで人の国の王よ……我が国では資格者以外が扱えぬ、精神に影響を与える薬物として国外への持ち出しを固く禁じたはずの薬物の香りがそこの女からするのだが、これは魔族に対する敵対行動と見て宜《よろ》しいか？」

「な……!?」

驚愕に目を見開いた国王が、後ろに控えていた近衛騎士に視線で指示を出してピナをアンヘルから遠ざけさせる。動いた近衛は騎士団長の嫡男、デイビッドの実兄だった。

本来の星の乙女の護衛であるデイビッドを飛ばした、事実上の王からの「無能」宣告だが、そこまで気付く余裕はないようだ。あの騎士崩れは自分がちやほやしていた女を罪人のように扱われて、しかし反論の声を上げる根拠も浮かばず伸ばしかけた手をおろし、気まずげにそろそろ近付くだけになっている。

婚約を解消することになってまでそばにいることを選んだ星の乙女があの有様で、周りの目を気にしてまともに訓練も出ていないから気まずいのだろう。

一人で鍛錬するにも限界があるし、本格的な魔物の討伐に行くためには騎士団の訓練日程で数日必要だが……名目上は「星の乙女」であるピナの護衛で長くは離れられないデイビッドはその時間も取れていない。

騎士達の多くがピナの護衛を嫌がるからデイビッドの稼働を増やすしかないのですって。魅力の香水が手に入らなくなったピナは、なのにそれまでと何も行動を変えずに見目の良い近衛にすり寄ろうとして思い切り失敗していた。

職業意識の高い彼らから敬遠されている。

例外は、在学中の王太子の護衛時に毒味で口にした恋の秘薬で骨抜きにされた数人。ただその数人は、今では勤務中に求められるがままに星の乙女の横に座ってお茶をしたりと近衛にあるまじき態度を度々見せるせいで、出世コースからはとうの昔に外れているので名ばかりの騎士だが。

デイビッドもそうなっているから、剣聖と呼ばれつつも努力を続ける兄を避けているのだろう。

王宮魔導士長の息子のステファンも立ち位置からするとピナ寄りだが、その父親は完全にアンヘル側に立って、自分の持病を治したリリンをもたらした魔王アンヘルに薬物を盛ったと名指しされたピナを睨《にら》みつけている。

ステファンも、学園に上がる前は魔術師と音楽家を両立させつつあったのに。

魔術師塔の魔法使い達は、かつてエミが「現代知識チート」とやらで非殺傷の生活に役立つ魔法をたくさん開発したおかげで、戦時以外では金食い虫と言われていた魔術師の地位が向上したと感謝していたため、原因となったピナのことを恨んでいた者が多い。

さらに魅力の香水が使えなくなったピナは、学園卒業後に貴族夫人達に失礼を働いて社交界で実質出入り禁止を言い渡されている。

その星の乙女に未だ侍《はべ》っているステファンは、気まずさから魔術師塔には星の乙女の護衛を口実に寄り付かないせいでまともな業績はなく、音楽家として彼を呼ぶサロンもなくなったためステファンの職業は何か、と聞かれると首を傾《かし》げざるを得ない。

クロードは唯一毎日出仕して政務官として働いてはいるものの、星の乙女から聞いた「年金」「子供手当」「皆保険」「生活保護」など耳触りのいい政策の提案をしては「で、その資金は何処《どこ》から出てくるんだ？」と最終的に一蹴されるのを繰り返し、今では小さくなって仕事をしている。

あんなにバカだったかしら。

エミの住んでいた世界は発展しすぎていて、この国よりはるかに成熟した社会制度と安定した税収がないと同じことを導入できないのは少し考えれば分かると思うのだけど。

王太子であるウィリアルドの凋落《ちょうらく》も言わずもがな。

ピナ自身も相変わらずパフォーマンスの炊き出しは続けているが、なぜ国民が称賛してくれないのか本気で分かっていないのが笑いを誘う。

敵対行動、と指摘したアンヘルに顔色を変えたピナがわざとらしく叫んだ。

「そんな！　違います、私はただ……」

「交易の担当者から報告が上がってきている。輸出を禁じた薬物原料を求める者がいて、断ったが賄《わい》賂《ろ》を積んで詰め寄られたため全く関係ない魔界原産の花の香水をそうと偽って渡したと。その違法に流通したはずの香水の匂いが鼻につくほどお前から漂っている。もう一度聞く、私に害を成そうとしたのではないのなら、何が違う？」

「っ、……」

相手の感情を無視して籠絡《ろうらく》するために惚《ほ》れ薬を盛ろうとした、は十分に「害を成す」に該当する。

魔王アンヘルの瞳は嘘を見抜くと知っているピナはさっと顔の色を変えて俯《うつむ》いた。

嘘を吐かずに真実を隠す話術もないのだ。嘘が暴かれるのを避けるためには黙るしかない。

「ほう、やはり、俺の瞳が嘘を見抜くと知っているのか。聞いていた通りだ」

「ち、ちがいます……ただ、私、魔族の皆さんともっと仲良くなりたかっただけで……」

「それで薬物を使うのか？　レミリアの忠告してくれた通りだな」

「なん、でアンヘル様がそいつの名前を……!?」

「……そこの騎士、そいつの口を塞いでおいてくれ。我が国を救ってくれた大恩ある女性を侮辱され、思わず縊《くび》り殺しそうになった。あと女、俺は名を呼ぶことを許していない。俺は一国で祀《まつ》り上げられるお飾りの立場を慮《おもんぱか》ったりしない、無礼な口を閉じろ」

苛立《いらだ》ちすぎて、よそ行きの言葉が剥がれたアンヘルの怒りを抑えるように音もなく近寄ったわたくしはその腕に手をかけた。

「アンヘル、わたくしのために声を荒らげないで」

そう話しかけながら見知った体温が触れたことに眉間のシワをほどいたアンヘルは、ピナから視線を外してわたくしを見るとふわりと微笑《ほほえ》む。

アンヘルに凄《すご》まれた後でさすがにまずいと思ったのか、「何でお前が」と言いそうになった口を慌てて閉じたピナがわたくしを睨んだ。

そして今、アンヘルの色を全身に纏《まと》ったわたくしを上から下まで見て憤怒《ふんぬ》に顔を染めて握った拳を小刻みに震わせている。

あらあら、被《かぶ》っていた猫がどこかにお散歩に行ってしまっているわよ。

「禁止された薬物だなんて……私知らなくて、仲良くなれるおまじない……みたいなものとしか……そ、そうだ！　あの、王様、魔族の方と友好のために同盟を結ぶんですよね？　その同盟のために、この国を代表する星の乙女の私と……魔王陛下が結婚するとかとても良いアイデアだと思うんです」

「……なぁレミリア、こいつは何を言ってるんだ？」

「ア……魔王陛下、あの、私は星の乙女として様々な才能を引き出したり人の才能を高めたりできる力があるのです。不便な魔界の開発に困ってる魔王様のお妃にぴったりですよ」

理解の範疇《はんちゅう》を超えたらしいアンヘルが無表情にわたくしを見てきた。

その奥には困惑が張り付いていて、困っているのが見て取れる。おそらくピナは心の底から「私はアンヘルにお似合いだしアンヘルも私と喜んで結婚するべき」と思っていて、そこに嘘がなかったからだろう。

自分が今他国の領土を貶《おとし》めた発言をしたことにも気付いていない。開発する余裕がなかったから未開の地が多いだけで資源は豊富と知らないのかしら？

アンヘルの弱点は、相手がそれを真実と思い込んでいる場合に混乱してしまうことね。まるで雨に濡《ぬ》れて救いを求める仔犬《こいぬ》のようなすがる目で見つめられて、場違いにも和《なご》んでしまいそうになったわ。

「国王陛下、ご無沙汰しております」

「……レミリア嬢、そなたは……」

「今日のわたくしはグラウプナー公爵家の娘ではなく、魔族の国の客人としてアンヘル様にご一緒させていただいておりますの」

「……左様か」

一国の王だ、馬鹿ではない。

優しい顔でわたくしを見つめ……アンヘルの腕にかけたわたくしの手を覆うように、自分の手を重ねた魔王を見て大恩があるという言葉も含めて寵愛《ちょうあい》がわたくしにあると察して高速で計算を始めたようだ。

「……星の乙女は体調が優れないようですが、少し休息をとられては如何《いかが》でしょうか。込み入った話は、夜会の後にでも」

「そうだな、レミリア嬢の言うように……」

「レミリア様、『また』私に酷《ひど》いことしにきたんですか!?　やめてください！」

星の乙女への拘束をためらっていたデイビッドの兄を振り切って、ピナは前に駆け出ると手を握り体の前に構えてわたくしを上目遣いに見上げた。

アンヘルがぶわりと怒りを膨らませる。

魔術師として秀でた者は、その圧に震えて思わず膝をつく姿も見えた。

あらあら、ここで喧嘩《けんか》を売るつもりなのね。エミなら晒《さら》し者にするような真似はしないとアンヘルの怒りも宥《なだ》め、奥に引っ込む機会をあげようと思ったのにピナはそれを無下にするつもりらしい。

まぁ、お前ならそうすると思っていたけれど。

「ま、魔王様……！　お聞きください、きっと魔王様は騙《だま》されてるんです。そちらの女性は王太子様の婚約者だったんですけど、えっと……私を虐《いじ》めて、最後には命まで狙ったと婚約破棄と一緒に断罪されて社交界から追放されたような人なんですよ！」

嘘を吐かずに真実を曲げようと、とっさに頭を捻《ひね》って考えたらしい言葉はとてもお粗末なものだった。

それを聞いたアンヘルの怒りはさらに強まる。

「レミリアは『悪意をもって嘘を吐かれて冤罪《えんざい》で追いやられた』と言った、その言葉に嘘はなかった。お前は俺が嘘を見抜ける魔眼を持つと何故か知っているのなら、この言葉の意味がわかるだろう？」

「違います……その、レミリア様は罪を犯した自覚がないだけで……あの時も最後まで認めようとなさらなくて……」

「ならば、『はい』か『いいえ』で答えるが良い。お前は嘘を吐き、証拠を捏造し、買収した証人を使ってレミリアを冤罪で罰したのか？」

「……っ」

「俺の前で沈黙を選ぶのは肯定するのと同じだが」

ハッ、と鼻で笑ったアンヘルは不機嫌そうに顔を歪めた。国王の横で話を聞いているウィリアルドは大分混乱しているようで、会話に参加する余裕もないほど狼狽《ろうばい》が見て取れた。

顔面蒼白《そうはく》となったピナは唇をわななかせると、顔を伏せた前髪の隙間からわたくしにだけ見えるように睨みながらブツブツと何事か呟《つぶや》き出している。

「違う……違うの……だって私は星の乙女だから、アンヘル様に相応しいのは私のはずで……あのドレスだって何でこの女が着てるの……？　アンヘル様の色を……その魔晶石だって、私がもらうはずなのに……」

「どれほど祀り上げられているか知らんが、俺は肩書きだけで誰かを欲したりすることはない。俺が愛しているのは味方が一人もいない中、腐らず折れず信念に基づき世界のために尽力した心優しいレミリアという少女だ。レミリアは創世神の末娘レンゲ様に加護をいただく浄化の乙女でもあるが、その加護が無くても俺は彼女を愛しただろう」

愛している、と初めて知ったように驚いて、その言葉に頬を染めて見せるとアンヘルは困ったように笑みを浮かべた。

腰を抱かれながら「悪い、二人きりの時にちゃんと伝えたかったんだけど」と囁かれて、わたくしは照れたように「びっくりしたけど、とても嬉《うれ》しい」と潤んだ瞳で笑い返す。

ええ、心の底から嬉しいわ。ピナに一番ダメージを与えられるこのタイミングでそんなことを言ってくれるなんてわたくしにとってあまりに都合が良すぎて驚いてしまった。

予想以上よ。

わたくしの笑顔を見たウィリアルドが、ピナの後ろで傷付いたように息を呑《の》んだのを視界の端で捉えていたがそれには気付かないフリをする。

目の前で、アンヘルがわたくしに愛を囁いたのがよほど気に食わなかったのかピナは身をよじって暴れようとしだした。女性騎士が駆けつけており、両側から掴《つか》まれていた彼女は地団駄を踏むことしかできなかったが。

まぁ、なんてお下品。

わたくしの本音が出て、愉悦に歪みそうになる顔を理性で留めてアンヘルの言葉を戸惑いつつも喜び受け入れているような表情を作る。

ピナに対しては哀れみの目を時々向けるのを忘れない。

「なんで、なんでアンタがそこに……！　騙したの⁉　ふざけないでよっ、浄化の乙女も私が手に入れるはずの称号だったのに！」

「ピナ……本当なのか、魔王陛下がおっしゃっていた、レミリアに冤罪をかけたとは……？」

「！　ち、ちがうのウィル……私本当に虐められて……その、レミリア様が怖くて、えっと、」

チラチラと、アンヘルのことを気にしながらピナがウィリアルドに弁明する。

嘘だと暴かれるのを恐れてだろう。

実際ピナはエミのことが怖かったのでしょう。好感度を上昇させるアイテムなんて使わなくてもエミは彼らに心から好かれていた。

自分が物語の知識の中でも卑怯《ひきょう》な手を使っている自覚があったからあそこまで焦ったのだ。

……エミは、星の乙女が現れた後ウィリアルドが心変わりをするなら婚約解消を受け入れるつもりだった。父親に言っても了承はされないだろうから、と王妃にだけだが、「ウィル様が心を寄せる相手ができた時、その方が私より国のためになる人なら婚約解消を受け入れます」と。

ただ、王妃は星の乙女とはいえピナと接することがほぼなかったためピナの魅力の香水には搦《から》めとられておらず、婚約者のすげ替えを了承することはなかった。

その後も、娘のように可愛がっていたレミリアを追いやった女として嫌っていたためピナに籠絡されてはいない。今も、陛下の隣に控えて話を聞きながら「やはり」という顔で扇を握りしめてピナを睨んでいる。

監視していて気付いたが、あのアイテムは少しでも好感情を抱いた相手でないと効かないらしい。最初からピナを嫌っていた者達は落とされることはなかったようだから。

……なら、ウィリアルド達は星の乙女にまとわりつかれて迷惑そうにしていたが、実は最初から心のどこかで好意を感じていたのだろうか……と、考えてみたことがある。

でもこれについてはもういいわ。王妃様のように、ピナと接していても本性を見抜いていた方もいるし、スフィアのように感情抜きに事実を並べて考えれば真実に気付くこともできたはず。

星の乙女との顔合わせの日。

ピナがウィリアルド達に媚《こび》を売りながらまとわりつくのをエミが不安そうに見ていたけれど。自分に近付くピナを怯《おび》えたように見るエミを見てあの男達は愉悦を感じていたのよ。

……嬉しかったでしょうね、可愛い上に心が綺麗《きれい》なエミは嫉妬なんてしたことなかったもの。

それを向けられて、彼らはほんの少しとは言え喜んでしまっていた。ピナをはっきり拒絶しないで「やれやれ」という態度をとっておけばエミはヤキモキしてくれる。

「エミから嫉妬されて嬉しい」という感情が、ピナへの好意として誤認されて増幅されたのでしょうね。

あの者達個人に対して何も思うところのないわたくしが第三者として分析したものだが、大きく間違ってはいないだろう。

醜い虫が這《は》い出て来たのを恋人が怯えて抱きついてくれたから「たまにはこうして出て来ていいぞ」と内心思うような……最初はその程度の意識だったにせよ、あの女の振る舞いに不安がるエミの心を無視して自分の欲を満たすことを優先したのだから。

きっかけや理由がどうであれ、あの男達が結果的にエミを信じず、裏切り、傷付けたことには変わりないわ。わたくしはお前達を許さない。

「国王陛下、発言をお許しいただきたく」

「そなたは……ラウド伯爵令嬢」

「今はレミリア様の秘書のようなことをしております、ただのスフィアでございます」

「何をするつもりか」

「真《まこと》の罪人は誰なのかを明らかにしたく、真実を映し出す魔術『過去の水鏡』をご覧になっていただきたく存じます」

スフィアは近くで情けなくオロオロしている元婚約者のデイビッドに視線を向けることすらせず話を続ける。

彼女は魔族の国で、できたばかりの「騎士の洗礼」を受けて今回も魔族側として女騎士の出《い》で立ちで参加していた。

入場の際もアンヘルに続いて、クリムトと並んで後ろに控えていた。彼女に気付いた貴族達はざわついていたけど。親と縁を切ってから本当に何も知らせていないのが見て取れる。

そして押しかけてきた日から、今も変わらず頑《かたく》なにわたくしの部下……騎士として支える立場を譲らない。

わたくしとしてはスフィアには対等でいて欲しいのだけど……。貴族としての教育を受けてきた彼女に、広がりすぎたわたくしの領地の一部の代官を任せたいのだが首を縦に振ってくれないのよね。わたくしのそばでわたくしを支えたいのですって。

騎士としての礼をしつつ王の前に歩み出た彼女のその手には、わたくしが馬車の中で預けた、あの「過去の水鏡」の映像を封じた魔晶石が標本のように綺麗におさまったケースがある。

ピナは「何よ過去の水鏡って!?」とヒステリックな悲鳴を上げていたが、その魔術の名前からおおよそどんなものか想像がついたのか途端に挙動不審となった。

嘘を見破れるのはアンヘルだけだから、他の者はまた後からどうとでも言いくるめられるとでも思っていたのだろう。

「スフィア、こんな場所でそれをつまびらかにしたら……ピナさんが晒し者になってしまうわ」

「いいえ！　この女はあの時大勢の前でレミリア様に冤罪をかけました。騙されている者達にも真実を教えてやらねばなりません」

「もう、スフィア……それは夜会の後に、正しい判断の参考にしていただくために渡すことにしてたじゃないの……」

嘘を吐くことにならないように言葉を選びながら、困ったような表情をして、「なんとか止めてくれ」と言うようにアンヘルを見る。

「レミリア」の公正さを見せたいが、しかしアンヘルの前で「やめてあげて」となんて嘘を吐くわけにいかない。ただ嘘にならないように思わしげな表情で語尾を濁しておけばいい。

そうすればわたくしが演じる「レミリア」に相応しいように周りが解釈してくれる。

そうそう、正義感の強いスフィアに預けておいたら、このようなことになった時に真実をつまびらかにしようと動いてくれると思っていたわ。

わたくしの反応を見たアンヘルは、悪巧みをしていそうな黒い笑顔を浮かべると、スフィアに頷《うなず》き返して「会場中に見えるように、大きく投影するのは俺がやろう」と提案した。

「アンヘル……！」

「レミリアは下がってなさい。クリムト……このお人好しが止めに入らないようにちょっと見ておけ」

「はいはい、兄さん」

苦笑したクリムトに促されて後ろに下がるようエスコートされる。

わたくしは戸惑ってうろたえているような態度をとって、ピナの方にわざと気遣わしげな視線を向けた。

それに反応して歯を食いしばって睨んできたが、遮るようにクリムトが自然な動作で間に立つ。

「罪人は裁かれるべきだと思うよ。まさかあのピナって女に何の裁きも与えずに許すとはレミリアさんも言わないよね？」

「それは……そうだけど、その。こんなやり方は……」

「レミリアさんの失われた名誉を回復させるためでもあるよ」

「わたくし自身の名誉は別にどうでもいいのよ……ただ、人をああまでして積極的に陥れる方が国の中枢近くにいるのは良くないと思って。……夜会をこうして乱すことになってしまうのは……」

わたくしは、真実わたくし自身の名誉はどうでもいいと思っている。わたくしが奪い返したいのはエミの築き上げた「レミリア・ローゼ・グラウプナー公爵令嬢の名誉と幸福」である。

わたくしがオロオロとした態度をして、何度もアンヘルとスフィアの言葉を遮ろうと飛び出すフリをするのをクリムトが止める。

それを振り切ろうとすれば、やれやれという顔のアンヘルが半透明の黒い障壁でわたくしとクリムトを隔離してしまった。

これをわたくしなら力ずくですぐ壊すことができるのも知っているが、「レミリアなら周りを危険に晒すような方法で壊したりはしないだろう」と分かっているからこそこうして閉じ込めたのだ。

他に手はない、とわたくしは途方に暮れた顔をクリムトに向けて見せて、不自然でない程度に限界までゆっくりと解除を始めた。

ウィリアルドは昔から綺麗ごとを言うのが大好きだったが、実際政治を行う貴族なんて陰謀奇計に手を染めたことのない者の方が少ないだろう。

清濁併せ呑める第一王子の方が王族らしい。

アンヘル？　彼は別にいいのよ、嘘は見抜けるから理想を追う国の指導者でいても最悪の事態にはならないもの。

その点で言えば確かにエミは王妃には向いていなかったし、苦もなく嘘を吐けて証拠の捏造まで素晴らしい手腕でこなせるあの女の方がその点においてだけは相応しかったかもしれない。

あんなに優しくて正直な子には汚い世界は似合わなかった。

事実、グラウプナー公爵が「レミリア」を見限ったのはそれ故だ。

どちらが真であったとしても、犯罪に手を染めた上にそれが露見するほど愚かだったか、謀《はかりごと》に負けたたか。

いずれにしろあの男の「優秀な駒」ではなくなっていたから。

ただ、エミはこの男に対して家族としての愛情を抱いていたわけではなかったから、この男が実の娘を見放したことにエミがそこまで傷付きはしないのもわたくしは知っている。

だから今回の復讐劇からは外してさしあげた。

ゆっくりゆっくり資金源と力を削《そ》がれて、何より大切にしていた公爵家の権力と人脈と財を失うだけなのだからずいぶんわたくしは優しいと思う。

わたくしのターゲットはピナと、ウィリアルド、クロード、デイビッドとステファン。

エミを陥れた女と、エミの信頼を裏切った男達だけよ。

ピナに依頼されて偽証した者達にも沙汰はあるだろうが、ウィリアルド達に現実を見せるためにこの断罪劇は必要だったから仕方ない。

魔族への友好アピールに廃嫡されたり未来が閉ざされたりする者が大勢出るでしょうが、自業自得だから諦めてくださる？

スフィアとアンヘルのナイスコンビネーションで、ひとつひとつ証拠と証人の嘘が暴かれ、

「レミリアに中庭で頰を打たれたという話はこれで物証も目撃者も全てなくなった、それでも真実だと言うなら私が今聞くが？　そこの女よ」

と冷静な魔王の仮面を被り直したアンヘルが詰め寄る。

ピナは俯いたまま何も話さず、ウィリアルド達は最初、戸惑う様子を見せていたが今は距離を置いて遠巻きに嫌悪混じりの視線を送るのみになっている。

偽証を行ったとして映像で吊《つ》るし上げを食らった者達は、真偽を改めて問われるとさすがに自分の罪を認める者が多かった。

「この映像も捏造だ」と言い出す輩《やから》もいたが、「その言い分を信じてくれる者がいるといいな」とアンヘルに鼻で笑われて泣き出してしまった。

「公爵令嬢レミリア」の罪の偽証を行った者の中にはこの場にいない平民も多い。わたくしについていた専属侍女や護衛は貴族の三女や四男だったりで成人後は貴族籍を失っていたが、それとはまた違う。

学園の使用人やピナのような特待生だ。

彼ら彼女らまでもがわたくしの冤罪の偽証に手を貸した。王国法では平民が貴族を陥れると罪はより重くなる。

きっと彼らは、金銭で買収された「公爵令嬢レミリア」の従者達と違って、「元平民の星の乙女と王子様の恋」を純粋に応援して、その障害を取り除く手助けができたならと思ってほんの少しの嘘を吐いただけだったのでしょうけど。

でも自分が望んで偽証を行ったのだから、きっとどんな罰を受けても後悔はないわよね？

陥れた相手は「浄化の乙女レミリア」として今や魔族全体の恩人になっていて、魔族に目を付けられたくない、とここで名を告げた者を解雇する貴族が出たとしても。

「これより未婚の女性には刺激が強い映像が流れますので、どうかお嬢様方は耳を塞いで後ろを向いておくことをおすすめします！　……アンヘル様、こちらを」

「ロマノ・ドール・マルケロフ……レミリアの護衛だった男だ。護衛についていた貴族令嬢の予定を簡単に漏らしたことに加えてこの男は王太子の恋人と不義密通を行っていた」

あらあら、そんな！　そこまでスフィアが積極的に動いてくれるなんて！

わたくしは歓喜を隠して目を見開いた後に恥ずかしそうに頬を染めて見せた。全力に見せかけて、ゆっくりアンヘルの作った魔法障壁を解いてる最中だったわたくしをクリムトが怪訝《けげん》な顔で見る。

「レミリアさん……？」

「あの……ピナさんがロマノにわたくしの行動について虚偽の報告をするように依頼する時……お金と一緒に、その……伴侶にしか見せないようなはしたない姿で殿方と体を寄せ合って……何かする光景が映っていましたの。それは映さないようにしたはずですのに……」

わたくしは困った顔をして見せる。

気付くかどうかは賭けだったが、きっと映像を確認していたスフィアが男女の関係を感じさせる発言の後に不自然な場所で切れているのを不審に思ってアンヘルに続きを映すようにでも頼んだのだろう。

思い通りに行きすぎて笑いがこみあげそうになるのを堪《こら》えて目を伏せる。

映し出された男女のはしたない映像を直視できずにいるように見えるだろう。

わたくしも最初に見た時は驚いたわ。胸をくつろげて体を寄せたり、伴侶以外に触れさせるべきではない肌を吸わせたり、男の前に跪《ひざまず》いてあんな場所に顔を埋《うず》めたり……乙女としての純潔だけは守っていたようだけど、その……不浄の穴を……口に出すこともはばかるようなことをしていたのですもの。

獣の交尾よりもおぞましくって、エミを傷付けた女に復讐するための証拠固めとはいえ途中でくじけそうになったほど。

スフィアが気付いて、こうして有効活用してくれて良かったわ。汚いものを見た甲斐《かい》があったかしら。

あらあら、お父様も顔を赤黒くして怒っちゃって。

主人を裏切るような使用人や護衛をそうと見抜けず雇っていた間抜けと知られたのはプライドが高いあの方には耐え難い屈辱でしょうね。

でも実際お前があの護衛や侍女を雇わなければ……あの断罪劇はおそらく成功しなかったのだから。

主人を裏切って犯罪の証拠を私物に紛れ込ませたり、主人から盗んだ物を犯罪者に提供して罪の捏造に手を貸すような者がエミのそばにいなければ……いいえ、過ぎたことを言うのは良くないわ。

事実、エミは深く傷付いて眠っているのですもの。

その報いをきちんと受けさせる、未来の話をしなければね。

「アンヘル！　さすがにそれ以上はやめてあげて！」

ちょうど半裸で抱き合いながら口付ける二人が大映しになったところでタイミング良く解除できたように見せて障壁を消した。

エミならきっと、あの女相手でさえできるだけ尊厳は守ろうと力を尽くしてあげただろうから。それに、これ以上はこちらを「やりすぎ」と思う者が出てくる可能性が高い。完璧な被害者でいるためにはここで止めるのが最良だ。

あの女はわたくしを田舎に追放した後に「中身はゲームと違うみたいだけど、幸せになられたらムカつくし結婚もできないように男に襲わせとこうかな」と、まるで明日買い物に行こうかなと予定を考えるような気軽さでおぞましいことを口にしていたので、わたくしとしては手心を加えたくないのだが。

まぁ、うっかりこの映像を収めた魔晶石が流出して、殿方達が無聊《ぶりょう》を慰めるのに使うかもしれないけれど？

ああ、ロマノを含めた護衛やエミの侍女だった者もきちんと手を回しているわ。

彼らは断罪劇の後「そのままグラウプナー公爵家にいるわけにいかないから」とピナの紹介で王宮に雇われているの。

今回のことで主家を裏切って犯罪の偽証もしたと分かったから本来は処刑なのだけど。わたくしが情けをかけて助命をすれば命ばかりは助かるわ。

ただ、クビになって放逐されて。主人を裏切る使用人を何処も雇わない、実家も縁を切るでしょうし。行く当てのなくなった五人ともいつの間にか「消息不明」になった後、わたくしの研究のために役立ってもらう予定よ。

「ちが、ちがうの！　ねぇ、ウィルは私のこと信じてくれるよね……？　私が虐められた時の証拠、一緒に調べてくれたもんね!?」

「いや、しかしあれは……」

大きく映されたピナとロマノのキスシーンを見上げたウィリアルドは憎々しげに呟く。

「あ、あんなの捏造だよ！　レミリア様がまた、私が幸せになるのが許せなくなって……っ」

「……では、何故あそこに映し出されたピナに同じ場所にホクロがあるんだ？　それもレミィが知っていたのか？」

「ホクロ……？　そ、んな……ウィルは、ウィルは何で知ってるの!?」

「……学園を卒業してすぐ、君が薄着で男女の契りを交わしたいと迫ってきたことがあっただろう。結婚するまでそういったことをするのは良くないと拒絶したけど……あの時断って良かったと心から思っている」

「そんな!!」

よく見ると、画面のピナの腰の上あたりに特徴的に二つ並んだホクロが映っていた。

あらあら、あんなところに都合よくあんな目立つ印があって、それがちょうど映っていた上にウィリアルドも知っていたなんて、わたくしは運も特別良かったようね。

日頃の行いが良いからかしら。

「ウィル……そんな、酷いよ……お嫁さんにしたいって言ってくれたじゃん……ウィル……」

「……僕は君に何をされても今まで嫌いになりきれなかったけど……不思議と今はピナのことを愛《いと》しいと思う気持ちがカケラも残っていない」

「え……え？」

「何で君をあんなに好きだったのかも全く分からない。……魔王陛下は僕達の精神を操る呪いをリリン酒で解いたと言っていたよ。……なぁ、ピナ……君、今まで僕らに何をしていたんだ……？」

吐き気を抑えるように顔を歪めたウィリアルドが、ピナから逃れるように一歩下がる。

その声に怒りが滲《にじ》んでいるのを察して、驚愕に目を見開いたピナが周りを見ると、クロードもデイビッドもステファンもウィリアルドと同じ目で自分を見ていることに気付いたようだが、それを受け入れられずにピナは声を張り上げた。

「ちがうちがうちがう！　私は、私は悪くない……悪くないんだよ……だってウィルは、みんなも、私が……私の方が好きだって言ってくれて……」

「悪いけど、僕に触らないでくれ。……今まで何をされてたのか……いや、ピナ、君の……お前のせいで僕はレミィになんて酷いことを……っ」

「っウィル……？」

ピナは気付いていないようだが周りの貴族とその子息子女も同じ目でお前を見てるのよ、学園にいる間に築き上げた好感度は今0に戻ったの。

後残っているのは今までのその振る舞いに相応しい、汚い珍獣を見るような蔑む視線だけ。

「うそ……うそっ、クーロ、デビー、ステフ、ねぇ私のこと好きだって、可愛いって、本当は君と結婚したかったたって言ってくれたよねぇ!?」

誰も返事をしないばかりかすっと視線を逸《そ》らし、すがりつかれそうになったのを避《よ》けられる。

デイビッド、ステファン、クロードと順に伸ばした手を最後に振り払われて、べしゃりとレースとフリルたっぷりのドレス姿でうずくまったピナは「あぁ……あ……」と言葉にならない呻《うめ》き声を漏らしたと思ったら突然跳ね起きてわたくしに飛びかかろうとした。

「お前ぇえぇ!! お前が全部仕組んだんだろ!! このクソ女！ クソクソクソ!! あたしが幸せだから妬んで！ 自分がバカだったせいだろ!! 逆ギレしてんじゃねーよ!!」

「きゃっ」

もちろんわたくしに届くはるか手前でアンヘルがピナを叩き落とし、慌てたこの国の王が周りの近衛に容赦なく拘束するようにと告げて床に押し付けられることとなったが。

「あたしの世界だったのに！ ヒロインのあたしのための世界だったのにぃいいいっ!!」

「こ、この世界はあなたのものでもないわ、みんなが一人一人生きてる世界よ?」

「あたしが上げた好感度消したのお前だろ！ 昔のこと根に持ってこんなことするなんて！ 何あの作り話!? あれも広めたのお前だろ!? ラスボスの邪神と創世神はおなじやつで、浄化したら元に戻って……！　悪魔と魔族も！　お前が嘘吐いてそれもみんな騙してるんだろ!?」

「そんな、創世神様を邪神扱いするなんて……！」

「そーゆーのいいんだよ！　お前！　お前も転生者なんだろ！　ヤな女、分かんないフリしといてさぁ!!　わざわざここまで来て……っあたしが幸せになる寸前でこんなことするとかほんとムカつく……!!」

「……テンセイシャ？　って何かしら……」

「転生だよ！　お前も前世あるんでしょ!?　オトキシの！　先にアンヘル落として見せびらかしに来てほんっと最低のクソ女……！」

「オトキシ……？　そんなの知らないし……わたくしに物語で見るような前世なんてないわ、生まれた時からレミリアであった記憶しか……」

オトキシなんて知らないと口に出してからエミの記憶を探ってみた。なるほど、この世界を描いた物語の名前は「星の乙女と救世の騎士」と言うらしく、それを略して「オトキシ」とこの女は呼んでいたようだ。

実際わたくしは転生者じゃないわ。

転生者であるエミの記憶を覗けるだけで。前世があるのもエミだもの、わたくしではない。

わたくしがそう告げて、何も否定しないアンヘルを目にしたピナが「訳が分からない」という顔で固まった。

わたくしはそんなピナを見ながら、この場での最後の仕上げをする。

ピナを怖がるようにアンヘルの腕に掴まる手に思わずと言ったように力を込めると、優しく微笑んだアンヘルがわたくしの腰に手を回して守るように抱き寄せた。

そのまま……ピナが「一番好きなキャラだから絶対渡さない」と豪語していたアンヘルの腕の中から、聖母が愚者を見るような憐《あわ》れみを浮かべてわたくしは見下ろした。

「ピナさん……可哀想、まじないに頼って人の気持ちを操って、それでいくら好かれたって虚《むな》しいだけなのに……そんなに、偽りでもいいから愛されたかったの……？」

「こいつはお前を冤罪で陥れた女だぞ？　情けをかけてやるなど……」

「いいえ……アンヘル。確かに身に覚えのない罪を着せられて、誰も信じてくれなかったのは悲しかったけど、わたくしは今幸せだもの。ピナさん……お金で買収して、自分の体を使ってまでわたくしを悪人に仕立て上げたけど……そんなことをしたってピナさんは幸せになれないのよ……？　わたくしを貶めても、呪いで人の気持ちを操っても、ピナさん自身が愛されるわけじゃないのに……こんなことって、すごく寂しいしピナさんが可哀想で……」

「はっ、はぁあああっ!?　ふざけるな、フザケルナフザケルナよぉおおお!!　何良い子ぶってんだよぉおっ、バカにしてんじゃねぇえよお前ぇ!!　上から目線で何様だぁあ!?　お前があたしの幸せ全っ部壊したくせにぃっ!!　許さない!!　許さない許さない許さないぃぃいいいいいっ!!　殺してやるっ、殺してやるからなぁあああっ!!」

あまりにも悔しかったのか、ピナは顔の穴という穴から液体をほとばしらせながら泣き叫び始めた。手は後ろで拘束されているため拭《ぬぐ》うこともできず、ヨダレと……あと鼻水まで滴らせて喚《わめ》く様子に周りは明らかに引いていた。

それに対してわたくしが、ぽろりぽろり、と一番美しく見える角度で流す涙がシャンデリアの明かりに煌めく様子はきっと女神のように見えるだろう。

当時捏造された証拠と偽証を行う証人の言い分を信じてわたくしを断罪した男達は気まずげに目を逸らした。

ええ、ええ。なんて可哀想で哀れで惨めな女なのかしら。薬で作った味方はもう一人もいない。金銭で買収した者達は少しでも罪を軽くするために我先にとお前を売るだろう。

あんなに大勢の男に囲わせてご満悦だったのが今はひとりぼっちで寂しい存在になってしまって。

誰も庇《かば》う者はなく、床に組み伏せられて後ろに手枷《てかせ》まで付けられている。

なんて無様な姿。

かつて卑怯な手を使わないと勝てなかった相手に、その反則を全て暴かれて、完膚なきまでに叩きのめされ負けた上に「可哀想」と泣かれるなんて……お前みたいな女は哀れまれるのが一番嫌でしょう？　心の底から同情してあげる。嘲りがほとんどだけど、「かわいそうに」と思っているのは本当よ。

なんて愚かなのでしょう、って。

今のピナは激昂《げっこう》しすぎて、唾や涙や鼻水で顔をぐちゃぐちゃにしながら喚いているが何を言っているかも聞き取れない。

どんなに悔しがっているのかしっかり聞こうと思ったのだが「うるさい」と一言煩わしそうに吐き

捨てたアンヘルが指を鳴らした音一つでピナの声が消えてしまった。あらあら残念。

ピナの罵声が消えて誰も何も喋《しゃべ》ることのできない、シンと静まったホールの中央で、「かつて自分を罠にはめて冤罪で貶めた相手にさえ憐憫《れんびん》の情を抱く慈悲深い浄化の乙女レミリア」が静かに涙を流す吐息と、それを慰めるように優しく髪を撫《な》でる美貌の魔王が周りからは絵画のように映っているだろう。

エミならきっと、この女のためにだって泣いてたわ。

優しい子だもの。わたくしみたいにわざとこの女の神経を逆撫でするような言葉なんてもちろん使わないだろうけれど。

暴れようとするピナの視線からわたくしを隠すようにアンヘルが体を入れ替えると、ピナを連れた近衛達が無理やりあの女を引きずって会場を出て行った。

あら……ピナが舞台から降ろされちゃったわ。しょうがないわね、これ以上はここで吊るし上げて攻撃するのも不自然だし……この場はこれで終わらせておいてあげるわ。

「……人の国の王、私達はあの女とこの国は別のものとして見ている。狡猾《こうかつ》な悪魔に騙された被害者をさらに鞭《むち》打つような真似はするつもりはない」

「ま、魔族の王よ……!? 寛大な、言葉……ありがたく……し、しかし悪魔とは……？」

ほうっと安堵《あんど》のため息をついたこの国の王は、アンヘルの言葉に尋常ならぬ単語を拾って慌てて聞き返した。

わたくしはその一言で察した。なるほど、アンヘルは確かに為政者に向いている。あの女は始末させることにしたのね。

わたくしは「何を言い出すの!?」という顔を作ってアンヘルを見る。

「実はレミリアにはこの世界を救う乙女の記憶があったそうなのだ。ただその記憶には、あのような悪しき存在は出てこない……そうだな、レミリア?」

「ええ……でも、悪魔だなんて……確かに、あの方の中に入っているのは星の乙女の魂ではなく、何か別の……悪い存在だと思っていたけど……」

実際は、エミと同じ世界に生きていた悪魔でもなんでもない女だったのだろうけど。

ああ、性格だけ特別に悪い……ね。

そう口に出してから気付いたが、本来の星の乙女の魂ってどうなっているのかしら。まぁどうでもいいことだわ、と思いかけて留まった。エミだったらきっと気にかけてるわ。ならこれが片付いたら何か考えておきましょう。

「その神託と現実は乖離《かいり》している。レミリアは冤罪で追い払われ、本来共に世界を救うはずだった……そちらの『元』婚約者や『元』幼馴染《おさなな じ》み達はあの悪魔に籠絡され、レミリアは一人で世界中の遺跡を回って、街を興して人を救っていた。ご存知か?」

「……レミリア嬢の治める街の功績と、その運営資金のためにダンジョンに潜っていたのは報告で知っていましたが、ご令嬢が一人で世界中を回っていたとは……」

「たった一人になってもくじけず天命に従い創世神の娘である女神達の神殿を巡っていたというのに。その清らかな心を認められ数多《あまた》の加護を授かっているのも知らないのだろう」

「恥ずかしながら……」

しょうがないわよ、監視はいたけど脅威度の高いダンジョンの中にまではついてこれないもの。目眩《めくらま》しのために近場のダンジョンから外国まで転移を使っていたのもあるけど。そもそも最初は監視をしていたようだけど、わたくしの行動に警戒を緩めた監視は村に半分住みついて、村人と交流しつつわたくしへの感謝の言葉を聞くような生活をしていたから名ばかりの「監視役」になっていたし。

まぁわたくしがそのように誘導したのだけど。

「そうして浄化の力までも手に入れたレミリアは臆することなく魔界に現れた。まだ人間達が魔族への偏見に塗《まみ》れていた中で、創世神に害を成していた邪神を……レミリアは私と共に力を合わせて滅ぼしてくれた。邪神はたびたび悪魔を生み出しては……魔族にも人族にも酷い被害を出していた……。実際に命を奪うだけではなく、あのような邪悪な存在に力を持たせて人の世界に送り込み、将来自らを浄化する存在であるレミリアを謀略で消そうとしたのだろう」

「なんと！」

「王太子殿にはそこだけは同情する。悪魔の呪いによって偽りの恋心を無理やり植え付けられていたとは……」

「そ、そんな……じゃあ僕はやはりあの悪魔のせいで、レミリアを裏切るような真似を……？」

悲痛を顔に浮かべたウィリアルドから、わたくしは悲しげに目を逸らした。

何、今更気付いたの？　あなたが愚かだから騙されて利用されたのよ。

エミと築いた信頼関係があったのにあの女の言い分を信じるからでしょ。

わたくしは混乱しているふりをしながらも、実際はアンヘルの考えていることを推測ではあるが大体把握できていた。

邪神の話を魔族にした時と同じ、この国でピナを分かりやすい罪の象徴に仕立て上げて全ての罪過を背負わせて全てを隠滅するつもりだ。

ピナは前世の知識から、魔族の信仰対象である創世神が堕ちて邪神となり世界を滅ぼしかけていたことも、悪魔が魔族の狂化した末の姿ということも知ってしまっている。

魔族にとって都合の悪い真実を、ピナの命ごと消し去るつもりなのだろう。

でもダメよ、アンヘル。あの女はわたくしの獲物だもの。

周りに大罪人と知られた状態で罵倒されつつ惨めに生きながら、自分の行いを後悔して後悔して、そのまま長く生きてうんと苦しんでから死なないといけないの。すぐに殺して死による救済を与えるなんて当分はしてあげない。

「後悔」というのが肝心よね、「贖罪《しょくざい》」も「反省」もいらないわ、あの薄汚い性根のまま、一切改心することなく「嘘を吐いてレミリアを陥れたりするんじゃなかった」と一生後悔しながら過去の自分を恨んで死んで欲しいわ。

「命を奪うまではしたくない、彼女には生きて償って欲しい」と、お人好しぶってアンヘルに言えば助命できるかしら。

わたくしは悲しげな表情を浮かべた顔の下でそう計算していた。

終章

The person in a villainess

夜会を終えてある程度今回の騒動が片付いたある日、王城に招聘《しょうへい》されたわたくしは殿下と対話をすることになった。

ああ、懐かしいわこの四阿《あずまや》。エミとウィリアルド、クロードやデイビッドにステファンも交えてここでよくお茶会をしていたのを覚えている。

エミが幸せだったかつての記憶を懐かしんでいると、席に着いた時から陰鬱な顔をしていたウィリアルドが涙を堪《こら》えながらぽつりぽつりと話し出した。わたくしはその言葉を、真剣に、悲しげに受け止めているような演技をする。

「レミリア……いや、レミィ、僕は学生の頃、あの時君になんてことを……ピナの……いやあの悪魔の計略に嵌《は》められた僕は君を信じずにあんな真似をするなんて……大切だったはずの君をたくさん傷付けてしまった……」

「そうね……お互い信頼を築けていると思っていたから、あの時のわたくしはとても悲しかったわ……誰もわたくしの言葉を信じてくれなくて……ピナさんに惑わされてみんなで寄ってたかって嘘《うそ》を吐いてわたくしを断罪して……わたくしは真実しか口にしていなかったのに……」

「……本当に申し訳なく思っている」

「アンヘルに聞いたわ……あの呪いは洗脳して操ったり、理性を奪うようなものではなくて、ただピナさんに恋をさせるように仕向けるだけだったって……ウィル様自身で判断して、わたくしの為人《ひととなり》を知っていて、その上でピナさんの言うことを全て信じたのでしょう……？」

「レミィ！　違うんだ、僕は……僕は君のことが眩《まぶ》しくて、僕にできない発想や才能を持った君が眩しくて……羨ましくて、僕が君に相応《ふさわ》しい存在だと思えなかった。あの悪魔の嘘を信じることで、自分と釣り合いを取ろうと無意識に思ってしまって……っ、今も、昔も……ずっと、愛しているんだ君のことを……レミィ、お願いだ……！」

「さようなら、ウィリアルド殿下」

「レミィ!!」

　わたくしはアンヘルの寵愛《ちょうあい》を受けているが、星の乙女が紛《まが》い物と……世界中がそう思っている今、創世神を救ったという実績を持ち、浄化、豊穣《ほうじょう》、癒し、繁栄と様々な女神の加護を授かっているわたくしのことが惜しくなったのでしょう。

　エミは周りから見てウィリアルドに恋慕しているのがひと目で分かるほどだったから、非公式の謝罪の場と言いつつあわよくばと思ってこの席を設けたらしい。

　わたくしはウィリアルドに、悲しげに見えるような笑みを向けると決別の言葉を告げて席を立った。

　バカじゃないかしら。廃嫡が噂《うわさ》されている落ち目のウィリアルドをあてがってわたくしの機嫌を取ろうと思うなんてよく計画できたわね。

　昔エミとウィリアルドがここでよく遊んでいるのを眺めていた、庭園の中の四阿から遊歩道を辿《たど》る。

姿は見えなかったが近くにいたらしいアンヘルが現れて、わたくしの隣に並び立った。

「……もう、本当に吹っ切れたようだな」

「ええ。信頼を裏切られたあの日……『レミリア』の初恋は終わったの」

エミにはウィリアルドがあの日を後悔して泣いているのが聞こえているかしら。

「レミィ……レミィ……」

すすり泣きながら救いを求めるようにエミを求めるあの愚か者の慟哭《どうこく》が、エミの心の傷を少しでも癒せたのならいいのだけど。

クロードや、デイビッドやステファンと最後に話した時も思い出す。

デイビッドには地べたに頭をこすりつけながらすがられた。レミリアに嫉妬されていると思うと嬉《うれ》しすぎて、「こんなことをするほど思われているのだから」という前提で全て考えるようになって気が付いたら認識が歪《ゆが》んでいってしまったんですって。

ステファンは、これでウィリアルドとレミリアの仲がこじれたら、友人として自分が仲裁してエミに頼ってもらえると考えていたようよ。……そんなくだらない自尊心のために裏切られて傷付けられたエミが本当に可哀想だし、あの男達はなんて愚かだったのだろう。

クロードは、ピナに心が傾き始めているウィリアルドを見て、相手は星の乙女だと考えると上手《うま》くすれば王家の側から婚約解消に持っていけると企《たくら》んでいたのだという。

その場合王家の都合で傷物となった義姉を自分のものにできるのではとドス黒い欲望を抱えていて、ピナを利用する思惑があったそうだ。

だから「自分はピナの発言を全て信じていたわけじゃない」って、それが何？

それで「まだ姉さんと呼んでいいですか」なんてよく言えたわね。

もちろん、グラウプナー公爵家からわたくしは分籍されていることを理由に「グラウプナー公爵令息」と呼んで断ったけど。

そしたら絶望した顔をして茫然自失《ぼうぜんじしつ》としていて、見捨てられたような悲壮感を漂わせていたわ。

笑っちゃう、お前が先にエミの信頼を捨てたくせに。

泣くほど後悔するならエミを裏切らなければよかったのに。

……ああ、彼らが後悔に流す涙が、エミを失った心をほんの少しだけ慰めてくれる。

それにしても思っていたより効き目が高いし全く気付かれてもいないようで嬉しいばかりだわ。物語に出てきたアイテムのフレーバーテキストを参考に、吸引式の自白薬のようなものを作ってみたのだけど……これならもう少し効き目を強くすればピナに使って楽しめそうね。

ピナはあれからなんとか助命嘆願が成功して命だけは助けることができた。

わたくしは何も言っていないのだけど……わたくしは何も、ね？

裁判にかけられた結果、刑の一環として喉を焼いて言葉を奪い、星の乙女だった事実も抹消され、囚人が刑罰として労働を行う開拓地の鉱山で彼らに作業効率を上げる身体強化の加護をかけ続ける仕事が労役として与えられた。

レミリアとして「誰も死んではいないし、わたくしがあの方にされたことはもういいから」とお人好しっぽいことを言っておいたらよほど気を遣われて、「幽閉されて一生表に出てこられない」とだけしか教えてもらえなかったからわざわざ調べたのよ。

そこの囚人を管理している家の寄親の息子はピナに籠絡《ろうらく》されて未来を閉ざされた王太子の護衛の一人だった。どんな扱いを命じられているかそれだけで察することができるでしょう？

収監先に訪れた、ピナに恨みがある男に顔を酸で焼かれたそうよ。

顔の面積の半分近くが焼け爛《ただ》れていたけど、役人達が意図的に見て見ぬふりをするせいで犯罪者の男達に、労役とはまた別の……女性としての尊厳を奪うような肉体労働を求められて口にするのもおぞましい行為をされていたのを使い魔で探してやっと見つけたの。

悲惨な生活のせいか傷を負ってない方の顔の人相も変わり果てていたけれど、あの腰の上のホクロが決め手になったわ。まともに言葉を話せない喉で途切れ途切れにレミリアへの怨嗟《えんさ》をずっと唸《うな》っていた。

あの一件で「レミリア」の断罪に嘘の証言をしたと公開されて息子や娘を廃嫡や勘当せざるを得なかった家も多かったし、ピナを殺したいほど憎んでいる貴族は相当いたということだろう。

アンヘルが、「レミリアが気にするから」と殺さないようにとだけは厳命していて死にそうになるたびに魔族製のポーションで最低限の治療をされるせいで生き地獄を何度も味わっているようね。

逆に妊娠する機能も奪われて「殺さなければ何をしてもいいオモチャ」と思われてるみたいだけど。

もういいというのは本心よ？　事実何も罰を求めてないもの。だってエミは贖罪《しょくざい》はして欲しいと言うだろうけど人を傷付けるような罰を求めたりする子じゃなかったから。

わたくしの周りのアンヘルや、アンヘルの意を汲《く》み取った王家側が勝手にやってるだけよ。

わたくしは別にいいの、わたくしにされたことは。エミを傷付けたことはこれから先も生涯許すつもりはないけど。

自白薬はもう実用レベルにはなってるけど……強い薬品は何度も使うと脳への影響が怖いから、近いうちに魂を傷付けずに心の中を覗《のぞ》く魔法も完成させないとね。

薬で狂ったら楽しくないもの。

あの女がどれだけ惨めな思いをして、後悔して、わたくしを恨んでいるのかあの女の言葉で詳しく聞きたいわ。

そうだ、一年に一度は「ピナさんが心から懺悔《ざんげ》していたら恩赦を出してあげたいの」って実際に見に行きましょう。わたくしが行くなら絶対アンヘルは心配してついて来るでしょう？　あの女の前であの女が最後まで執着していたアンヘルに庇《かば》われて「罪を認めて心から償えば違う道もあるわ」って優しい言葉をかけてさしあげたいわ。

いい考え、楽しみね。

公爵領も徐々に収入を減らしている。見栄だけ張って支出を減らせず、借金で生活するようになるのに数年ってところね。

投資は成功しないように潰して、裏から手を回してバックに政敵のついたタチの悪い金貸しを手配しておかないと。止《とど》めに詐欺にかけようかしら。

この国の中枢もわたくしの手が侵食している。

ピナの偽証に手を貸した者達は直接は手を出していないが、全員の輝かしい未来を閉ざすことに成功した。

あの件で偽証に関わった者は貴族も平民出身の登用者も関係なく出世はなくなり、罪の大きさによっては閑職に回されているか「犯罪を捏造《ねつぞう》するような人物は信用がおけない」として懲戒免職にされることとなった。

まぁこれは自業自得ね。

乗っ取るのはまだまだ先だが当代の王には早々に退いてもらわないと。

……だって、小娘の嘘ひとつ見抜けないような無能な王はいらないわよね？　エミみたいな悲劇を出さないためにも貴族子息子女の教育を根本的に変えて、学園や貴族社会の改革が必要だもの。

庭園の歩道の半ば、不自然に立ち止まったアンヘルはぎこちなくわたくしと向かい合うと真剣そうな目を向けた。

煮詰めた金のような濃い輝きがとろりと陽の光を受けて輝く。

「レミリア……これは、あの王子とお前がケリをつけたら改めて告げようと思ってたんだ。……俺と結婚して欲しい」

「っ、アンヘル……！」

「もちろん、種族とか、寿命とか、問題があるのは分かってる……けど、たった一人で俺の前に現れた……お人好しで傷付きやすいくせに、人を放っておけないレミリアが、好きなんだ。そんなレミリアを守りたいし……できることなら俺の手で、レミリアのことを幸せにしたい」

その言葉にわたくしは、息を呑《の》むほどの喜びを感じた。

お人好しで、傷付きやすいくせに優しすぎて人を放っておけない、エミの「レミリア」を愛してくれている。

そんな「レミリア」を幸せにしたいと、心から言ってくれている。

そう……そうよ、エミだった「レミリア」はお人好しで……悪役として死んでいったレミリアのことに同情して涙を流してくれるほど優しくて、すれ違うようになったウィリアルド達に何度も傷付けられたくせに、でも救える手段があるのに助けないのは見捨てるのと一緒だって、そんな義務なんてどこにもないのに「何かしたい」って走り出せる素敵な女の子なのよ。

わたくしはわたくしの、一番大事なわたくしとしての尊厳をぎゅっと抱きしめられたような気がしてほろりと涙をこぼしていた。

「アンヘル、嬉しい……あなたのお嫁さんになれるなんて……いいのかしら、でも……わたくし、あなたとなら幸せになれる気がするの」

「レミリア、……っああ、幸せにする。絶対に……」

わたくしを抱きしめたアンヘルは、わたくしの言葉に嘘がないのを見たのだろう、惚《ほ》れた女の言葉の真偽も無意識に確かめてしまった自分に少しばつの悪そうな顔をしていたが、それでも内心ホッとして安堵《あんど》を顔に浮かべていた。

ああ、嬉しいわ。

アンヘルはわたくしのエミの「レミリア」をこんなに愛してくれている。

わたくしも、エミの「レミリア」をこんなに愛してくれるアンヘルなら愛せるわ。

それにアンヘルとハッピーエンドを迎えるのはあの女が望んでいたことだったから。

アンヘルが一番好きだったんですって。物語の中だけじゃなくて、アンヘルが主人公の外伝的な小説も買って、製作側のトークショーでアンヘルの裏話を聞いたり、ゲームのイベントはセリフも選択肢も全部覚えているし、設定集に載っていないことまでアンヘルのことなら全て知っていると豪語していた。

そのアンヘルを、あの女が一番惨めになる形で手に入れたのだもの。

こんなに嬉しいことはないわ。あの女が悔しがる姿を想像するとアンヘルとの結婚生活はとても幸せなものになりそう。

花に囲まれた庭園の中、ウィリアルドとの思い出のある場所でわたくしは……視界の端にウィリアルドがいた四阿を見ながら、「レミリア」はファーストキスをアンヘルに捧《ささ》げた。


ねぇ、エミ。

エミの魂はまだわたくしの中にいるかしら。

きっといるわよね、分かるの。

眠っているだけ、今は何も感じることもできていないけどあなたがわたくしの中にいるのは分かるわ。

まずは寿命をなんとかするべきね。不死を手に入れた、死にたがりの錬金術師が攻略対象のキャラにいたはずだから、まずは彼を探して協力を仰がないと。

自分の寿命を何とかできたら、しっかり時間をかけて魂の研究をするつもり。誰かの体を使ってそこに魂を移すのはエミが嫌がるだろうから、人そっくりの人形も並行して開発しないといけないかしら？

いいえ、人形ではなくホムンクルスが適切？　分からないわ、まずエミと意思疎通ができるようにならないと方向も決められない。

もしかしたら前に思っていたみたいに「猫になりたい」って言うかもしれないもの。

やはり同じ体内の閉じた領域で完結する分、わたくしの中に人の体を用意するのが一番成功しそうだけど……つまりわたくしがアンヘルと交わって妊娠して、そこに魂が宿る前にエミを移してしまうのが直感的に一番上手くいくと感じている。

ああ、それもいいわね。

もちろんもう一度エミと名付けて、ウィリアルド達に裏切られたことも一切知らないまっさらなエミをわたくしが育てるの。

エミが、エミのお母様にされていたように、わたくしもエミのことをたくさんたくさん愛して可愛がって、時に喧嘩《けんか》することもあるかもしれないけど、愛情たっぷりの家族になるの。

そうしてね、エミが幼いわたくしに誓ってくれた通りに、今度はわたくしがエミを世界で一番幸せな女の子にするのよ。

The person in
a villainess

番外編

Side story

元婚約者の悔やむこと

僕の婚約者は何でもできる人だった。

もちろん、普段は淑女に相応《ふさわ》しい振る舞いができるのに気を抜くとちょっとしたミスをするようなおっちょこちょいの可愛い一面もあったので欠点がなかったわけではない。

ただ、婚約者になった時から……常にあの子と比較されて。レミィのことを自慢げに思う一方、常に心の何処《どこ》かにその才能や発想を羨ましく思う自分がいた。

魔術師としても一流で、生活に役立ついくつもの魔法を開発し、常識離れしたアイデアで貴族から庶民までこぞって買い求める商品の開発も手がける。

誰も聞いたことのない制度を提案して解決した社会問題だって一つや二つではない。

もちろん自分だって、と奮起はした。

彼女に相応しい王になろうと学び、励んで、目立たないながらもいくつか功績は立てている。ただそれは周囲の貴族から見るとレミィと比べて見劣りするものだった。自分でもそれは分かっている
……理解しているけど。

誰よりも、そのささやかな功績を褒めて自分のことよりも喜んでくれるのはレミィだったのが嬉《うれ》しくて、同時に……悔しさを感じてしまっていた。

奔放な発想のできる彼女を頭の固い僕が真似をしようとしても無理な話だ。

それに僕はレミィと同じことがしたいのではない。

後を追いたいのでもない。

あの四阿《あずまや》で語った日、得意なことが違うからお互い補い合っていこうと約束したのだ。

レミィはそれをずっと胸に、国や僕のためにとたゆまぬ努力を続けている。もちろん僕もレミィに恥じないよう様々に勉《つと》めているが……レミィより政治の分野に秀でていても、歴史に精通していても、「堅実に成果を出すお方だ」と周囲から評価されても……僕の中のレミィへの劣等感は無くなることはなかった。

誰よりも好きなのに、誰よりも羨ましく思ってしまう。

学園に上がってよく聞くようになった「さすがは王太子様の婚約者」という言葉もプレッシャーになっていた。

レミィは僕のために「さすが」と思ってもらえるように頑張ってくれているのは分かってたけど、レミィの中の僕はどれだけ素晴らしい人間に見えているのだろう。

王太子という肩書を除いたら、僕はレミィの婚約者に選んでもらえなかったんじゃないか、その予想は大きく外れていないと思う。

でもそのレミィ本人は……何より僕が好きだから、僕のために頑張ってくれている。

そう思うと少し心穏やかになる、それに依存してしまっていた。

星の乙女、とその言葉を聞いたのは王国の歴史を学んでいた時だった。この国を作った勇者と、同じパーティーで仲間として戦い、その勇者の妻となり初代王妃として建国を支えた女性だ。

世界が大きく乱れる時に現れるとされていて、戦闘中味方を守り仲間の能力を強める力を持っている。

「星の力を借りて仲間の才能を引き出す」とされていて、今ある力を高めるだけでなく眠っていた才能を目覚めさせたりまた戦闘時以外に人の生産能力を高めたり農地の実りを豊かにしたりといった力も持つ。

魔力で同じことをしようとしたら宮廷魔術師が百人集まってもできないだろう、そういった規格外の力を「星の祈り」と呼ばれる特殊な力で叶《かな》えてしまう女性のことを「星の乙女」と呼ぶ。

平民の中から強い魔力を持つ少女が見つかり、伝承の通り「魔力を使わずに仲間の能力を高めることができる」という力が観測されたと王城に連絡が来たのだ。

何ぶん王族の自分ですら伝承でしか聞いたことのない人物だ。当然対応の指針など残っているわけもなく受け入れには混乱を極めた。

だがしかし市井《しせい》に放っておくわけにはいかない、力のコントロールを学んでもらうと同時に悪意をもって星の乙女の力を利用しようとする輩《やから》から守らなければならなかった。

ただ、星の乙女である少女の身柄を国が保護する際、旅商人の父親からは「可愛い一人娘と離れ離れにされるんだから」と言いながらまるで身売りのように高額な金銭を要求されたわりに、「もし星の乙女とやらの力が使い物にならなくてもこれは返さないぞ」などと言っていたらしく、彼女の身柄を引き受けて王都まで共に来た役人が憤っていた。

それをその星の乙女……ピナという少女はひたすら恐縮していて、見ていて哀れになるほどだったと言う。

市井で暮らしていたところを、特殊な力があるからとこちらの都合で貴族に交じって学んでもらうのだ。

覚悟をして望んで入学する特待生とは別に気遣いが必要だと父である国王にそう言い含められ、学園内で実際手を貸すことになる、自分とレミィ、クロードを含めた側近三人と、クロードとステファンの婚約者が星の乙女の庇護《ひご》に携わることとなった。

デイビッドの婚約者は年上、すでに騎士として身を立てているため日常の学園での出番はないが、学園外では同性の彼女を護衛として伴う機会が多いだろうと聞いている。

星の乙女の力を考えると将来彼女は確実に軍……国防に関わることになる。守ると呼んではいるがこれは囲い込みだ……。

しかし実質それ以外の対応ができない申し訳なさに「せめて星の乙女にとって楽しい学園生活になるように皆で手助けしよう、特異な力を持った存在である前に彼女もこの国の民だ。民の生活を守るのは僕達王族や貴族の義務だからね」と仲間達に声をかけた。

レミィだけは何だか不安そうにしていて、初対面の人ともすぐ仲良くなるレミィが人見知りをするなんて珍しいこともあるのだな、としか思わなかった。

しかし直接顔を合わせた星の乙女は、前もって聞いていた人物像とえらくかけ離れていた。

茶会などに出ると正妃となるレミィには勝てないまでも側室や妾《めかけ》を狙って寵《ちょう》を求めてまとわりついてくる存在は多い。もちろんそんな女性に引っ掛かったりはしないけど、そんな彼女達と比べてもさらにあからさまで積極的で……何というか引いてしまったのだ。

ちなみにレミィ達は、「親睦のために」と用意されたお茶会の最中から星の乙女の振る舞いにイライラしていたクロードの婚約者のアドリアーナによって、星の乙女が引っ込んだ直後「口直しをしますわ！」と女子だけで茶会をやり直しに行ってしまった。

我々男性陣は放って置いていかれた形だ。

それにしても、さっきのレミィは不安そうで可愛かったな。

普段パートナーとして社交に出る時、僕が媚《こび》を売られているところなんて何度も見ているはずなのに。建国以来現れた星の乙女は王の伴侶になることが多かったという話を気にしているのだろうか。

ちょっと嬉しいと思ってしまった自分がいる。不安にさせておいて喜ぶなんて我ながら最低だとも思う。……でも、レミィに愛されてる感じがして、レミィの不安そうな顔に心を奪われていたら……気が付いたら顔合わせは終了してしまった。後で何かレミィに贈り物をしておかないと。

「まぁ、星の乙女の人格に問題があったとしても、強大な力の持ち主である以上国で監視しないとならない」

「ああ、監視されていると思わないくらい快適な状況で、この国に留まる理由を作ってもらうさ」

うちは侵略を仕掛ける気はないが、伝承の通りの力を持つなら磨いたその力の効果は国の兵士全体、国土全てに及ぶ。

彼女の身柄を外国に取られて、戦争に使われたらたまらない。

彼女を学園に入れるのは、適当な貴族の次男以降とくっつけて貴族社会に組み込んで国に取り入れるためだ。あのままではまともな貴族子息は敬遠する、全力で彼女の教育に取り組まないと難しそうだな。

この時は全員が、彼女に対してあまり良い印象を抱いていなかった。

しかもなんと彼女は周りに他の女性がいるのを嫌がって、レミィ達を遠ざけるよう僕を飛ばして庇護を与えている王家に申し入れたのだ。

もちろん聞き入れるはずもないが、これを聞いてレミィやアドリアーナ達僕らの婚約者の方から星の乙女に近付かないよう避けるようになってしまった。

どうやら親切にマナーを指摘する彼女達を「意地悪を言う」と涙目になって拒絶したらしい。

それを機にアドリアーナは「ピナさんが私達の指導の意味を理解しようという姿勢になるまでは同席は難しいようですね」とレミィを含めた三人でこの輪から抜けてしまった。城側も波風を立てるよりはとそれを許している。やれやれ、本音で言うと僕も抜けられるなら抜けたい。

もう少しまともなマナーが身につくまで学園に通わせることはやめた方が、と王に進言もしてみたが「将来国で手綱を取るべき人材をこの程度御せないでどうする」と却下されてしまったし……どうやら星の乙女は僕やデイビッド達がいないとまともに学ぶ様子も見せないらしく、なら僕らと一緒に学園に通わせた方がマシなのではと教育係達がさじを投げたようだった。

確かに一応学園では授業中は机に向かっているけど……教育係と二人きりだとそれも難しいと報告にはあった。もう寮にも移ってしまったし、今更王城に戻すのは色々勘ぐられるから避けたいという理由もある。

僕の花嫁としての教育じゃないかとか、そっちに勘違いされるぞと脅されたと言ってもいい。

星の乙女の教育係の中には父上が苦手とするマルガレーテ伯母さまも入っていたから、あの伯母さまに文句を付けられて、父上が言うことを聞かせやすい方に押し付けただけではないのかという気がしないでもないが。

ただ当分この苦労が続きそうで、男四人で励まし合いながら耐えるしかできない。

「ピナ嬢、前にも言いましたが男性の腕に触れていいのは家族か婚約者だけですよ」

「きゃっ！　すいませんあたしったら……平民ではこのくらい普通だったから、まだクセが抜けなくって」

この注意だけでも何度目になるか分からない。同じ指摘を毎日のように繰り返す羽目になってうんざりしていた。

本一冊暗記しろと言っているわけじゃない、「男の体にむやみに触れるな」くらいのことが何故すぐ覚えられないのか。

未亡人達にアピールを受けることの多いステファンは「あれわざとやってるよねー」と呑気《のんき》に言いつつ、彼女の餌食になることが一番多い僕を他人事のように見ていた。

自分じゃないと思って、恨むぞステファン。最近は鍛錬を理由に逃げがちなデイビッドもだ。我関せずといった顔で本を読んで会話に参加しないクロードも同じく。

星の乙女は常に僕らと一緒にいようとする。

そもそも「何かあったら自分達を、ひいては国を頼ってくれていい」程度の庇護だったのが、休み時間や放課後などこちらが拒否しない限りは必ず交じっている。

友人は作らなくていいのかと聞いても「あたしが元平民だから皆さんは気に食わないみたいで……」と言うが勉学や魔法、騎士見習いなどの各分野で特待生がクラスに三、四人いるこの学園ではその説明に違和感しかない。

他の平民の生徒からは星の乙女が言うような「平民を理由とする排斥」は訴えとして上がってきていない。

そもそも学年もクラスも違う僕らにずっとくっついていたら友達も作りようがないと思うのだが……。

たまには星の乙女から離れたい、と僕らがローテーションで一人の時間を持っていると何処からともなく現れて話しかけてくるし。脈絡もなく変な受け答えをすることもあって話しているだけで疲れる。

いつの間にか背後にいるし、言葉は喋《しゃべ》るけど話は半分通じないし、生きてる人間じゃなかったら怖い話に出てきそうだ。

なので星の乙女が「今日の放課後は少し用事が。せっかく毎日お誘いしていただいているのにお茶会には参加できません、ごめんなさい」「今日のお昼はちょっと他の方と過ごします」なんて言い始めて姿を現さない時間ができてから僕らはほっとしてしまっていた。

だから、深く考えなかったし、考えようともしなかった。

いつの間にか彼女から常に甘い香りがするようになったのも、その香りは鼻に付くほど強いのに何故か不愉快と感じることがないのも。あれだけ周囲から疎まれていた星の乙女がいつの間にか大量の友人に常に囲まれているようになったのも、ある日僕らが求められるがままに彼女のことを「ピナ」と呼び捨てにしだしたのも。

毒見をするとは言え、手作りのクッキーなんかを受け取って目の前で食べてしまっている自分の頭の中と感情が乖離《かいり》していて気持ち悪かった。

なんで自分は今まで嫌っていたピナ嬢をこんなに好ましく思ってしまうのか。

彼女がとった行動の一つ一つには嫌悪感を抱くのに、ピナ嬢自体を拒絶できない。腕に触られて、頭ではその行いが女性としてよろしくないことだと判断できるのに、胸には喜びが溢《あふ》れる。気持ち悪い。

頭の中では「拒絶しなければ」と思っているのに、まるで好きな人に腕を取られた時のような……レミィをエスコートする時のような心からの歓喜を覚えて。

僕は何かの間違いだ、と自分に言い聞かせるように少しでも落ち着かせようとピナを貼り付けたままなのも忘れて紅茶に手を伸ばす。

そしてこれは僕は全く気付いていなかったのだが、サロンの入り口からレミィが一部始終を見ていたそうだ。

頭ではおかしいと分かっているのに、ピナと過ごしていると何故か心が喜びに沸く。

信頼できる父上の側近に、他言無用とした上で「その女性の振る舞いや言動はどう考えても嫌悪を覚えるのに、何故か感情は勝手に喜びを感じてしまう、この不可解な現象に心当たりはないか」と聞いても期待していたまともな返事はない。「思春期に好きな相手ができると多かれ少なかれ皆そうなる」なんて微笑《ほほえ》ましい目で見るだけで、王家の僕が身に着けている守護の御守を潜《くぐ》り抜けて魅了《チャーム》や心を操る魔術を使われた可能性について聞いても「そのような形跡はない」と取り合ってもらえなかった。

だっておかしい、こんな……一人の時はレミィを恋しく思うのに、ピナといるとピナ以外どうでも良くなってしまう。自分の感情が自分のものでないみたいで、怖い。

当初は学園中から遠巻きに見られて「常識のない人」と言われていたピナが、今では学年問わず人気者だ。中には、僕らといても近寄ってきて「星の乙女の加護が欲しい」とピナにサインを求める人もいるほど。不自然すぎる。

「ねぇウィル殿下……レミリア様ってあたしのこと嫌いなのかな」

「何故そんなことを言う？」

「だって……いいえ、大好きな婚約者の横にあたしみたいな元平民がいるのは気に食わないみたいで……」

「何か言われたのか？」

「ん？　……ううん、きっとあたしの気のせいだから、大丈夫」

自分から話をふっておいて、歯切れ悪くそこで会話を終わらせる。これが他の相手の話だったら「何が言いたい？」と詰問《きつもん》していただろうが。

大丈夫、と言いながら手に触れてきたピナに思考力が削《そ》がれたような気がした。

僕はなんで喜んでるんだろう。……いや、レミィが嫉妬してくれたのを嬉しいと思ってるんだ。レミィが、嫉妬するくらい僕のことを好きなのだとそれを知って僕は喜んでしまっているのだろう。けっして、ピナに手を握られたからじゃない。

あの完璧な淑女と呼ばれ、才能に溢れたレミィにもどうにもならないことがあるんだ。国の仕事で相手をしているだけのピナに妬《や》くなんて、普通の女の子みたいですごい可愛い。

この時に、「レミィに相応しい王にならないと」と思っていた心の重圧が少しだけ軽くなっていたのには気付かなかった。

僕はこの時受け入れてしまっていた。「ピナに嫉妬をする公爵令嬢レミリア」を。喜んでそれを真実だと、認識してしまったのだ。

次第に聞こえてくるレミィの嫉妬が苛烈になっていって……目撃者も何人もいるものだから、僕もクロードを含めた側近達もそれを事実だと疑わなくなっていく。

何度も仲を取り持とうとしたがレミィは頑《かたく》なに「自分は何もやっていない」と認めようともしない。レミィの友人達からは「実はこんなことをしていた」「こんなことを言っていた」と、ピナの証言を裏付けるような話があるのに、だ。

将来の王妃が、勇者と並ぶ建国の象徴である星の乙女と仲違《なかたが》いしていると言われるのは外聞が悪い。

何とか解決しようと動いていた矢先、階段でピナがレミィに突き落とされるという事件が起きた。

レミィは……人が集まってきても固まったように何も言わずに立っている。ピナの叫び声に振り向いた時には突き落としたように手も伸びていたのは見間違いだと思いたかったのに。

謝罪をする様子ひとつないことに苛立《いらだ》って、声もかけずにピナを連れて救護室へと移動した。

足を捻《ひね》って何箇所か打撲を作ったらしいピナはしきりに、

「あたしが悪いんです、レミリア様を差し置いてウィリアルド様に寵愛をいただいてるから……」

そんなことを言いながらカーテンの向こうで治療を受けている。

彼女を手当てしている魔法医は、たびたびこうしてレミィ関連で怪我《けが》を負って救護室にやって来るらしいピナに同情的だった。

事故では、でも事故だったら何で謝罪のひとつもしないのか。レミィを庇《かば》うようなそんなことをぐるぐる考えていると、治療が終わったらしいピナ嬢が僕の腕にすがり付いてきた。

「お可哀想……ウィル殿下……あんな人が婚約者で……！」

「あんな人……？」

公爵令嬢を、養子に入ったとは言え子爵令嬢が「あんな人」呼ばわりとは。

頭の中ではそれがひどく非常識で不敬に値することだと分かっているのに何故か叱責する気は起きない。ずっと、ずっとピナに「嫌われたくない」と無意識下で行動に制限がかかっている。

「ウィル様がいくら好きだからって、こんなことを……酷《ひど》すぎます……！」

「レミィが……」

僕を好きだから、こんなことを。

そう呟《つぶや》きながら僕は喜びを感じていた。今までレミィがこっそり……本人はこっそりやっているようで少なくない目撃者や証拠の残っている嫌がらせは把握していた。

本人は認めていないが、それも僕への抵抗だと思うと可愛くも感じる。

さらに、レミィがこんなことまでするほど僕を愛していたなんて。

心の中を押さえつけていた「優秀すぎる婚約者」という重荷はいつの間にかなくなっていた。

星の乙女に嫉妬をして加害を行うような次期王妃は不適格とされてしまうだろう。

今までのレミィの功績があるとは言え、これほどの瑕疵《かし》はなかったことにはできない。学園外でも、親世代の貴族を中心にこの醜聞は出回ってしまっていた。

僕が手打ちの場を整えて、レミィが星の乙女に公式に謝罪をする。このくらいやれば周りも納得するだろう。……そうしたらレミィは僕に感謝する。感謝するしかない。

だがその後どんなに素晴らしい王妃だと賞賛を浴びても、この一件はレミィの功績に影を落とすだろう。今後手放しで評価されることはない。

有能だが少し人格に問題が、なんて言われるようになるかもしれない。

「あの時はごめんなさい、ウィルが好きすぎてどうかしてたの」って数年後、結婚式の前に謝罪をされる様子を想像してしまう。

……そうだね、ちょっとどうかしてるくらいが僕程度の凡庸な王太子には相応しいよ。

ああ、レミィが僕のいるところまで堕ちてきた。やっと対等になれたね。

今までみたいに言い逃れができないように、とクロードが率先して証拠や証人を整理して手筈《てはず》を整えていく。これを全て突きつけてもまだ罪を認めないようなら更生の可能性はない、その時は如何《いかが》なさいますかと問われた。

考えてもいなかった。さすがにここまでされても往生際悪く否認するとは……レミィは頭のいい女性だったからないと思うけど。

クロードはレミィの意識を一度変えるために罰として婚約を取りやめるのも選択肢に入れるべきだと言う。曰《いわ》く「姉さんはそのくらい、一回意地張ったら頑固になりますから」と。

「そうだね。そしたら……実際婚約破棄を行うよ。ただ彼女は優秀な女性だったから、田舎《いなか》に引っ込むことになってもその発想と手腕ですぐに功績を作って、もう一度貴族社会に帰って来ることなんて容易《たやす》いと思う。その時に改めて、禊《みそぎ》が済んだとして国内貴族の反発も小さくなってるだろうし王家に迎え入れるよ。婚約破棄になってしまったら、万が一レミィが腐って閉じこもったりしないようにクロードが発破をかけておいてよ」

「私にあの姉さんの手綱が握れますかねぇ」

僕はこの時疑ってもいなかった。

さすがに言い逃れを諦めたレミィは形だけでも頭を下げる、対外的なアピールはそれで終わり。卒業式まで学生時代の思い出を作り直して、学園を出た数年後にはレミィと結婚できるのだと。

今までのようにどこか卑屈な思いを抱える必要はなく、レミィの瑕疵を許したことで対等な関係になれるのだと、そう……思っていた。

まさか最後まで彼女が強情を張ると思っていなかった。「頼む、認めてくれ」って小さい声で話しかけたかったのに、ピナが腕に貼り付いていたらそれもできない。

いつもよりピナからはあの甘い香水の匂いがして、ピナが求めることは叶《かな》えないと、と王太子として培ってきたはずの思慮を無視した態度をとってしまっていた。

レミィは何一つ罪を認めようとしない。

まるで、本当に心当たりが一切ないようだった。ピナに危害など加えていないと言うその言葉が真実に見えて。「嫉妬なんてしてないわ」って、僕への思いも否定されているようで……腕に巻き付くピナから酩酊《めいてい》感が伝わる中……気が付いたら、万が一としか考えていなかった婚約破棄を口にしていた。

でも……この状況だって考えていたんだ。

レミィだったらあの田舎だって目に留まる街に興して見せるだろう。その功績をもって婚約者に復権させる。

大丈夫。レミィは過去のあやまちを償い心を入れ替え、僕はそれを迎え入れる。十分に美談になるし、民の受けも良いだろう。

僕の真意を知らないグラウプナー公爵が予想よりもはるかに強くレミィに失望していて、王家へのアピールに住民が一人もいない廃村を領地として与えて分籍までしてしまっていたけどそれくらいじゃ諦めない女性だって僕は知っている。だって……だってレミィはあんなことをするほど僕が好きだったんだから。

だからこんなことで僕への想いを捨てたりしない。

最初は良かった。レミィは何もないところから頑張ってる話だけが聞こえてきて、僕の横に戻るためにそんなに一生懸命になってくれていると優越感すら抱いた。

さらにあの後学園を卒業したピナのもとに各地の貴族から依頼が舞い込む。星の乙女の後見という立場で各地を巡りながら、痩せ細った農地に力を与えたり、衰えてきた水源を復活させたりとそのたびにピナや僕らも喝采を受けていた。

しかししばらくするとピナは外国に……それも魔物討伐の旅に行きたがって、それはできないと却下し続けるとどんどん態度が悪くなっていった。

周りからの反感を買い始めて、「貴族に染まってない星の乙女」として多少の無礼が許されていたのが「貴族に名を連ねて一年以上経《た》つのにまともなマナーも身についてない愚か者」に変わるのは早かった。

それでもたまに星の乙女としての力は求められるけど、どうやら伝承にあった描写よりピナの星の乙女としての力は大分弱いらしく、落胆されるような反応は多い。

そうするとピナはさらにむくれて癇癪《かんしゃく》を起こすのだ。

「あたしの力が弱いのは鍛錬に付き合ってくれないウィル達のせいなのに!!」

王太子としての執務があると言ってもピナには通じない。

こうして依頼された仕事の道中魔獣狩りをするかと聞いても「こんなとこ名前も出てきてないし、イベント起きないからいい」と意味の分からない理由で拒否される。

何度も、「なら女性騎士を交えて数日がかりで行くといい」と言っても女性が交じるのは嫌なのだと。候補とはいえ体面上、異性だけとの外泊なんてどんな理由があっても許すわけにはいかない。

そう言っても納得してくれずにピナは憤る。毎度この繰り返しだった。

ピナの相手に疲れた頃。

僕が予想していたよりもかなり早く、レミィの功績は評価され始めた。それに反して僕の直轄地は少しずつ衰えていく。……少し離れたところに栄えて発展し始めた街があれば、一時的な雇用の急増でこのくらいの人口変化は起こる、許容範囲だ……。

そう考えても、とっくの昔に克服したと思っていたレミィへの嫉妬は再燃する。ああ……やっぱり、君は何をやらせてもすごいな。自嘲するような乾いた笑いしか出ない。

ピナも、学生の時はもっと可愛いと思えてたんだけど。

わがままだってイライラしつつも「しょうがないな」って聞いてあげようと思えていた。だってこの子は安心して愛せるから……レミィみたいに、自分の方が惨めになるような思いは絶対になくて、そこが何も考えずに可愛がれたからだろう。

きっと、だから僕はピナを好きと感じるのだと思う。

レミィが僕のもとに戻ってきたら、満更でもなさそうなピナを側室か妾にしても良いと思っていたのに。だってピナがいてくれたらレミィは嫉妬をしてくれるだろうから。ああ、当然、僕の後援の貴族に言われているように、ピナを妻にする気はなかった。でも将来そばにいて欲しいと思うくらいには好きだと思ってたはずなんだけど。

今は、どう考えても常識から外れた要求を毎度ねだられるたびに苛立ちから大きな声が出そうになる。バカだなって、愚かなところも自分より劣ってるってところも可愛いと思ってたのに、今は犬より覚えが悪くてイライラした。

魔族との貿易が軌道に乗り始めると、その魔族との交流の立役者になったレミィの名前が外交の担当者から上がってきた。

レミィは分け隔てなく様々な街で行き場のない者を呼び寄せて自分の村に住まわせていた。その中にかなりの数の魔族が含まれていたそうだ。人間が気付いていなかっただけで魔族は人の社会の中でひっそり生きていて、それを救って生きる術《すべ》まで与えたレミィを向こうの長が気に入って、このたびの交易が開始されるに至ったらしい。

魔族の取引商品に並ぶ品は、ほとんどの病の治癒を行う霊薬の材料となる薬草やこちらの魔獣には存在しない高品質の魔石やそれを加工した魔晶石、他にも他所《よそ》の国に持っていかれたら戦争の元になりかねない品目がずらりと。

こんな、国勢を左右するような話にまでレミィは携わっているのか……。

もう良いだろう、と「この功績をもってレミリアを婚約者に復権させたい」と父上に伝える。

しかし、それは承諾されなかった。何故だと思わず声を上げると、呼び立てる術が何もない、と。

王家の婚約者を決めるためには手紙一通出してそれで終わりというわけには当然いかない。今回の禍根を考えると、王家……例えば僕自身がレミリアのもとを訪れて婚約の了承を取るような下手《したて》に出て見える真似もできない。それは分かる。

しかも、レミィはあの一件で公爵家から籍を抜かれていた。

貴族としての籍はあるが、分籍という形で親子の縁を切られてグラウプナー公爵家とは別の独立した家として存在することになっている。なので伯爵家以上だったら適用できた登城令は使えない。

通常の書状として命じる登城は、王国法にて一定の基準を満たす僻地《へきち》などに領を持つ貴族は登城指示を拒否することが許されるという一文を出されてすでに断られているらしい。

……登城資金も捻出できないような田舎の貧しい、名ばかりの貴族家を守るための法であるが今ばかりは疎ましいと感じてしまう。

罪を問う場合の登城命令は拒否できないが、今回のこちらの目的では使えない。まさか、拒絶されているのだろうか。

いや違う、レミィは責任感が強いから、発展途上の領地を長く留守にするのを避けているだけで……きっとそうだ、そうに違いない。

「魔族との交易の架け橋となった立役者である、この功績を元に今の準男爵であるレミリア嬢は来年子爵に陞爵《しょうしゃく》を予定している」

「では……！」

「ああ、その時に婚約者の復権について打診してみよう。彼女も貴族社会だけでなく商人の真似事もして、女性として成長しただろうからな」

「陛下、ありがとうございます」

陞爵となれば登城を避けることはできない。

その時に、レミィとは全て元通りに……いや、自分の願った通りの良い形におさまるのだと、僕は心の底から信じていた。

なのに、これは、何だ？

レミリアは魔族との親睦会に現れた。

人ならざるもののゾッとするような美貌の魔王の色を全身に纏《まと》って……魔王の髪色と同じ、黒から青にグラデーションのかかったドレスが絶望するくらいに美しいレミィに似合っていた。

それから次々明らかにされるかつての真実。

僕が信じたものは、信じたせいでレミィを傷付けた拠《よ》り所は全部全部ニセモノだった。

……レミィは、嫉妬で人を傷付けるような真似、一切してなかったんだ。

「お前ぇええ‼　お前が全部仕組んだんだろ‼　このクソ女！　クソクソクソ‼　あたしが幸せだから妬んで！　自分がバカだったせいだろ‼　逆ギレしてんじゃねーよ‼」

自業自得というのにピナがなりふり構わずレミィに飛びかかる。

それを魔王が叩《たた》き落として、安心させるように抱きしめて彼女の頭を撫《な》でていた。

「確かに身に覚えのない罪を着せられて、誰も信じてくれなかったのは悲しかったけど、わたくしは今幸せだもの。ピナさん……お金で買収して、自分の体を使ってまでわたくしを悪人に仕立て上げたけど……そんなことをしたってピナさんは幸せになれないのよ……？　わたくしを貶《おとし》めても、呪《まじな》いで人の気持ちを操っても、ピナさん自身が愛されるわけじゃないのに……こんなことって、すごく寂しいしピナさんが可哀想で……」

レミィは、誰も恨んだりしてはいなかった。

ああ……知ってたんだ。僕の横でほがらかに笑っていた、僕の心も救ってくれたあの子はそんなことをしたりしないって。

ピナにさえ情けをかけるレミィは、子供の頃から何も変わってなくて……星の乙女に酷い嫉妬をして苛烈な嫌がらせをしたと聞くたびに「こんなに僕が好かれているんだ」と仄暗《ほのぐら》い愉悦に浸るとともに「レミィがこんなことをするなんて」と失望して、自分のいるところまで落ちてくるレミィを待ち望んでいた自分を恥じた。

レミィは、最初から何もしていなかった。


夜会の数日後、父上……国王陛下に頭を下げてレミィとの謝罪の場を設けてもらった。

デイビッドもステファンも、クロードも僕と同じ申し出をしたそうだ。ピナは星の乙女ではなかった。正確には、星の乙女の中に悪魔が入っているのだそうだ。国の、星の乙女への信仰が揺らぐからと「悪魔が星の乙女の名を騙《かた》った」ということになっており真実は伏せられている。

謝罪をしたいだなんて、自分が楽になりたいだけの自己満足。

僕も、彼らもレミィなら断らないと知っている上でつけ込んだようなものだ。

実際に会って明るい下でレミィを見ると、輝くような美しさの濃い金髪に海のような鮮やかな水色に息を呑んだ。その瞳は悲しげに僕を見ている……ピナへのイジメについて追求する時も同じ目をしていた、なんでもっと彼女の言い分を聞かなかったのか……後悔は時間が経つほど湧いてくる、自責で潰されてしまいそうなほど……。

「さようなら、ウィリアルド殿下」

謝罪をする、それだけのはずだったのに、レミィを前にして僕はみっともなくすがって言い訳を始めていた。

いや、みっともなくたって良かったんだ、惨めでも、優秀すぎる婚約者に劣等感を抱くことになったって、レミィと一緒にいられたなら……。

手を取ろうとした僕から逃れるように席を立って、レミィは四阿から出て行く。

背景に、幼い頃のレミィと遊んだ庭園が見える。花は移り変わったが景色はその時と重なって、そこに立つレミィは残酷なくらいに美しかった。

「ウィル！」

幼いレミィの声が聞こえる。

分かってる、これは幻聴だ。実際には花の咲き誇る庭園の真ん中で、魔王がレミリアを抱きしめてそっと口付けを落とす……物語のハッピーエンドみたいに美しい光景が見えていた。

僕も、あなたみたいに嘘が分かる目が欲しかった。

そしたらあの女に騙《だま》されて、レミィを傷付けたりしなかったのに。

この期に及んで嫉《そね》みを胸に抱えて過去を悔やむ自分がどうしようもなさすぎて救いようがない。

いっそ死んでしまいたいが、僕が死んだらレミィは悲しむ。

これは願望ではなく、優しいレミィは確実に、幼馴染《おさななじ》みだった僕のために泣くだろう。これ以上彼女に傷を与えるわけにいかない。

この想いを抱えながら一生を生きるなんて。

罰を与えて欲しかった。

いっそ死を望むほどの重い罰を。

僕が犯した罪に相応しい重罰を。

でもそれは自分が楽になりたいだけの身勝手な願いで……この、胸に抱えた気が狂いそうになるほどの後悔から逃げたいだけだ。誰か殺してくれ。そう叫びそうになるくらい。

「レミィ……レミィ、」

代わりに、耐えきれずに自分の口から彼女の名前が溢れた。全部……全部僕は持っていたのに、素晴らしい婚約者も、その婚約者からの愛情と信頼も。全部……。

幸せそうに魔王の腕の中で笑う彼女を眺めながら、僕は失った幸せの大きさを嘆いて嗚咽《おえつ》を漏らすことしかできなかった。

星の乙女の中の人

お父さんのことはあまり好きじゃない。すぐ怒るし、わたしのことを叩《たた》くし、わたしの体に触ろうとする人がお店でたくさんお金を使った人だと全然助けてくれないから。

お母さんのことは……よく分からない。

わたしが小さい頃に死んじゃったからよく覚えてない。お父さんが仕事を手伝わせるために買った「どれい」だったんだって。

わたしを産む時に体を悪くして、仕事の行商であちこちお父さんと一緒に行くたびにどんどん弱ってそのまま死んでしまったって、まだ買って八年しかたってなかったのに大損だったたってお父さんはわたしによく文句を言ってくる。

わたしに言ったってしかたないのに。

お母さんが死んだ時わたしはまだ小さくて、どの町でお母さんが死んだのかも、どこにお母さんが眠ってるのかも分からない。

もうお母さんの顔も思い出せないけど、ひとつだけ覚えてる。

お母さんが教えてくれたおとぎ話……いじめられて、大変な思いをしながら暮らしていた女の子が、それでも正しい心を失わずに生きていって、最後には今まで助けたり仲良くなったたくさんの人達に祝福されながら幸せになる話。

わたしもいつかあの話の女の子みたいに幸せになりたいなぁ……すてきな友達を作って、好きな仕事をして……そうだなぁお花屋さんがいい。

お花を買う人はお花が好きで家に飾るために買うか、誰かへのプレゼントに買いにくるから皆幸せそうにしてるもの。

結婚は……わたしにはまだよく分からないけど友達は欲しいな。

お父さんの仕事は行商で、わたしはその店番をいつもしている。仕事の手伝いばっかりで友達を作る時間なんてなかったし、たまに話しかけてくれる子がいても次の商売にすぐ移動するから仲良くなれたことなんてなかったもの。

今思うと、あのおとぎ話の女の子はお母さん自身の理想で夢だったのだろう。

いつ怒り出すかわからないお父さんに怯《おび》えながら仕事をする毎日。

わたしはある町で店番をしている時に驚いた顔をした女の人に話しかけられた。難しい話でよく分からなかったけど、そのお姉さんは魔法使いの精霊師で、わたしには精霊がたくさんついているんだって。

学校には通ってないこと、「洗礼式」というものは一度も受けたことがないのを聞かれるままに話すとその人はお父さんに対してひどく怒り出した。

わたしは自分が怒られてるみたいに胸がギュッとなって、その時のことはよく覚えてない。ただ、気付くとわたしはお父さんから引き離されて、魔法を使える人が通う学校に行くことになっていた。

わたしは「星の乙女」って力があって、精霊さん達はそんなわたしが力の使い方を学ばないまま生きてるのを心配して周りにいてくれたのをあの魔法使いのお姉さんが見つけてくれたんだって。

本当はもっと小さい時に「洗礼式」っていうのを必ずやって、使い方を勉強しなきゃいけない力を持っている子供は早くから学校に通っているらしい。

わたしはそれをお父さんのせいでできていなかったから、これから急いで学校に入り直すのだと、わたしをその学校まで連れて行ってくれることになったおじさんが教えてくれた。

おじさんはわたしと同じ歳の女の子がいるんだって。

その子もこれからわたしが通うことになる学校にいるって教えてもらった。友達になれるかな……とっても楽しみ。

おじさんは、わたしのことを迎えに来たのは仕事だけど、これはそれと別にってペンとノートと絵本を買ってくれたの。

これでたくさん勉強するんだよって。……嬉《うれ》しい、初めてのプレゼントだ。

王都に行くまでの間に文字も少し教えてもらって、学校にある「図書館」ってところで他の本を読めるようになるのが待ち遠しかった。

最後に連れてこられたのは「お城」で、わたしをここまで連れてきてくれたおじさんと別れることになってすごく心細く感じた。

お父さんと離れることになった時はホッとしたけど。……わたしもあのおじさんみたいなお父さんが欲しかった。

「星の乙女」っていうのはこの国を作った勇者様と一緒に悪い神様をやっつけた女の人のことで、同じ力を持っている人をそう呼ぶらしい。

おじさんの買ってくれた絵本にそう書いてあった。

でも……だからわたしは本当は大切にされてなきゃいけなかったんだよって高そうな服を着たおじさんにそう言われてもわたしにはピンと来なくて、「ピナ様」って呼ばれてメイドさんって人達に体を洗われたり髪の毛をいじられたり、食べたことのない御馳走《ごちそう》を出されたり……今まで触ったこともないふかふかのベッドで一人で寝るように言われても落ち着かないだけだった。

それでも、学校に行けるのと、そこには同じ歳くらいの子達がたくさんいるから友達がたくさんできるかもしれないって……それだけは楽しみにしていた。

慣れない生活に体がびっくりして、次の日から熱を出してしまったが、メイドさん達もみんな優しい。

お父さんと二人の時は具合が悪くても荷台の中で放っておかれて、こうして面倒を見てもらったことなんてなかったから暖かいくすぐったさを感じる。

早く良くなりたいな……良くなって、学校に行っていろいろなことをたくさん勉強したい……な……。

わたしはある夜、そう思いながら眠りについて……目が覚めると自分で体を……動かせなくなっていた。

目で見るのは変わらずできるし、耳も聞こえる。

でも体は動かせないし、自分の言葉で喋《しゃべ》ることもできない。

わたしが驚いて混乱していると、わたしの体が勝手に動いて喋り出した。部屋の中にあった大きな鏡の前に熱でフラフラしたまま歩いていって、そこで自分の姿をしばらく見つめたあと部屋を見回して「異世界転生キタ――――――!!」と大きな声で叫んだの。

わたしは余計にびっくりして、もっと混乱してしまった。

大声に驚いたメイドさん達が駆けつけて、わたし……わたしの体に話しかけて具合が悪かったのを心配してくれている。

でもその言葉をめんどくさそうに聞くわたしの体は「魔法はあるの?」「あたしは誰? この部屋なら貴族? それともお姫様?」なんて変なことを聞き始めてメイドさん達を困らせていた。

やめてやめて、親切にしてくれたその人達に変なこと言わないで。

あまりの恥ずかしさに必死になって叫んだのにわたしの声はわたしの体を今動かしている人には全く聞こえてないみたいで、何とか口を塞げないかと思ったが、喋るのをやめさせたりも一切できない。

優しくしてくれたメイドさん達に、困ったような驚いたような、そんな気持ちが混じった顔で見られて申し訳なさでいっぱいになった。

最後には……わたしの体が、「ねぇ、あたし熱が出てちょっと混乱してたみたい。この話は誰にもしないでね? ……おかしなことを聞かれたとか、星の乙女の悪口なんて話したらどうなるか分かってるわよね?」と彼女達を脅していて。

わたしはメイドさん達に聞こえないけど体の中で精一杯大声で謝っていた。

やめて……やめて……。

「これってオトキシの世界だよね？　今は学園入学前？　やった!!　ヒロインじゃん最高!!　アンヘル様待っててね、あたしが結婚してあげるから！」

「入学前のここから始まって良かった、ヒロインの親って確かクソだったし貧しい生活って書いてあったからそこはスキップ安定でしょ。やっぱあたしは選ばれた存在なんだ、神様の説明はなかったけどこれくらいならまぁ許してあげても良いかな」

その後も、わたしの体はわたしの意志では一切動かず、わたしは中から見ているだけしかできない。

王子様って人達に会った時もわたしの体は彼らに無理に触ったりしようとしていてとても恥ずかしかった。

友達はいなかったけど店番で色んな人を見てたから、女性から男の人にああやって触ったりベタベタするのがいけないことだってわたしでも知ってる。

わたしの体は「平民はこのくらい普通だったから」なんて言っていたけど……平民だってそんなこと普通の人はしないのに。

この頃にはわたしの体を今動かしているのが別の人なのは何となく分かっていて……その人が何を考えているのか、何を感じているのか無理やり流し込まれてそれがひたすらとてもつらかった。

わたしの体は「リィナ」って女の人が今動かしているらしい。

リィナって人は別の世界で一度死んで、気が付いたらわたしになっていた人で。リィナって人の心の中は人への悪口と不満ばっかりで、聞いていてとても嫌な気持ちになる。

ここことは違う世界で学校に通っていて、小学校中学校高校ってせっかく学校に通わせてもらえているのに勉強は全然していなかった。

いつも気に入らない人ができると嘘《うそ》を吐《つ》いて「こんなことされた」って悪者にして虐《いじ》めていた。大学生になってからも同じことをしようとしたけど「スマホ」って道具で録音や撮影をされてて嘘がバレて、それで恥をかかされたって酷《ひど》く怒って親にも叱られてリィナって人は「ひきこもり」っていうのになっていた。死んだ記憶ははっきりしないみたいだけど……真夏に「クーラー」が壊れていたようで、でも親と話をすると部屋から出なさいって言われるから嫌だって苛立《いらだ》ち紛《まぎ》れに家族の生活を邪魔するように床を踏み鳴らすだけで。

そのうち部屋にたくさん置いてあった甘い飲み物をいくら飲んでも喉の渇きがおさまらなくて……汗だくになって頭がぼんやりして、目がチカチカする、そう思ってそのまま死んだみたいだった。

意識がなくなる瞬間までリィナって人はずっと誰かを恨んでいた。

「あたしの部屋のクーラー壊れたの何で気付かないんだよ」

「室外機動いてないから壊れてるの分かるはずじゃん？　これ虐待でしょ」

「あたしはこんなに苦しいのに家族は普通に暮らしてて腹立つ」

「そもそもあの女が変に騒ぐからあたしはこんな生活する羽目になって」

汚い感情を流し込まれるのはつらくて苦しい。

わたしの体に入ってからもリィナって人は幸せそうな誰かを恨んだり、誰かのせいにしたり、すぐ何でも「ズルイ」って言ってそればっかり。

それとは逆に誰かが悲しんでたり傷付いてたりすると喜んでいるこの人は大嫌い。

学校に通うようになってからも……わたしは見てるだけしかできなくて、泣いても涙は流れないけどずっと苦しかった。

あの優しいおじさんの娘さん……マリーちゃんがせっかく友達になってくれたのに、「あーやっぱサポートキャラいるんだ。ねぇウィル様は今の時間どこにいるの？　好感度分かる？」とかよく分からないことばっかり言って、困ってるマリーちゃんに「使えない」とか散々酷いこと言って一方的に絶交してしまった。

わたしはこれもただ見てるしかできなくて、謝罪すら届かなくて死にたいくらい申し訳なかった。

今まで何度もわたしの体を取り戻そうとしてた。

「はやく元に戻って、それでみんなに謝らないと」って。でもわたしはここで初めて「わたしを辞めたい、こんな体いらない」ってそう思って……気が付いたらいつも体の中から見ていた視点がズレていたのだ。

何て言ったらいいんだろう……わたし自身が透明になって、わたしの体だったものを少し後ろの斜め上から見下ろしている感じ。わたしの体がやる酷いことを見たくなくてもっと離れたかったけど、何故か少しズレただけのそこから遠くに行くことはできずに見えない紐《ひも》で繋《つな》がってるみたいだった。

リィナって人の記憶にあった、風船になったみたい。

それからもわたしは、わたしの体を使うリィナって人が人の悪口を言ったり、嘘を吐いて人を傷付けたり……男の人に付きまとうのを嫌だと思いながら見ているだけしかできない。

うまくいかないって寮の部屋で物に当たって暴れるのも嫌だったけど、でも体だけとはいえわたしが嫌われたり誰かを傷付けるところを見るよりずっとマシ。

ずっと一人で暴れててくれないかな。

「あの女ブスのくせに恋人からもらったって高い髪飾り嬉しそうに着けててバカじゃないの、身の程知らずもいいとこ。盗んで捨ててやろうかな。それで恋人の方には『気に入らないって捨ててた』って言ってやるの。キャハッ！　良い考え！」

「あたしが仲良くしてあげようとしたのに断るなんてあの男ってばなんてやな奴……酷いことを言われたって星の乙女のあたしがお城の偉い人に泣きつけばどうなるか分かってるの？　二人きりになってから自分で服を破ってやろうかな……うふふ」

やめて、やめて、やめて。

わたしがわたしを嫌いになるたびに、風船の紐が伸びるみたいにわたしの視点は少しずつ離れていく。

今は五歩くらい離れた場所を少し浮かんで連れまわされているようなイメージだけど、それ以上離れられないので部屋の外に出ることはできないし、リィナって人が誰かを貶《おとし》めて喜びを感じることも伝わってきてしまう。

ただ、自分がやってるみたいに中から見るよりずっとマシだった。

最初は周りの人も、リィナって人の言ってることをそこまで信じてなかったし、男の人たちも迷惑そうにしてたのに。

けど、怪しいお店で甘い匂いのする香水を買ってつけるようになってからみんなの態度が目に見えて変わってしまった。

リィナって人の言ってることはおかしいし、よく考えれば嘘だってすぐ分かるのにそのうちみんな信じてしまうようになる。

普段から嫌がるのも構わずベタベタしにいってる王子様達に、その怪しい店で買った何かの薬を混ぜた紅茶やクッキーを食べさせ始めてからはさらに酷くなって。わたしは見ているだけ、聞こえないのは分かってるけど謝るしかできない。

王子様達の態度がおかしくなってすぐ、王子様の婚約者だというとても綺麗《きれい》な女の子に集中して嫌がらせを始めた。

嫌がらせと言っても分かるようにやらない、「嫌がらせをされてるように見せる」ってすごくすごく酷い嫌がらせを。

レミリアさんは王子様とはお似合いで、女神様みたいにキレイで……最初は優しい言葉をかけてくれていたのに、リィナって人は彼女になんて酷いことをするんだろう。

「ああいう良い子ぶってるやつが一番腹立つし一番嫌い、絶対実は性格悪いってやつじゃん」

部屋で一人でいる時、リィナって人はいつも誰かの悪口を言ってて……今はひたすらレミリアさんへの言いがかりばかり。

わたしはリィナって人こそが誰よりも性格が悪いと思う。

レミリアさんはテストや試験はいつもトップで、歩く姿ひとつとっても見惚《みと》れるくらいに綺麗で……初めて見た時は「本物のお姫様だ！」ってとても感動した。

魔法使いとしてもすごい人らしくって、そうやって何でもできるのに貧しい人への支援や、目立たないけど大変な仕事をこっそりしてるような「淑女の鑑《かがみ》」と呼ばれていた。

わたしがわたしのままだったら、優しく声をかけてもらえたあの時……レミリアさんと友達になれたのだろうか。

今のわたしは、自分の体が嬉々《きき》としてレミリアさんを冤罪《えんざい》にかけるためにあちこちに嘘を吐いたり、お金を払って嘘を吐かせたり、レミリアさんの持ち物から盗んできた物を「証拠だ」って言って犯罪を捏造《ねつぞう》しているのを見ていることしかできない。

最近はわたしの視点がだいぶ体から離れられるようになって、リィナって人がわたしの体を使って男の人達とすごくすごく嫌なことをしているのをなるべく見ないように、壁を通り抜けて廊下に出られることだけが救いだった。

そしてあの夜……わたしがわたしの体と、繋がっていた見えない紐が突然切れた。

リィナって人が吐いた嘘で、レミリアさんを……みんなで寄ってたかって虐めて。

本当のことなんて何ひとつないのに……！

「もっとちゃんと調べて‼」

「何もされてないよ！　わたしの嘘を信じないで‼」

いくら叫んでも、わたしの声は誰にも聞こえない。でもレミリアさんが悲しそうに……涙がこぼれそうになっているのが見えてしまった。「やめて！」と何度も叫んだけど何も変わらない。

リィナって人が吐いた嘘でレミリアさんは罪人になって、傷付いて、それを見たわたしの体が「ざまぁ見ろ、あんたなんか幸せにさせるもんか」って今まで一番嬉しそうにしてて……それが伝わってきたわたしはあまりのおぞましさに自分の体を全力で拒絶した。

嫌だ、嫌だ、汚い……っこんなもの流し込まれたくない、やだ!!

いやだっ……!!

気が付いたら……わたしは王都のはるか上空、お城を見下ろす位置に浮いていた。

今までのように「このくらいしか離れられない」と感じることは一切なく、不思議と「もうわたしの体とは何も繋がっていない」というのが分かる。

「やっと……やっと自由になれた！」

わたしの体がわたしのものだけだった頃、体を動かしていた感覚とはちょっと違うけど……今のわたしは自由に空中を動けた。

早く飛んだり、もっと高く浮かんだり。実体はないのか、周りに風が吹いてもわたしの今の体は流されたりしない。わたしの体に入った人に、嫌なものをたくさん無理やり見せられたり、人の悪口を聞かされたりしなくて済むんだ。そう思うと泣きたいくらいに嬉しかった。

『星の乙女』

『やっと解放された』

『つらかったね、つらかったね』

「……あなた達は？」

気が付くと、わたしの周りには色とりどりの光の球が集まってきていた。

嬉しそうに揺れながら、リンリンと鈴が鳴るようにわたしの中に直接彼らの言葉が届く。

『ぼくらは星の乙女の守護精霊だよ』

『星の乙女の魂が封じられて、閉じ込められてからずっと心配してたの』

『そばにいて守ってたよ』

そうか、きっと彼らがあの時……魔法使いのお姉さんが教えてくれた精霊達なのだろう。

魔法使いでも、精霊師の才能がないと見えないと習ったけど、きっとわたし自身も今光の球になっているのが関係しているのかな。

ずっと一緒にいてくれたんだ、と気付いたわたしは暖かなものに満ち溢《あふ》れた。

そのまま彼らに促されて高く高く飛んでいく。

今のわたしは魂だけの、とても不安定な存在らしく、体と繋がっていないのに現世にいると世界に溶けて消えてしまうのだという。

それは死よりも怖いものに聞こえて、わたしは大人しく彼らと一緒に飛んでいた。彼らがわたしの魂を包んで守るなら消えたりしないが、なるべく人の世界には留まらない方がいいと精霊さん達は言う。

「どうして留まっちゃいけないの？」

『精霊王様に言われてるから！　争いの元になっちゃうんだよ』

『んーとね、ぼくらがいると、いるだけで人は幸せを感じたり、魔法の力が強くなったり運が良くなったり怪我《けが》が早く治ったりするんだって。そうすると人はぼくらと一緒にいる人と過ごすのが心地よく感じすぎて、なんだか好きになっちゃうんだって』

『精霊が、星の乙女みたいな大好きな人のために与える加護のひとつだよ。僕らの大切な人が、周りからも大切にされるように、星の乙女の魂が繋がれていたからあの体ごと守っていたけど』

『星の乙女が周りから大事にされるとね、星の乙女も周りの人を大切に思って、星の祈りの力が高まるんだよ』

周りの人があんなに簡単にリィナって人の言うことに従っていたのはあの怪しいお店の薬だけじゃなくてそのせいもあったのかな。

どんどんわたし達は空高く昇っていく。

足元に夜の王都の光がまばらに星みたいに光っていた。ある場所まで昇ると、なにか境界のような一線を通ったのがわたしにも分かって、あっと思う間に夜だった空は突然明るくなった。

雲の上のはずなのに、わたしは花畑の中に立っている。光だったわたしは、わたしがわたしだった十四歳になる前の姿になっていた。

『ここで魂を休めよう、星の乙女』

『次の世界の危機はまだずっと先だから、それまでゆっくりしていていいよ』

『生まれ変わりたいならぼくらもまた一緒に行くよ』

精霊界というところに着いたわたしはそこに住んでいた様々な精霊さん達に歓迎された。

生まれて初めてこんなにたくさんの人に優しくされて、いるだけで喜んでもらえて、そんなこと今までなかったからとても嬉しい。

……最初の頃は、そうして精霊さん達とお話しして、色んなことを教えてもらっているだけで楽しくて、幸せだった。

けど、わたしがわたしの体に繋がれていた時……たくさん嫌なものを見せられた記憶が蘇《よみがえ》ってきてとても苦しくなる。

魂だけのわたしは概念っていう存在そのものに近いから、記憶は風化したり忘れたりすることはないよって教えてもらって絶望した。

みんなは優しくて、わたしが思い出して苦しむたびに心配してくれるけど、それも申し訳なくなってしまう。

忘れる方法はないのかって尋ねたら……

『じゃあ一回生まれ変わる？』

『輪廻《りんね》の渦に入れば今世の記憶は全部なくなるよ』

それも詳しく話を聞いたら怖くなった。精霊さんは星の乙女の魂についてきてくれるって言ってたけど……次もわたしを叩く人のところに生まれたらどうしよう。

だって、精霊さん達が、わたしには生まれた時から人から好かれやすくなる加護をかけてくれてたって言ってたのに。

お父さんには一度も大事にされたことなかったから不思議に思ってたの。

そしたら『ぼくらがいなかったら星の乙女はもっとひどい目にあってたよ』……そう言われてゾッとした。

わたしの前にお姉さんが一人いたけど、その子はわたしよりももっと叩かれてたし、「娼館」ってところに小さい頃に売られちゃったんだって……。

会ったこともないわたしのお姉さんよりわたしの方がマシだったのは分かったけど……記憶がなくなって生まれ変わったとしても、もしかして同じような人の子供にまたなってしまうかもしれないって考えただけでとても怖くなった。

それに……わたしの体に入っていたリィナって人がわたしの体を使って、色んな男の人とすごくすごく嫌で恥ずかしいことをたくさんしてて。

それを見せられていたわたしは、もう一度……あんなことをされるかもしれない女の子に生まれ変わるなんて考えるのも嫌だった。

このまま嫌な記憶で苦しみたくない。

でも生まれ変わるのも怖い。

また女の子になんてなりたくない。

全部怖くて何もできなくなったわたしは、精霊さん達が心配してるのに花畑の中でうずくまって泣き出した。

涙は止まらなくて、リィナって人のせいでわたしの中に刻み込まれた嫌な記憶はいつまでも何度もわたしを苦しめる。

どれだけ泣いていたのだろう、精霊さんしかいないはずのこの花畑の中に、精霊さんに連れられてとても綺麗な女の人が立っていた。

「こんにちは……かしら？　星の乙女の方」

「えっ!?　あ、は、はじめまして……！」

女神様だ、と思ってほうけて見ていたわたしは慌てて立ち上がって頭を下げた。

輝く濃い金色の髪に、晴れ渡った青空みたいなハッキリしたクリアブルーの瞳。眼差《まなざ》しは優しくて、わたしが知ってる中で一番綺麗な人だ。

絵本に出てきた勇者様に加護を授けた女神様はきっとこの人みたいな方だったんじゃないかな。

「ふふふ、初めましてではないのよ。わたくしはあなたを知っているの。あなたもわたくしを知っているはずよ、喋ったことはなかったけど……」

「あ、え……？　っ、!!」

その時わたしは初めて気が付いた。わたしの体が散々ひどいことをして、嘘を吐いて罪人に仕立てたくさん傷付けた人。

あの時美少女だった彼女は女神様みたいに綺麗な女の人になっていたのだ。

「ご、ごめんなさ……わたし……」

「あら、どうして？　あなたは何もしていないでしょう？」

「え……？」

恐怖と罪悪感に震え始めたわたしの手を、そっと包んで女神様……レミリアさんはわたしの顔を覗《のぞ》き込んだ。

「わ、わたし、中から見てるだけしかできなくて……」

「たくさん嫌なものを見たのね、可哀想に」

「嘘を吐くのも、止めたかったのに」

「止めようとしてくれたのでしょう？　とても勇敢で正しい行いだわ」

「何も……何もできなかった、ごめんなさい……」

「いいえ、あなたが一人で耐えていたのはわたくしが知っていてよ。……今までつらかったでしょう、あなたは十分頑張ったわ。偉かったわね」

「あっ、あ……ああ……!!」

少女の姿のまま成長していないわたしは花畑の中でレミリアさんに抱きしめられて、大声で泣き出した。

誰かから抱きしめてもらったのも初めてだし、頭を撫《な》でてもらったのも。

涙は次から次へと溢れてきて、自分でも何を言ってるか分からないのにレミリアさんは「あなたは悪くないわ」「つらかったわね」「もう大丈夫よ」って言ってくれて、そのたびにわたしの心の中で苦しみを生んでいた重い淀《よど》みがひとつひとつ解けてなくなっていく。

しばらくして、やっと落ち着いたわたしにレミリアさんは、わたしが精霊界でうずくまって泣いていた間に起きたことを話してくれた。

わたしの体を使って悪いことをしていた女の人は悪魔だったらしくて、今は罰を受けているんだって。

邪神とか魔界とかはよく分からなかったけど、悪いことをした人は相応しいだけの罰を与えられて、嘘は暴かれて、今は前よりもたくさんの人が幸せになっていると聞いて良かったたって思えた。

「それでね、わたくしはあなたのことを探していたのよ」

「わたしを……？」

「ええ、わたくしも探していたし、あなたを心配していた精霊達と精霊王様に頼まれたのよ」

レミリアさんには幼い頃に神様から神託がおりて、世界に危機が迫っていることと、世界を救うための知識を与えられたのだという。

その中では、本当はわたしも世界を救う旅をする一行の一人だったらしい。

レミリアさんは、その神託で見ただけだけど「星の乙女は絶対にこんなことをしない」と信じて、冤罪で追放されてからわたしの体を乗っ取った悪魔を罰した後も本来のわたしの行方を心配して探してくれていたらしい。現世で見つからないはずだわって困ったように笑うレミリアさんに、また涙が出てくる。

わたしはここで泣き続けて、精霊さん達にもみんな心配をかけていたのを申し訳なく思った。

わたしは今、体に繋がれてた時に見せられた記憶に苦しんでいること、生まれ変わるのも怖くて仕方がないのを改めてレミリアさんに話す。

あれもやだこれも怖いって、わたし面倒なことを言って親を困らせる子供みたいだ。

「ええ、だからね。あなたに提案しにきたの。……わたくしの子供になる気はない？」

「えっ……!?」

「精霊王様はね、あなたが生まれ変わっても幸せになれる家族が用意できたらって思ったそうよ。わたくしに加護を授けてくださってる浄化の女神様から伝わって、わたくしにお声がかかったの」

「レミリアさんが……？」

「もちろん、わたくしの幸せとあなたの考える幸せは違うこともあるでしょうけど……あなたが心配しているような、子供を叩いたり自分の不機嫌で子供を不安にさせる親になるつもりはないわ」

「……レミリアさんは、いいの？　わたしが家族になって……」

「あなたみたいに、優しくて頑張り屋さんの素敵な子が家族になってくれるなんて嬉しいわ」

涙で濡《ぬ》れた頬を撫でられて、改めて抱きしめられたわたしはまた泣いてしまう。

「でも、誰かの体を奪うことにならない……？」

「あなたは優しいのね。大丈夫よ、生まれてくる赤ちゃんに魂が宿るのはお腹の中で育ち始めて半年経《た》つ頃なの。その前からあなたがいるのだから、体を奪われる赤ちゃんはいないわ」

「わたし、全部忘れて生まれ変われるの？」

「正確には全部ではないの。輪廻の渦と違って、今回は精霊王様が魂が宿るのを手助けしてくれるんだけど、生まれ変わっても『このお菓子前も食べたことある気がする』とか、『ここに前も来たことがあったような』程度の記憶は残るそうよ」

それなら、それは、とっても素敵なことに思えた。

やっとこのつらくて苦しい記憶から解放される。怖くて動けないけど考えてしまうのもやめたかったわたしは、やっと終わりが見えたことに安心した。

わたし、それなら、レミリアさんと仲良くなりたかったって……その想いは残るかな。

残って欲しい。

「生まれてくるまでゆっくりお休みなさい。しばらく後にまた会いましょう、わたくしの可愛い子」

周りを心配そうに飛んでいた精霊達がわたしに触れる。『おやすみ』『おやすみ星の乙女』『また会おうね』『いつでもそばにいるよ』わたしは彼らの声に安心して目を閉じる。

孤独じゃないと分かっているのがこんなに幸せだなんて知らなかった。

さらりと頭を撫でられて、わたしの体は小さい光の粒になってレミリアさんの体の中に吸い込まれた。

自我はだんだん溶けていって、でもちっとも怖くなくて、嫌なことがあったのも思い出せなくなってわたしはわたしのまま全てをなくして安心して眠りについた。


「それでは現世までまたよろしくお願いします、精霊の皆様」

魂を扱う研究は一応成功した。なのに直接見ることもできるようになってからも探していたが見つからないはずだわ、精霊界で保護されていたのね。

ピナの中にはいなかったからすでに生まれ変わっているはずなのにどこにもいないから人でなくなってるかもと心配していたけど良かったわ。

「ええ、あなた達の大切な星の乙女はわたくしの全力で幸せにしますわ」

エミは主人公……星の乙女も大好きだったのよ。

推しと推しが仲良くしているのも、それで幸せになっているのも見てるだけで幸せって言っていたからわたくしが……生まれてくる星の乙女を愛して可愛がって幸せにすればエミも喜んでくれるわ。

「わたくしも本来の星の乙女のことは心配していましたの。そんなにお礼なんて言わないで……わたくしも望んでいたことなのよ」

だってエミの「レミリア」だったら心の底から星の乙女を心配していたわ。エミが望むことはわたくしの本心からの願いでもあるもの。

良かったわ。

魂を自由に扱うことができるようにはなったけど……どんなに練習しても魂が「壊れちゃう」のに困っていたの。

エミの侍女だった女達と、護衛だった男達を使って何度も何度も頑張ったんだけど。きっと神にしかできないことってあるのね、それでも諦めないで何度も実験を繰り返したら、魂に傷が付いてしまって。

あの五人はわたくしに刻み付けられた記憶がこれから未来永劫《えいごう》輪廻を超えても残ってしまうようなの。わたくしに殺されて、魂を取り出されて、新しいレシピを試すように魂を玩具《おもちゃ》のように扱われていた苦しみからこの先何度生まれ変わっても逃れられないのよ。

とっても素敵ね。

魂の質は変わらないから、生まれ変わっても屑《くず》は確定だから心は痛まないわ。

ほら、親はまともなのに子供がクズに育つことってあるじゃない？　魂の質のせいもあるのよ。親にとっては災難よね。

自分が主人を裏切ったあの屑達にはお似合いの末路だと思うけど、解放するのはちょっと早かったかしら？　もう少し魂に傷を深く刻んでおくべきだった？

でもお腹の中に命を宿すのに、あんな汚いものを手元に置いていたくはなかったのよね。

周りに知られないように踏破したダンジョンの隠し部屋に魂の研究に使う「道具達」は閉じ込めて普段は目に入る場所にないけどそんなの関係なく。お腹に宿したまま汚いものを見せるわけにいかないじゃない？　エミの記憶の中にも胎教って言葉があったし。

それにしても星の乙女の行方を案じて見せてすぐにこの打診があって良かったわ。

このままでは自分で魂を自由自在に扱えるようになるまで何十年かかるか、できるようになるのかも分からなくて不安だったから。今回恩を売ったことでエミの時も精霊王様がお手を貸してくださることを約束してくれたし、これについてもエミの前に安全性を確かめられて良かったわ。

子育ても「練習」したかったし。やっぱり孤児院の子供ではなくて自分が産まないと分からないことも多いでしょうから。

ねぇ？

「幸せな家族になりましょうね、あなたはきっと良いお兄ちゃんになるわ」

悪役令嬢にされた人

ふわふわ。暖かいものに包《くる》まれていた感触からそっと持ち上げられたような。ぬくぬく冬の布団の中で過ごしていたところから起き上がって、スッキリした朝の空気に触れたような感じ。私はほんの少しの肌寒さに意識がだんだんはっきりしてきた。

なんだかとても長く眠っていたような気がする。

気が付いたら……私は花畑の中に立っていた。

何処《どこ》だろう、と思う間もなく、目の前にいた女神様みたいに綺麗《きれい》な美人に目が釘付《くぎづ》けになる。

「初めまして……になるのかしら。顔を合わせるのも、言葉を交わすのもこれが初めてですもの」

「えっ……？」

「エミ、わたくしよ。レミリア……あなたがかつて中にいた、悪役令嬢だったレミリアよ」

ふわふわの、金を熔《と》かして紡いだような金髪に、はっきりした濃い青空色の瞳。

記憶の中では何度も鏡越しに見た覚えのある顔が、目の前に存在した。いや、私の記憶より大人の女性になって美しさが増している。それに、私が入ってた時のなんだか抜けた顔より百倍美人に見えるし。

「レ……レミリアたん？」

「ええ、あなたが守ってくれていたレミリアよ。エミ、あなたはどこまで覚えている？　わたくしの中にいて、レミリアとして生活していた記憶はあるかしら？」

「あ、あ……そうだ、私、夜会でウィル様に婚約破棄を……何もやってないって誰も信じてくれなくて、クロードも、デイビッドもステファンもみんな……」

「そう……やっぱりそこで意識が途切れているのね。エミ、落ち着いて聞いてね。……あなたがあの夜ショックを受けて意識を失って、わたくしが表に出てから……十五年経《た》っているの」

「十五年!?」

ショックを受けて気を失うにしても十五年は長すぎではないか、とか。十五年経ってるはずなのにレミリアたん若々しいしどう見ても二十歳《はたち》くらいにしか見えないのだが、とかツッコミどころはいっぱいあるけど今は置いておこう。

……何で今更十五年経って、私は目が覚めたんだろう？　それも、レミリアたんの中から出て。出られるならもっと早く返してあげたかった、と思わなくもない。……そういえば、私の体って今どうなってるの？　レミリアたんは目の前にいるのに。

「そんな申し訳なさそうな顔しないで……？　わたくしはエミが一緒にいてくれて、エミが幸せに生きてるのを見ているだけでとても楽しかったし幸せだったのだから。わたくしはエミに救われたし、エミに救われたから今のわたくしがあるのよ」

「私が……？」

「ええ。……表に出ているエミの奥で過ごしている間、エミの記憶を見せてもらったし、エミの考えてることもわたくしには分かったの。エミはわたくしを愛してくれたし、幸せを祈ってくれた。だからわたくし、ちっとも寂しくなかったのよ」

ひょええ……！

記憶見られるって、アレでしょ！　前世で「うひょーレミリアたん可愛いぺろぺろ」とか言ってたのも全部見られてたの!?　レミリアたんが愛《いと》しすぎて、なのに原作では悲しい終わり方をするレミリアたんを幸せにしたすぎてレミリアたん総愛されのちょっぴり大人の同人誌買いあさってたのも全部知られてるよね!?

ひいっ、恥ずか死ぬ……！　誰か私の記憶消してください……！　恥ずかしい記憶が存在した事実を抹消してくださいこんな女神に私のアレやこれや人には言えない色んなことまで全部知られてるとかマジ勘弁ほんとお願いします許してください何でもしますから!!

「エミが、わたくしを幸せにしたいって……わたくしの体の中に転生して来る前から思ってくれていたのも知ってるわ。わたくし、エミのその気持ちがとても嬉《うれ》しかったのよ……だって、実のお母様にだってそんなに愛してもらったことなかったから」

「レミリアた……レ、レミリアさん」

「そんな、今更よそよそしく呼ばれたら悲しいわ。今まで通りにわたくしのことを呼んで欲しいの」

「う……分かったよレミリアたん……」

起き抜けに女神を見て混乱しすぎて、つい今まで呼んでたみたいに「レミリアたん」って口にしたのをこっそり修正しようとしたが叶《かな》わなかった。

ちょっと恥ずかしいが、レミリアたんが望むなら私もやぶさかではない。

でも、確かに私はご覧の通りレミリアたんのこと好きだったけど。

乙女ゲームのライバルポジションの女キャラなので出てるグッズはほんと少なかったが全部買ったし、集合絵に写ってるなんてことでもあれば御の字、ありがたすぎて手に入れては五体投地してた。

実はレミリアたんが星の乙女に救われるちょっと百合っぽい小説も書いてみたりしたこともある。

もしかしてそれも読まれてるのだろうか。ぴえぇ。

と、とりあえず。……たかだか私のファンとしての「レミリアたん大好き」「レミリアたん幸せにしたい」って気持ちが、実のお母さんからかけてもらった愛情より大きかったなんて。

ファンブックにはレミリアたんの家族間に愛情らしい愛情はなかったとかサラッと書いてあったけど本当に寂しい思いを子供の頃にしてたんだろう。私がレミリアたんになった時はまだ五歳とかそこらだった。それを思うと涙が出そうになる。

「わたくしの体の中に何故エミが入ったのか、エミが意識を失うまでわたくしが出てこれなかったのはどうしてかは分からないけど、きっと運命だったのよ。寂しく過ごして悲しい思いをして、世界を滅ぼそうとする悪役令嬢になるはずだったわたくしに神様がきっとプレゼントをしてくれたのね」

「レミリアたん……私が体を奪うことになっちゃって、嫌じゃなかった？」

「いいえ、ちっとも。あの頃は、わたくしを愛してくれたエミが幸せに過ごすのを見ているのがわたくしの幸せだったから。今も幸せよ、エミが一緒にいた頃と同じくらい。幸せをわたくしに教えてくれたエミのおかげね」

心が美しすぎでは？

その微笑《ほほえ》みには慈愛が溢《あふ》れすぎている。レミリアたんだと知らなければ女神か聖母にしか見えないところだ。

そっか、良かった……レミリアたん、幸せになったんだ。幸せになれたんだ。

良かった。私の中にいた……ゲームの画面越しに何度も幸せを願って、でも何もしてあげられなかった女の子は……いつの間にか、ゲームの中の姿でも笑っていた。

やっぱりレミリアたんは寂しかっただけだったんだよね。ゲームの中じゃ間違えちゃってたけど、きっと本来のレミリアたんはこんな風に愛情深くて優しい人だったんだ。

私が思ってた通り。

「そ、うだ！　あの……レミリアたん、この世界って……どうなったの？　世界に溢れ始めてた瘴気《しょうき》とか、邪神とか……」

「ふふ、自分のことじゃなくて、真っ先にこの世界の心配をするのがエミらしいわ」

いや、だって正直あのピナって子に世界の命運をたくすのちょっと……ちょーっと無理じゃないかなって……冤罪《えんざい》であんなことされたからという私怨が入ってるのは否定しないけど。

「安心して。エミの知識が全部教えてくれたから、魔族も狂化から救われたし……浄化の女神も天界から助け出して、邪神も本来の姿に戻したわ。瘴気で苦しむ人はもういないのよ」

「よ、良かった……」

「それに、ピナさんって方も嘘《うそ》が暴かれて罪に問われることとなったわ」

「罪……」

「王家に嘘を吐《つ》いて犯罪を捏造《ねつぞう》して、当時の王太子の婚約者を貶《おとし》めたわけだから……何もなし、というわけにはいかなかったの」

そうだよね、全体的に……前世よりもこっちの方が罰則は厳しかった。

この国では物を盗むと罰として棒で叩《たた》かれたりするんだよ……。封建制度ぽいこの国では、王家を騙《だま》したりするなんて本来なら死刑でもおかしくない。

前世の感覚が抜けてない私はその辺はちょっといつまでも慣れなかった。

ただ、詳しく聞くと、幽閉されて外にも出られないってだけで酷《ひど》いことをされてたり死刑にされるような予定もないようで安心した。

星の乙女の代わりにこの世界を救ったレミリアたんが、その立場を利用して減刑を望んでくれたらしい。マジで女神だ。自分が傷付けられたようなものなのに……私の推しの心が綺麗すぎてヤバイ。

そしてウィル様達も、当時真実を見抜けなかったと陛下に叱責されて王太子とその側近の立場を失ったらしい。

「良かった……」

「エミ?」

「良かった、私が嫌いで、邪魔になったからやったんじゃないんだ……騙されてただけなんだ……良かった……」

ポロポロ泣き出した私をレミリアたんがギュッと抱きしめて頭を撫《な》でてくれる。

「つらかったわね」って優しく囁《ささや》かれながらナデナデされて、そんなに優しくされたせいで私の涙腺は崩壊したみたいに涙が止まらない。

正直、ウィルのことは一緒に過ごすうちにすごく好きになってたし……ほんとの弟みたいに思ってたクロードや、幼馴染《おさなな》《じ》みの彼らが私を信じてくれなかったのも悲しいしつらいけど……少しだけ、ピナさんと結ばれるのに私が邪魔で、ウィル達が画策してやったんじゃやって思ったから怖かった。

そうじゃなくて……そうじゃなかっただけで、良かった。

私がやっと回復した頃、レミリアたんは自分のことも話してくれた。

一人で世界中のダンジョン攻略してストーリーに必要なアイテムを集めて、最後に一緒に邪神の浄化をしたアンヘルとその後だんだん距離が近付いて、なんと結婚したのだそうだ。

恥じらいながらその過程について話すレミリアたんが女神すぎて、つい拳を握りしめて「それで⁉ それで⁉」と続きを促しながら聞いてしまった。今は五歳になる男の子もいるんだって。髪と目の色は魔王のものだが見た目はレミリアたんそっくりだそう。

何それ絶対美ショタだし将来妖艶な美青年に育つやつじゃん……はぁ……推しの遺伝子を後世に残してくれてありがとうございます!!

レミリアたんの見た目が全然実年齢と合ってないのもそのせいなんだって。

大切な人と同じ時間を過ごすために不老不死に似た状態になってるそうだ。大切な人って魔王様のことだよね？　言い方恥じらいすぎて可愛さがヤバイのだが？

レミリアたんが今幸せになっているのを確認できた私は一気に安心して体から力が抜けた。多分私が本物の幽霊だったら今ので成仏してたと思う。

「エミは……どうしたいかしら？」

「え？」

「それを聞くために、今日は精霊王様にこの場をお借りして、わたくしの中で閉じこもっていたエミの魂を呼び起こしてもらったのよ」

聞くとここは精霊界という場所らしい。周りに見える光の球は、ひとつひとつが精霊なんだそう。

それによく見ると、ゲームでよく見る幽霊っぽく青白い半透明の私の体からは胸骨のあたりから白い紐《ひも》が伸びて、反対側はレミリアたんの爆乳の谷間に埋もれている。

……たぶん胸骨同士……心臓のあたりで繋がってるんだと思う。レミリアたん側はおっぱいで見えないだけで。十代の頃よりけしからん成長を遂げている……。

見下ろすと、起きた当初はぼんやり光ってるとしか認識できなかった自分に、生きてた頃みたいな体と手足がついていた。

レミリアたんのではなく、もちろん私の。私が私と認識している「恵美《えみ》」だった時の、多分死んだ姿と同じ、なんの変哲もない普段着だ。

……もう、意識がなかった時を含めなくても十年以上経っているからあやふやな記憶だけど。

「エミは、生まれ変わりたい？　それとも、このまま精霊のような存在になって過ごしていきたい？」

それは、レミリアたんが私を心配して用意してくれた選択肢だった。このまま、というのは記憶なんかを全て保持したまま……私が私のまま、存在だけ変わるというもの。

生まれ変わる場合は記憶は全部なくなるんだって。

私がレミリアたんの体に入った時みたいに、ある程度育って脳が発達済みの体ではないとどうしても記憶は失われるそうだ。でも……私も、故意に誰かの体を乗っ取りたいなんて思えないので記憶持ちのまままもう一度転生するなんてそれを聞いた時からやるつもりは起きなかったけど。レミリアたんも私が選ぶなんて思ってなさそうで、ただの説明として挙げただけみたい。

他には、私が元いた世界に帰れないか頑張って研究してみるとも言ってくれたけど、同じ時間が流れてたとしても二十五年……もう私の居場所はないだろう。それは辞退した。

精霊みたいな存在じゃなくて、体が欲しいなら人形みたいなゴーレムに宿ったりもできるようだがそれも記憶は失われないと聞いたら私は選びたくなくて、どうしたらいいのか分からない。だから私は自分の本心を話して相談することにした。

「私、このまま消えてなくなるのは嫌。レミリアたんとまだ一緒にいたい。でも……ウィル様やクロード達に信じてもらえなかったことも、あんな風に寄ってたかって嘘吐きって責められたのも……みんなと過ごした幸せだった時のことも覚えてるのが余計につらいし……忘れたい。レミリアたん、私どうしたら良いんだろう……」

「そう……じゃあエミは、嫌だったことは忘れて、でもわたくしとこのまま一緒にいたいって思ってくれるのね」

「虫がいいよね……」

「いいえ。嬉しいわ……わたくしもね、もしかしたらそうなるかもとなんとなく感じていて。そうなったら素敵だなって思っていたのよ」

レミリアたんは一息おくと柔らかく微笑んだ。

「ねぇ、エミ。わたくしの子供にならない？」

「レ、レミリアたんの……？」

「ええ。最初からエミが宿っておけば、体を奪うことにはならないし。宿る時の未発達な赤ちゃんの器では魂からほとんどの記憶がなくなるからエミのつらい記憶も忘れられるわ」

「いいの？　そんな……」

「わたくしは、エミがこれを選んでくれたらいいなって思ってるの。……子供が一人いるって言ったでしょう？　その子は本来星の乙女だった子の生まれ変わりなのよ」

「えっ⁉」

「今のピナさんに体を奪われて、この精霊界で保護されてたの。彼女も嫌な思いをたくさんして、忘れたいけど生まれ変わるのは怖いって言ってってね。……迎えに来た時に、わたくしの子供にならなってもいいって言ってくれて、星の乙女だった記憶は全部忘れて今は普通の男の子として過ごしてるわ。好物が林檎《りんご》なのは変わらないけど」

そっか……星の乙女は設定集に、生まれも育ちも幸せじゃなかったって書いてあった。

ゲームの主人公にはありがちな話だから、前世ではあんまり気にしたことなかったけど……。いつから変わったのか、でもその後私の中にいたレミリアたんみたいに……ピナの体の中から全部見る羽目になってたなら相当ストレスだよね。

私よりもつらかったと思う。

その彼女もレミリアたんの子供になってるなら幸せ確定だし良かった。当然、主人公は自分の分身みたいな感じで感情移入して楽しんでたから……星の乙女も好きだったし。

レミリアたん、星の乙女の本来の魂のことまで考えて救ってくれるとかマジ女神じゃん……私全く思い付かなかったよ……確かに今は「レミリアたんが気付いてくれて良かった超ファインプレー！さすがレミリアたん！」とか思うけど。

「幼い頃のわたくしの心を救ってくれたエミとまた家族に戻れるなんて夢みたい。エミにわたくしは救われたから、今度は一緒に幸せになりたいの……ダメ？」

そんな……そんな！　美しく成長した推しに「ダメ？」なんて聞かれたら断れるわけないじゃないですか!!

嫌なこと全部忘れて、私っていう存在は消えずに来世はこのメチャメチャ美人で優しいママの子供に生まれ変わるとか勝ち組確定すぎて怖い。幸福が約束されてるやつじゃん……。

幸せすぎてなんだか申し訳なくなってしまうくらい。

「エミは次も女の子になりたい？　それとも男の子がいい？」

「私は……また女の子になりたい、かな」

「そうなのね。じゃあわたくしエミのお母様のように、エミと一緒に料理を作ったりしたいわ」

その言葉に、ああそっかお母さんやお父さんやお姉ちゃんのことも忘れちゃうのか。

そう気付いて切なくなってしまう。私の不安そうな顔に気付いたのか、何故か心が読めるようにレミリアたんが「エミの前のご家族のことは、なるべく覚えていられるようにお願いしてみるわね」って微笑んでくれた。

「いいの……？」

「いいのよ、エミがこの世界でわたくしを愛して、わたくしのために頑張ってくれたことはわたくしが全部覚えているから」

だから安心してお眠りなさい、愛しい子。

抱きしめられて、甘い声がそう囁く。

私が心から受け入れたのが彼らにも分かったのだろう、周りを飛ぶ精霊が祝福するように私の頬や肩に触れて、そのたび私の体はシュルシュルと小さくなっていって繋がっていた紐の根本に溶けるように飲まれていく。

ああ、そうだ。

ずっと包まれていた暖かい感触。

私が眠っている間守ってくれていたのはこの中だった。私は安心して全てを委《ゆだ》ねる。きっとこの、胸の内から溢れるような、愛情を与えてもらった嬉しさは忘れない。

私を包む暖かい感触の向こうから……愛おしさを込めて誰かが撫でた。

「嬉しい……嬉しい、嬉しいっ、やっとエミともう一度過ごせるのね。今度は……ずっと一緒よ」

魔族の王の思うこと

我々魔族が何をしたのか。神の怒りを買ったと言うのか。

だが、今生きている俺達が何をした。

狂化した父に食い散らかされた母と、母を食らって理性を取り戻し自死した父の亡骸《なきがら》を前に呆然《ぼうぜん》と佇《たたず》む。

俺に抱きついて泣く末の弟のクリムトと、父に食い殺されそうになっていたところを母に庇《かば》われたすぐ下の妹のミザリーの嗚咽《おえつ》が耳に響く。

他の弟妹もすぐ集まってくるだろう。はやく……はやく父さんと母さんの死体を綺麗《きれい》にしてあげないと。それに父さんの……魔族の王の部下達に連絡をしなければ……。

「いや……魔族の王は、もう俺になってしまったのか」

もう、父も母もいない。俺達を庇護《ひご》してくれる親である存在も、魔族を統べる魔王フェリクスもいない。

俺が……こいつらを守らないと。

まだ魔族としては若輩もいいところの俺だって、親を突然こんな形で失った悲しみと不安に押し潰されそうだったけど。俺がそんな顔をこいつらに見せるわけにはいかない。

天眼を持つ者の責務として、俺は経験も知識もほぼないまま魔王として君臨することとなった。

王とは言えど、外の世界から伝え聞くような政治や派閥のいざこざは魔界にはほとんどない。

そんなことをしている余裕がないというのが正しいか。「狂化」という脅威に立ち向かうためには内部で争っている暇などなかった。

また、魔王には代々「天眼」……嘘《うそ》を見抜く目を持つというのも大きいか。天眼を継いだ者か、持って生まれてきた子が次の魔王になるのが決定されているとも言う。

魔王、そして魔族の永遠の課題は「いかに狂化を防ぐか」この一言に尽きる。国や種族の発展はこの問題を解決しないとどうにもならない。

治すだけなら簡単だ。……誰かを食わせれば……いい。父さんはそうだった。狂化した同族は殺してやるのが常だが、魔王として他の魔族とは隔絶した力を持っていた父は狂化でさらにその力が膨れ上がり誰にも止められなかった。次期魔王の俺にすら。

前衛にいた俺が逆に殺されかけ、魔術師として共に父を殺すために戦っていたミザリーが理性を失った父に体の肉をかじり取られそうになった……その時に母がその身を挺《てい》して俺達を救ったのだ。

父に体を食われながら、瀕死《ひんし》の俺に最後の力を振り絞って治癒魔法をかけて。

母は腕利きの治癒師で、父さんが狂化したこの時も戦闘に参加していた。

母さんだって殺してやりたかっただろう。理性を失っている間に自分の手で家族を殺してしまった父が死を選ぶほどに後悔するのは分かっていたから。

父の部下だった魔族達は俺や弟妹を気遣ってくれたが、魔王を継ぐことになってしまった俺は悲しみに暮れる暇もない。

父さんがやっていたことを教えられながら、彼らの補佐を受けてなんとか最低限の業務をこなすに留まってしまう。魔族の数は少ないが、この大陸まるまるひとつと治めなければならない領地は広い。

湧き出る瘴気《しょうき》が溜《た》まれば強い魔物やダンジョンを生み出し、民の命を奪う。国内の最強戦力の一人として、瘴気が濃くなる前にその地の魔物を屠《ほふ》り散らさなければならない。

父の死により、魔族の命運を分けると言われていた研究は暗礁に乗り上げてしまった。

俺達魔族が狂化するタイミングは今まで経験則でしか測れなかった。翼と角があって魔力がこれくらいなら百年は狂化しないだろう、程度のものだったが。父はそれを魔力の揺らぎなどを観測し、より正確に求めることができないかと研究していた。

長年生きた魔族は「狂化して家族や友人の命を奪う前に」と思いつめていつの日か自死を選ぶ者も多い。

魔族の死とは狂化して家族や友人に殺されるか、家族や友人を食らった後で理性を取り戻して自死するか、狂化する前に命を断つか。いずれにしろ安らかな死は訪れない。狂化するその時が寿命のようなもの。

父はそれを、少しでも改善できないかと思っていたのだ。

研究には魔術師として優秀なミザリーも携わっていたが、肝心の魔力の揺らぎなどを測定するために使われていた魔術が父しか使えないもので、何とかそれを汎用化できないかと魔法陣などに落とし込んでいる最中だったらしい。

父自身もまだあと狂化までは十年は猶予があるのではと予測していた矢先のこと。まだ誤差も大きく実用化には程遠かったが、それでも今までの傾向から立てた予想よりかは正確だった。このまま研究が実を結べば、自分の寿命とも言えるタイムリミットが分かってしまうものの「明日狂化するかもしれない」と毎日怯《おび》えながら生きていかなくて済むようになると思っていたのに。

なんとか研究は続けるとミザリーや他の魔族も言っていたが、この頃やっと魔王としての職務に少しは慣れてきた俺は同時に他の解決法も探った。

狂化の条件が分かれば防げるのではと思ってのことだ。

しかしこれはすぐに行き詰まる。

原因は分かった……瘴気だ。

瘴気が体に溜まることで、その各人の許容量を超えると狂化が発症する。これは、同程度の魔力を持つ者同士で比較した時、瘴気の濃い地に暮らす者の方が早く発症することを俺の体感で聞いたクリムトが統計をとって結論を出した。

だが……これを、どう防ぐ?

瘴気はこの地に湧き出ているものだ。魔界には瘴気に侵されていない場所はない。

だが、せめてもと狂化しやすく生まれた魔力の弱い魔族は人の住まう……瘴気のない他の大陸に逃した。

幸い俺に次ぐ魔力を持つミザリーに転移魔法の才能が発現し、そのため本来なら数十年のうちに狂化していたような魔力の弱い者達ならほとんどが別の大陸に連れて行けるようになっていたから。

だが、それが何になる？　ただのその場しのぎだ。

依然、俺を含めた強い魔族は人に交じって暮らすことなんてできず、第一本人が転移を使えなければ論じるだけ無駄だ。自分より遥《はる》かに強い魔力の者にしか連れて行ってもらうことも叶《かな》わないのだから。

……俺は父が狂化した歳をタイムリミットにして生きていくことにした。

成長した俺は父の魔力を遥かに上回っているためもう少し猶予はあるだろうが、長めに見積もって後悔するようなことはしたくなかった。

弟妹の中で魔力の少なかった三人は人の住まう地に送った。

三番目の妹アーリャは別の大陸に行ってから狂化をしないまま八十年生きて死んだ。

狂化をしないと寿命で死ねるらしく、ただその寿命は魔力に依存する。人にしては長く生きたと思われる程度。

魔族であると知られるわけにはいかなかったため、と呪《まじな》い師のようなことをして魔女と呼ばれながら魔界に食糧を送るために生きて、町外れの森の中の小屋でひっそりと一人で死んでいった。

四番目の弟のアルベリックは、魔界に送る物資を稼ぐために冒険者になって無理をしていたところダンジョンの中で命を落としたそうだ。

魔族が人の世で内密に開業している店からアルベリックの遺品だけが送られてきた。

五番目の妹のセシリアは、弟妹の中では一番魔力は弱く魔法すらも魔族にしてはかなり不得手だった。

美形の多い魔族の特徴だけは色濃く受け継いでおり、俺は聞かされていなかったが金を稼ぐために自ら人間の娼館に身売りしていた。

病気に侵されて亡くなったのとその経緯を、俺はミザリーに聞かされて初めて知った。

末の弟のクリムトは、「兄さんは魔族に必要な人だから」と俺の安全装置として生きる道を選ばせてしまった。

まだ幼い頃に父も母も亡くして、でもわがままひとつ言わなかった優しくて我慢強い自慢の弟。

もし自分の子供が自分よりも先に狂化を迎えてしまったら、と怖くて伴侶も持てない俺を責めることなくミザリーと共に支えてくれている。

天眼を持つ次期魔王がまだいないのを皆不安に思っているようだが、俺の苦悩を思ってか誰も何も言わない。それが申し訳なかった。

ただ、王とその後継者しか知らぬことだが、天眼は受け継がせることができる。俺のように天から授かる方が異例なのだ。

だから安心して欲しい、俺が狂化の前に命を断つ、その時に遺言と共に自分の目を抉《えぐ》り出しておくから。

自分で決めた自分の寿命まであと二年ほど、となった時にその革命の日は訪れた。人間の国で店を営ませていた男から、俺に謁見を希望する人間の娘がいると連絡を受けたのだ。

村を作るから住民にならないかと誘われて、その者の為人《ひととなり》を確認した上で様子を見ながら移住を行っていると報告を受けていた村の領主だと言う。

村があればもう少し規模の大きな取引ができるか、飢える民が減るなと成功を祈ったことを覚えている。

その女は高名な魔術師でもあるということだ。

魔族だと見抜かれたのはそこまで注目していなかった、騒ぎ立てたりするわけでもなかったしな。

ただ、「狂化を解決する術《すべ》がある」と言われたら、言葉すら人間は知らないはずなのに「何故それを」と警戒するしかない。

最初俺は、殺すつもりだった。

人の世界に住む魔族は少ないが、魔族と悪魔は長年の状況証拠から同一視されかけている地域もある。

だが、狂化という言葉も、魔族と悪魔の関係も何故この人間が知っているのか。もちろん人の世界で暮らす魔族から漏れることはあっただろう。しかしそれを「解決できる」などとうそぶいて俺に……いや魔界の魔王に謁見しようとした者などいなかった。

何が目的だ。俺は実際に顔を合わせて見極める必要があると考えた。

直接会って天眼を使いながら問いただせば腹の中は分かるだろう。幸いなことにその女自身が転移を使えるそうで、物資のやり取りのために使われていた転移魔法陣の座標を解析してこちらに飛べると言う。

人間が知っているはずのないことを知られている恐ろしさに俺はより警戒を強める。

狂化により魔族が悪魔と呼ばれる状態に転じると、人の世で広く知られてしまったら今ひっそりと暮らす魔族達に支障が出てしまう。

だから殺すつもりだった。その前に口を封じなければ、と。

しかし、彼女と実際に会って言葉を交わしたことで俺は予定を変えた。レミリアは……本気で、ただ「魔族を狂化から救いたい」と思っていたし、その言葉に嘘はなかったから。

神から与えられた啓示により救う方法を知りそれを実行していることも、それによって必ず魔族は救われると確信していることも。

彼女に何もメリットはないというのに、「それが自分のやるべきことだから」と、後悔ひとつ混じらない美しい青い瞳が俺を射抜いた時も、その言葉を心から……一切嘘偽りなくそう口にしていた。

勘違いする者もいるが俺の天眼は真実を見抜くのではなく、当人がついた嘘の自覚を見る、ただそれだけだ。

彼女が……自分の見た空想を真実だと心から信じ込んでいるのか、あるいは本当に神から知識を与えられてこの世を救わんと使命を負わされたのか。

今は堕ちかけていると言う……魔族が信仰を捧《ささ》げる創世神から瘴気が発生しているなんて話が本当であるならとてもショックだ。しかし話の筋は通っている、実際神殿のある地を中心として瘴気が分布しているからだ。

俺は希望にすがってしまった。狂化を抑える術《すべ》がある、それをこの救いの乙女が教えてくれるために遣わされた。

そう信じたかったのだ。

俺は彼女と共に、創世神が堕ちかけているという神殿の奥に向かうこととなった。鍵は確かに国宝だが、六代前の魔王が厳しく「神殿の奥には足を踏み入れるべからず」と言い残し強固な封印も施している。

当時の魔王らは永らく降臨されなくなった創世神を案じてこの奥に進んだそうだが、「神に近付かんとしたら天罰が落ち悲劇が起きた」とだけ記録して、それ以外にろくな説明もなくこの扉は封じられていた。

神殿の奥に伴われなかった周りの魔族の記録によると、創世神のもとに向かった者は当時の魔王以外誰も帰って来なかった。その中には魔王の妻と子も二人いたそうだ。

俺はレミリア嬢を横目で窺《うかが》う。自分のことは多く語らなかったが、本来はこんな擦《す》り傷を作ったり、兵士のようななりをして魔物と命のやり取りをする生活だなんて無縁だっただろうに。

指先も荒れ、爪も欠けている。俺の瞳と同じ濃い金色の髪は無造作に束ねられ、化粧っ気も一切ない。ただ、……使命に燃えて前を向く彼女はひたすらに美しかった。

何故自分が、と神を呪っても良かっただろう。聞く限り、彼女が神から啓示を与えられた……それをよく思わない悪《あ》しき存在がいて邪魔をされたようであるのに、それを悲しく思っている様子だったが怒りは一切感じられない。

どうしたらそんな善き人として生きていられるのかと、俺は彼女に興味を持った。

彼女にこんな定めを課した神も酷なことをする。

ただ、神もこの人だからこそ運命を委《ゆだ》ねたのではないか。泣き言ひとつ言わず、俺にすごまれても一切引かず、ただ「なすべきことを」と信念のままに行動する彼女はとても眩《まぶ》しい。

神殿の奥に入る際、準備はいいかと問われた言葉に何故か「名を呼べ」と返していた。

一瞬自分でも、唐突すぎて何を言ったのか分からなかった。

しかし我にかえって考えてみると、これからとっさの判断が必要になる可能性があるのだから「魔王陛下」のままでは勝手が悪い。実際瘴気溜まりを潰して回る際も皆俺のことを「陛下」か気心が知れた仲なら「アンヘル」と呼ぶ。

……戦場に出る前に必要なことだから口をついて出たのだろう、俺はそう結論づけた。

神殿の奥、拍子抜けするほど何も出てこない暗闇の中で彼女は魔族の王の俺も知らなかったような話を次々教えてくれる。

これも神から授かった、この世を救うための知識なのだと言う。

……今まで狂化に怯えて手探りで生きてきた魔族の歴史を「魔族はできることは全部やってきた」と直接ではないが言葉を尽くして肯定されて胸が詰まる思いだった。失った家族や友のことを思い出しながら、「皆の尽力があったからこそ魔族全体が延命できて、今日この日を迎えられたのだろう」と感傷の思いが湧いてきたのもある。

その中には謁見の間で俺との交渉に使えば有利に話が進んだのではと思うような情報もあった。そうでなくとも見返りもなしに神から授かった啓示を全て教えるなんて。

そもそも、人の国にいる時にその知識を使えば、悪魔と同一視されている魔族を滅ぼし原因を断つことだってできたはず。

何故そこまで親身になれるのかと問えば不思議そうに「だって、その方が魔族も人も幸せになれるわ」と……まるで、「そうするのが当然だから」というように。他には思い付きもしなかった様子で、俺は警戒していたことに対して罪悪感すら覚える。

もう、彼女のことは疑っていなかった。

言葉に嘘がないからではなく、彼女の「魔族を救いたい」という願いが本物だったから。今願うのは、彼女に知識を与えた者が本物の神や超常の存在であること。

もし言い伝えに残る邪神がいたとして、レミリアを利用して魔族に止《とど》めを刺そうとしているのではありませんように、と祈る思いだった。

もしそうなってしまったら、彼女は償うためにその命すら投げ出してしまうだろうから。ここまで人のために力を尽くしてきたレミリアに、そんな結末は酷だ。

幸いにも、レミリアに与えられたお告げは真実であったらしくてホッとした。

彼女に教えられるがままに、浄化のために一度堕ちかけた創世神を徹底的に削る必要があると言われ、力を合わせることとなる。

レミリアは魔王の俺ですら見当も付かない様々な攻撃を、その度に展開する魔障壁の属性を変えて見事に対応している。

初見の術に対してはこのような真似は無理だ……これも全て神の導きがあった故に知っていたのだろう。俺が前に出ているとは言え、当たり前のように俺の方に手厚く障壁を作り出したり、俺の身が危うくなる場面では自分を囮にしてまで窮地を救ってくれた。それを全て当然、といった顔でやるのだからたまらない。

その後も自分の怪我《けが》は後回しにしてまで、俺への強化魔法と回復を優先してくれたレミリアのおかげで何とか創世神を鎮めることができた。

俺自身……今までで一番過酷な戦闘だと感じて疲労困憊《こんぱい》であったが、もう自分の傷を治す余裕すらなさそうなレミリアの方がつらそうだ。白い肌からはさらに血の気が失せて青白くなっている。持ち込んだ魔力ポーションは使い切ってしまったのか、回復手段をとる様子はない。立っているのもやっとに見える。

傷だらけ、装備もボロボロになったその姿は「抱きしめたい」と思うほどに美しかった。

もう動く気配のない創世神は、溜まった淀《よど》みを全て吐き出したのかその姿を包んでいた黒い靄《もや》が晴れて一匹の白い龍の姿となっている。

そこに近付いたレミリアは胸元から取り出した小瓶の中から植物の種のようなものを手の平に出した。彼女の祈りに似た魔力を注がれるとその種は途端に芽吹き、大きな葉が茂り蕾《つぼみ》ができると大輪の真白の蓮《はす》の花を咲かせた。その中央に白銀に輝く乙女が浄化の女神である創世神の末娘なのだと言う。

女神は父のことをたいそう心配しながらも、俺達が創世神を浄化するための場を整えたことをとても感謝してくれた。

浄化の女神は力を貸した俺に、お礼として……なんと「魔族の体から瘴気を消し去る術」を授けてくれた。適性がないと使えないらしく、俺にはなかったためレミリアに、だが。

狂化を発症していなければ、その寸前であってもかけるだけで助けられるそうだ。

瘴気の発生がなくなったおかげで新たな狂化は起こらないだろうが、体調に支障が出ている者もいる。もっと使い手が必要なら、適性がある者を探して広めてくれるとレミリアは言う。

浄化の女神を封じていた天界の主……こいつこそが邪神ではないかと思う所業のせいで、この御技が魔族に与えられなかったのかと思うと悔しく思うが……逆に、もうできることは全てやっていたのだと確信できてやっと諦めがついた。

そしてこの救世の中心となったレミリアは、女神に「浄化の乙女」の称号と加護を授かることとなった。

「そんな、このような称号、わたくしに相応《ふさわ》しいとは到底思えません……！」

そう語る彼女の言葉に嘘は一切なく……どこまでも健気で謙虚なその振る舞いは「素晴らしい」を通り過ぎて「悪意に害されないように守らなければ」と心配するほど。

この時は……これが魔族の救世主になった彼女に対する感謝の念なのだと思っていた。

創世神のもとを訪れて以降、一日経《た》つごとに「もう全て解決したんだ」と実感するに至り魔族全体に喜びが満ちていく。

今までは瘴気溜まりを潰して回ってやっと平衡状態を保っていたのに、何もしなくても瘴気が薄れていく。狂化発症者も当然いない。

明日発症するかもしれないと怯えながら伏せっていた者はすぐさまレミリアが体内から瘴気を消し去り今では皆回復している……彼らやその家族は口を揃《そろ》えてレミリアのことを聖女だ女神だと称《たた》えて、俺はそれに内心深く頷《うなず》いた。

瘴気が発生しなくなったことで脅威度の高い魔物もこれからかなり生まれにくくなる。魔族は初めて、「生き延びるために生きる」のではなく「幸せになるために生きる」ことができるのだとこれからの未来を考えて歓喜に沸いていった。

そうして魔族を救ってくれたと言うのに、レミリアは更に国中の土地を回って瘴気が濃い地域から、魔族の体にやったように瘴気を消し去ってくれると言う。

そこまで甘えるわけにいかないと辞退しかけたのだが、彼女は……せっかく幸せになろうと国中が上向いているのだから強力な魔物に脅《おびや》かされる可能性は少しでも低い方がいい、と譲らなかった。

ならば、と出された交換条件を聞いて俺の心が締め付けられたような思いがした。

聞けばレミリアはかつての婚約者や家族から罪人扱いされて居場所を追われたのだが……その際に、それを画策した者に「恋の秘薬」を使われて、周囲の者に偽りの好意を植え付けた上で虚偽を振り撒《ま》かれたのだと言う。

レミリアはそんな裏切り者達を呪縛とも言える想いから救ってやりたいらしい。

まだそいつを想っているのか、と聞いて返ってきた答えに俺は明らかに安堵《あんど》していた。

……レミリアは気付いていないようだが、俺は自分の感情の正体を察してしまった。俺は……彼女に惹《ひ》かれている。

自分の想いに名前を付けてしまった俺は途端にレミリアのことをさらに意識し始めていたが、彼女は未だ苦しい生活を送る魔族のことで胸の内はいっぱいのようで、俺の視線には気付かない。

ただ、今はその方がありがたい。まだ会って日もそんなに経っていないし、何よりレミリアがかつての婚約者達から裏切られた傷が癒えるのも待ちたかったから。

そうして少しずつ魔族の生活が上向く中、レミリアは自分のために使うべき時間をほとんど魔術の研鑽《けんさん》に費やしていた。

事件の裏を解き明かすためと習得した「過去の水鏡の術」も映像の画質や音声にいたるまで高い水準に達し、今や魔族でもこの術に関しては彼女に並び立つ者は数人しかいないだろう。

映像を記録する手伝いを口実に、レミリアがかつて貶《おとし》められたという事件についてその全容を知っていく。

それにしてもこの星の乙女と呼ばれていたピナという女は余程悪事を働くのが得意らしかった。これでは人の好いレミリアは裏工作にろくに抵抗できていなかっただろう。

犯罪の捏造《ねつぞう》が手馴れすぎている……加担した者達は偽証の確信を持って問い詰めないと暴くのは難しかった、か。

しかし暴く方法はあったし、信頼があればそもそも疑ったりはしなかった。それ故彼らに弁解の余地はない。

過去の映像を見る限り、恋の秘薬もここまで効果が強かったか、魔族にはもちろん効かないが人であっても気休め程度のはずだが……と首を捻《ひね》りかけて思い出した。

レミリアが……このピナという女の持っていた力について話していたのを。仲間を強化したり、農地の実りを増やしたり、涸《か》れかけた水源を復活させたり……ポーションの回復する力を高めたりできる「星の祈り」と呼ばれる能力を持っていたと。

それが関係していたのでは……と推測した。今ではもう……遅い話だが。

それにしてもこの采配を行ったのは本物の悪魔だろうか、ここまで醜悪な行いを……嬉々《きき》として行う者にこのような力を与えるなんて。

こんなに強い力なら正しく使える者を見定めてから授けるべきだ。レミリアみたいな人物にな。

星の祈りにより恋の秘薬の力が強められていたのがもし事実だったとして……レミリアが言っていたように、あれは洗脳したり理性を奪ったりすることはない。

ならばそいつらの自業自得が大部分だろうと考えた俺は思い付いた仮説を黙っていた。レミリアがそいつらを許す……その可能性は少しでも奪いたい。

あんなやつらを解放するために頑張るんじゃなくて……はやく、はやく自分の幸せのために生きて欲しい。

人間の国との国交樹立も叶い、魔族の生活にも少しずつだが娯楽などの潤いが混ざるようになった頃。

レミリアの右腕のような存在であるスフィア嬢が深刻そうな様子で面会を希望してきた。忙しいところ申し訳ありませんと頭を下げる彼女を制して話を続けさせる。

『なぁ、今回も俺役に立っただろう？　だからさ……』

一体どうしたのかと思えばこれを見てくれ、と過去の水鏡の術で呼び出した映像が再生された。

『もう、ロマノさんのエッチ？』

『ピナだって好きなくせに、ほんと悪い女だよ』

『ひど～い、そんな』

ロマノと呼ばれていた男が、レミリアを貶めた女を抱き寄せてその胸に服の上から手を這《は》わせる……そこでブツリ、と映像は切れていた。

レミリアの手伝いで記録の整理を行っていたスフィアは、これを含めていくつか不自然な箇所で切れている映像を見つけたそうだ。

この続きは確認できないかと頼まれて、魔晶石の中の映像の時空間座標を確認して繋げる。……レミリアのものより多少色鮮やかさは落ちるが……事象の確認には十分だな。

そこから先に映っていたのは口にすることすらおぞましい、売女《ばいた》と犯罪者の交尾の様子だった。

会話の内容からするとこの男は護衛らしい……雇われておいて、主人を金と女の体で裏切るような真似をよくも……。

ロマノという男は、「誰とは言えないが俺が逆らえない高貴な身分の女性に言い寄られて、断ると家族のことを持ち出されて……好きでもないお方に泣く泣く俺は奉仕をする羽目になった」なんて話もピナという女に頼まれて嬉々として平民に広めていた。

今目の前にいたのなら俺が殺してやるところだ。

それはスフィアも似たような気持ちらしい。

そしてなんとひどいことに、星の乙女との姦淫《かんいん》によってレミリアを裏切った男は他にもこの……映像が途中で途切れた魔晶石の数だけいるようだった。

「スフィア……一計を案じた。レミリアに内密で協力して欲しいのだが」

「はい、レミリア様のためになることでしたらなんでも!!」

俺の計画を聞いたスフィアは喜んで、と協力を願い出てくれた。

これを実行に移す日だが……都合の良いことに、当初の予定よりも需要が高い魔界産の商品に向こうの貴族がとてもよく食い付いてくれた。数年は様子見をするはずだった交易は開始から一年経過したことを祝って大々的に親睦を深める場を設け、それを機に規模を広げたいと向こうから申し出があったのだ。

そこを……真実を明らかにする場所としよう。

「任せてくださいい魔王陛下。心優しいレミリア様はことを荒立てないように親睦会の後に内密に面会を申し込みその場で……とおっしゃっていましたが、なんとしてでも夜会の最中に衆人環視の中……あの女の化けの皮を剥がして謝罪させてやります」

「ああ、そうだな。レミリア一人だと絆《ほだ》されてなんだかんだ許してしまいそうだから頼むぞ」

「レミリア様が許しても私が許しませんよ……！　レミリア様が受けた以上の報復はしないと気が済みませんっ」

レミリアに関してはスフィアはとても頼もしい。

映像を編集し終わったスフィアは、「このような破廉恥なものが、清らかなレミリア様の目に入っては大変ですから」と厳重に封をした後、当然のように俺に預けていった。

俺だってこんなもの持っていたくないのだが……まぁレミリアの近くに置いておくよりはいいのか……？

魔族の王の思うこと 二

魔族の生活が落ち着いたら。

同盟を締結したら。

交易が軌道に乗ったら……夜会で、レミリアが、元婚約者と完全に決別できたら。

我ながら臆病が過ぎる、レミリアに想いを伝える機会を窺《うかが》って、怖気《おじけ》付いて先延ばしを繰り返していたら気が付けばこんなことになっていた。

もちろん、魔族の生活のために奔走するレミリアは自分の色恋を気にかける余裕なんてなさそうに見えるからという理由もある。

仕事で顔を合わせることも多いのに負担をかけたくない。しかし何より、もし俺の想いを受け入れてくれた後に……レミリアが後悔するようなことがあっても、俺は彼女を解放してあげられそうにないから。

夜会ではきっと、あの星の乙女とやらの呪縛は解けてレミリアの元婚約者の王太子は正しい感情を思い出す。

当然レミリアに謝罪もするだろう。……レミリアが、そこで謝罪を受け入れて、やり直したいと思ってしまったら。

レミリアは優しく慈悲深い人だから、泣いて謝るかつての婚約者に絆《ほだ》されてしまうかもしれない。

いや、その可能性はかなり高いのではないかと俺は考えている。

おそらく……今、俺が想いを伝えればレミリアは頷《うなず》いてくれるのではと思っている。

レミリアは不実な真似はしないから、そしたらかつての婚約者に会ってもあちらの手を取るような選択は絶対にしないだろう。

スフィアなんかは「あっちに付け入る隙を与えないようにはやくプロポーズして、魔王陛下の妃としてエスコートして入場するべきです！」などと発破をかけてくるが。

自分が臆病なのも認めるが。俺は、レミリアが望む選択をして欲しいんだ。

彼女は今まで十分に傷付いて、頑張ってきた。周りが何を思うことになろうと、レミリアが選んだ相手と幸せになって欲しい。

俺がその前に想いを伝えていたら、彼女の枷《かせ》になるだろう。……幸い、色恋に鈍い彼女は俺の好意が恋慕だとは気付いていない。もし、レミリアが元婚約者を許すのなら、俺は一生何も伝えないつもりでいる。

クリムトには、真意を伝えずに魔晶石を贈るのは卑怯《ひきょう》だと責められた。

いや、レミリアを「聖女」と呼び慕ってる魔族達が彼女に言い寄るのを防ぐ虫除《よ》けになるし、古くはプロポーズの際だけではなく家族や親しい友人の幸せを祈って交換し合うものだった。と言い訳のようにしどろもどろする俺を弟が半目で見つめてくる。

渡す時に、クリムトと話していたところに割って入ってわざわざ渡しに来たのも指摘された。完全に無意識だった……。

「何も言わずに独占欲だけ見せられてもレミリアさんは困ると思いますよ」

俺だって、彼女と結ばれたい。

ただ、レミリアが自分で選ぶ前に俺のもとに先に縛り付けることはしたくないと吐露するとやれやれといった風にクリムトは俺にお説教を始めた。

「あのですね、兄さん。自分の作った魔晶石も贈って、それで装飾品を作って夜会に参加するように伝えて、人間の文化に合わせて自分の髪の色のドレスまで作らせてるんでしょう？　これが囲い込み以外の何ですか？」

「……レミリアの耳に雑音が入らないよう、虫除けに……」

「はいはい、言い訳はいいので。ドレスを渡す時にはちゃんと告白してください。返事は夜会が終わったら聞かせて欲しいって言えばレミリアさんも選べますから。選ばせるって名目でもう逃げるのはやめてください、じゃないと僕がバラしちゃいますよ？」

ぷりぷり怒ったクリムトは俺を置いて執務室を出て行ってしまった。

出る間際「兄さんは自分に自信がなさすぎるんですよね、レミリアさんだって自覚してないだけで絶対兄さんのこと好きになってくれてるのに」とため息混じりにこぼしているのは、「バラす」と脅されて恐慌状態に陥っている俺の耳には届かなかった。

数日後、腹を決めた俺は出来上がったドレスを携えてレミリアのもとを訪れていた。

今日のレミリアは地方の畑の瘴気《しょうき》を浄化した帰りのようだ。城の中に与えた客室に戻っていた彼女を「少し散歩に行かないか」と誘って庭に出る。

余裕も物資も人手もなく掃除さえ行き届かずに荒れ放題だった城の中は最近やっと形が整ってきた。造園も少しずつだが行い、外国の立派な庭園にはまだ遠く及ばないが遊歩道と芝生を整備して、樹木の剪定《せんてい》も行っている。

花は少ないが、レミリアは「緑の溢《あふ》れる庭も素敵よ」と言っていた。

この庭の手入れは、レミリアの村で保護していた魔族の民を三人、再度国に呼び寄せて仕事を与えている。レミリアの発案で、他に使用人として働く帰国者は多い。

ロマンチックな花畑や景色の良い場所を知っていたら良かったのだが、生憎《あいにく》と復興を始めたばかりの魔界にはそのような心当たりはない。

あったとしてもちょっと気が向いたら行けるような距離ではなく、転移が使えない俺には選択肢に入れられなかった。それに、荒れ果てた城だったここは俺の家族との大切な思い出もある場所だ。レミリアなら近場で済ませたなんて怒ったりしないだろうと思ったのだ。

庭師の仕事が板についてきた三人に、庭の中で一番見栄えのすると聞いていた場所についた。なるほど、足元には煉瓦《れんが》が敷かれ、城の敷地内に流れる天然の小川を利用してため池も作ってある。

華やかではないが楚々《そそ》とした花も咲いて、控えめだが十分に心安らぐ空間になっていた。

ここなら……。

俺は決心して話を切り出した。

「レミリア………そ、その、ドレスが出来上がったんだ……夜会で君が着るために作らせていたのが……」

「まぁ、わざわざ届けにきてくれたの？　ありがとうアンヘル」

「いや、その……ちょっと話もしたかったしな」

怖気の虫が出て俺は急に別の話題を持ち出してしまった。

いやいや、万が一気まずい結果に終わってしまったらレミリアが受け取るのを遠慮してしまうかもしれないから先に渡しただけだ。当然これから改めて想いを伝えるぞ。

「話……？」

「ああ……レミリアは……その、今……想っている相手はいないか……？　その、まだ忘れられない、そんな存在とか……」

また怖気付いて、心当たりがないか確認に走ってしまった自分を胸の内で言葉を尽くして罵倒する。

なんでそんなに臆病なんだ俺は。

い、いや、しかし……これで誰もいないと言われれば元婚約者は完全に過去のものということだ。

そうであれば俺は心置きなくレミリアを口説ける。

「……想ってる相手……ええ、そうね……実は、いるの……この胸の中に……世間での恋や愛と呼ぶものと同じものかはわたくしもよく分からないのだけど……何より大切な相手が」

「そっ、そ……その相手は例の元婚約者か？」

いる、と言われて俺は思ったより心に受けたダメージが大きくてよろめきそうになった。

それに、レミリアの幸せを願うと言ったくせに相手を追求するような言葉が口から勝手に出てきてしまう。

「まさか……そんな、前にも伝えた通り、洗脳されたわけでもないのに、わたくしの言葉を一切信じないという形で裏切ったあの人を愛するなんて、無理だわ」

「そう、だよな」

安心してしまうなんて、俺はなんて醜い心を持っているのだろう。

心当たりはひとつ潰れたが、ならばその幸福な相手は誰だろうと探るような目を向けてしまう俺にレミリアは少し困ったように笑った。

「……アンヘルも、ある意味ではよく知ってる人よ」

「え？」

「最初、実は……その人に対して内心怒りを感じるような出会いをしたのだけれど」

レミリアの言ったことを理解してしばらく、おめでたい俺の頭は「俺では？」なんて楽天的なことを思い付いてしまう。

いや、だってあの時の謁見の間での態度は、打算なしに救いに来てくれたレミリアからすれば怒りを感じてもおかしくないやり取りだった。

温厚な彼女が内心怒りを感じる、とまで言うならそのくらいの余程のことに違いない。

「それでも、わたくしを守るために悪意に立ち塞がってくれたり……わたくしのことをとても気遣ってくれる姿を見たり……わたくしのために力になりたいとまで言ってくれて。気が付いたらわたくしも相手のことをとても大切に思うようになっていたの」

俺では？

あれだろ……？

その、邪神を浄化する前に戦闘を行ったけど、その時の話だろ？

あの時点で……俺は、多分レミリアに惹《ひ》かれていたけど。そのせいか無意識に庇《かば》うような動きをしていたらしい。

邪神を浄化したその後、今でもずっと自分を顧みずに魔族の助けになろうとするレミリアの体調を気遣ったりもしたがその時からレミリアも俺を……？

「その人は、わたくしの名誉のことまで気にしてくれて……何より、わたくしに幸せになって欲しい、と思ってくれているの」

これは間違いなく俺では？

例の星の乙女の犯罪行為を明らかにすると積極的に力を貸しているしな。

そして……クリムトか!?　た、確かに俺の想いはバラしてないが俺が吐いた弱音を伝えてしまうとは……。

俺は顔から火が出る思いだった。

「わたくしは、これが恋愛と呼ぶものか、まだ分からないけど……その人のためにも、魔族を救うことができて本当に良かったと思っているし、実はほんの少し弱いところもあるその人を、わたくしは守ってあげたい、と思ったの」

これは間違いなく俺だな!!

……守る、導く立場で親からも厳しい言葉しかかけられたことのなかった俺は、「守ってあげたい」というその言葉が自分でも想像していなかったくらいに胸に響いていた。

ああ、俺も……大切な存在は守りたいし、ずっとレミリアの幸せだけを望んでいる。周りに自分を偽っていたわけではないが……自分の弱さも見抜いた上で受け入れてもらえるのは、心の底から嬉《うれ》しい。

両思いを確信した俺は、「素敵なドレスをありがとう」と美しく笑うレミリアを部屋まで送るとふわふわした夢見心地のまま自分の執務室に戻った。

部屋の中で首を長くして待っていたミザリーとクリムトに、「で、兄さんは好きだって伝えたんですか？」と責められた後に呆《あき》れた顔をされたのは言うまでもない。

……とうとう夜会の当日になってしまった。相変わらず弟妹からは冷たい視線が寄越されている。

過去の罪が誰のものだったかを明らかにして、自分を信頼しなかった婚約者や家族まで救おうと今日に向けて気を巡らせているレミリアに負担をかけたくなかったのだと弁明したが全く聞き入れられなかった。

当日になっても告白もしていないのに自分の色を纏《まと》わせて、兄さんの愛は重すぎるし卑怯だと散々言われた。

自分でもそう思うが、夜会で他の男に言い寄られるレミリアは見たくない。レミリアの母国には、婚約者は互いの髪や瞳の色の装飾品を贈り合ったり身に着けたりする文化があるという話を聞いている。

全身を俺の色で固めた彼女を口説こうとする男は出ないだろう。断罪劇の前に余計なトラブルを退けるためでもある、と自分に言い訳をする。

馬車の中であんなに緊張していた彼女を一人で会場に入らせるのはやはり気が進まない。こちらの国の社交の場では、エスコートをするのは親族か、親族以外の男性なら婚約者とみなされると聞いた。告白もしていない俺がその立場を願うのはわがままだ。

「だからはやく想いを伝えれば良かったのに」とミザリーにグチグチ言われても何も反論ができなかった。

今日の予定では、夜会の最中宴《うたげ》がある程度盛り上がったら台本通り王から「親睦が深まった記念にこれから交易をさらに強めることにする。具体的には……」と発表がある。

さもこの夜会の最中に決まったように話をされるが全て打ち合わせ通りだ。人の世界の政治はややこしくて面倒であるが、これも滞りなくことを運ぶために必要な手順なのだろう。

スフィア嬢、および話を通してあるクリムトとミザリーと立てた計画により、この発表の後に「その前に真の罪人を明らかにしてこの国の中枢から膿《うみ》を出さねばならない」と俺が割って入ることになっている。

場を乱すことになるが、レミリアは冤罪《えんざい》でもっとひどい騒ぎを起こされたし、後で「詫《わ》びに」と王家と貴族連中にリリン酒の瓶を送っておけばいいだろうとスフィア嬢から助言をもらっている。人の世界には慢性に至った病気を治癒する方法がほぼない。

こちらが星の乙女の正体を暴いてやり、詫びとしてこれを差し出せば向こうは何も言えないどころか感謝するに違いないと言っていたが、その通りだろうな。

なのにその夜会開始直後の初《しょ》っ端《ぱな》。

乾杯が終わって星の乙女のかけた恋の秘薬の呪いが解けた直後……俺とこの国の王のやり取りから何を勘違いしたのか、その星の乙女当人が走り寄って俺に声をかけてきたのだ。

……この国でも、身分が下の者から声をかけるのはマナー違反で、場合によっては不敬罪が適用されたと思ったが。それともまさかこの女は俺より立場が上のつもりなのだろうか？

夜会の場で口にするにはかなり直接的な「お飾り」という嫌味も通じない。知ってはいたが、この無礼な女は何なんだ？　とあえて聞けば名を問われたと思ったのか自己紹介までされてしまう。

挙句許していないのに俺の名を呼ぶ。……薬を使って、その薬の効果がこの女の力で増幅されていた可能性があるとは言え……こんな酷《ひど》い女に籠絡《ろうらく》されて、その反対にレミリアの言葉を信用しなかったというのか……？

あまりの衝撃に頭が上手く働かない。しかも、この女からは……レミリアが助言によって、取り扱いを制限した薬物の名で流した香水の匂いがした。

レミリアの言葉を信用した上で、どの程度の危険があるか薬術師に調べさせたが、それら全てに精神依存の形成と軽い向精神作用が認められた。

資格者が薬に加工した上で管理して投薬するなら問題ないが、例えばこれを長期的に摂取させられたら確かにレミリアの言う通りに感情を操ることになるだろう。

副作用らしい副作用はなかったが、「意にそわぬ好意を植え付けられる」というだけで十分に害がある。

しばらく前にその輸出禁止を命じたリリスの花の蜜と、アスモーディの塊根を求める者がいたのだ。ただ禁じようとも思ったのだが、レミリアがふと漏らした言葉から閃《ひらめ》いて罠《わな》をかけることにした。

魔界原産で人の世にない、全く別のものだが検出が容易な特徴的な匂いの香水と、独特な味の根菜をそれと偽って……賄賂《わいろ》に負けたように見せて流させたのだ。

途中で仲介人が死んでいたために足取りはそこで途切れたが、この女が欲しがったのか。さらに俺の瞳のことも知っている。一応魔族でも民にはわざわざ言っていないようなことなのだが。レミリアの話から描いた通りの人物像、知らぬはずの知識を持っているがそれを邪悪なことにしか使わない存在、だな。

予定は狂ったが、先にこの女がわざわざ絡んできたのだ。

俺とスフィア嬢はこっそりアイコンタクトをして、予定よりもかなり早いが今からこの女の化けの皮を剥ぐことにした。その出鼻を挫《くじ》かれる形で「魔族の方と友好のために同盟を結ぶんですよね？　その同盟のために、この国を代表する星の乙女の私と……魔王陛下が結婚するとかとても良いアイデアだと思うんです」などと言い出して心底驚愕《きょうがく》する。

……この女は何を言ってるんだ？

しかし、その言葉に嘘《うそ》がないのが分かるからこそ俺は混乱する。

……本気でこいつ、俺と自分が結婚するのがとても良いアイデアだと心底思っている。レミリアを貶《おとし》めてまで王太子の隣を奪ったのではなかったのか？

他にも何人も男を侍《はべ》らせるのが好きだったらしいと話を聞いたが、まさかそこに俺も入れるつもりか。やめてくれ。

混乱と怒りが湧いて頭が沸騰しそうになっていた俺の腕にそっとレミリアが寄り添う。

それで冷静さを取り戻した俺は手が出そうになっていたのをなんとか堪《こら》えた。さらにレミリアは、非常識なことを言い出して場を乱したそこの女を気遣って下がらせてやろうという配慮まで見せる。

ほんとにどこまで優しいんだ……。

まぁそれをあの女がありがたく受け取るような性格じゃないのは分かっていたが。少しタイミングは狂ったが、やり取りは綿密に打ち合わせ済みだ。

この俺に、嘘を見抜くと分かっている俺の前で何とか偽りを口にせずレミリアを再度貶めようと苦心するのをばっさりと切り捨てつつも……この場面を見てレミリアが、俺があの女に誘惑されるのではと一瞬たりとも心配させるわけにはいかないと気が焦りすぎた俺は気が付いたらレミリアへの愛を叫んでいた。

……しまった、星の乙女の嘘を暴き、国自体の繋《つな》がりは交易を介して強固になり、めでたしめでたしとなったラストダンスを終えてムードたっぷりの中、バルコニーにでも誘ってそこで告白しようと思ったのに……。

しかし勢いで口走った俺に呆れるでもなく、レミリアは涙ぐんで「嬉しい」と答えてくれた。

不甲斐《ふがい》なくも、先に探るような真似をして答えを聞いていたが、こうして言葉で聞くと感動もひとしおだ。

このまま庭園に連れ去って告白をやり直したい気分だが、あの星の乙女の吊《つ》るし上げがまだ途中だ。本来の目的を忘れかけてレミリアしか目に入ってなかった俺の耳に、スフィア嬢の介入する声が聞こえた。

茶番だが、打ち合わせ通りにあの女の罪を明らかにする「過去の水鏡」の上映会を始める。

あの女の罪の捏造《ねつぞう》をする光景に加えて、あの女が部屋で物に当たりながら自分より高貴な身分の美しい女性や、自分になびかなかった男への怨嗟《えんさ》を叫んでいる場面も挟んでおいた。恋の秘薬と魅力の香水の効果がなくなり、フラットにものが見られるようになった周りの人間達はその映像を見てあの女に嫌悪の目を向けている。

偽証が明らかにされた当時の証言者である子息子女達は、口々に「だってあの時はピナさんの方が正しいと思って」「いっぱい証拠があったから本当のことだと思って」と言い訳だけを醜く垂れ流す。

レミリアに謝罪をした者は指で数えるほどしかいなかった。

……そのような者達に許しを与える必要はないな。犯罪者の自覚もない人間に国の重要な椅子を与えるのはいかがなものかと後で匂わせておこう。

最後に、レミリアに罪を着せる上であの女の手足となっていた、レミリアの元護衛の映像。

侍女達は金銭と引き換えにレミリアを裏切ったが、護衛の男達はそれに加えて体を褒美に差し出されていた。

おぞましい報酬に目がくらんだ愚か者に、無関係の男との性的な関係を匂わせるような嘘を吐《つ》かれて、清らかな彼女はどんなにか傷付いただろう。本当に淫乱な悪女だったのはどちらだったかを白日の下に晒《さら》してやる。

決定的な場面を流して、羞恥もささやかだが罰の付加物にしてやろうかと思ったが当のレミリアに止められてしまった。……レミリアが嫌がると思って、この場で吊るし上げを行うのは黙っていたのだが。思っていたより障壁を解かれるまでが早かったな、失敗だ。

ふと顔を向けるとレミリアを睨《にら》みつける、レミリアの実の父母がいた。

本来だったら結婚の挨拶をするべきなのだろうが、レミリアを信用せずにトカゲのしっぽ切りとばかりに見捨てたあの者達に礼儀を通す気はない。声をかけることすらせずに無視をして話に戻る。

どうやら、とうとう曇った目が覚めて王太子殿達が真実に気付いたようだ。

遅すぎるがな。

手も払い除《の》けられて、みっともなく床に這《は》いつくばった星の乙女は何事か呻《うめ》き出した。その状態の星の乙女をレミリアが気にかけて、手を伸ばしそうな気配を見せる。

やめなさいそんな悍《おぞ》ましいものに近寄るのは。

案の定、「発狂」という言葉がこれ以上になく似合うほど錯乱した女が、見た限り重そうなドレスを纏っているのにそれをものともしない動きで跳躍してレミリアに飛びかかろうとした。思わず手加減せずに叩《たた》き落としてしまったが……まぁこの女への「星の乙女」としてのわずかな名誉すら今はもうないから外交問題にはならないか。

この場の全員の目が覚めて目標を完遂した俺と裏腹に、汚く喚《わめ》くその女を前にしてレミリアは「可哀想」と泣き始めた。……恨みも、怒りも、ないのか。

レミリアの言葉に嘘はなかった。

ひたすら、嘘を吐いて……人を犯罪者に仕立て上げ……薬を盛って偽りの愛情に喜んでいたあの女を哀れんで泣いている。でも、その姿はとてもレミリアらしくて……ああ、レミリアならこんな女にでも同情してやるのだろうなと思うと彼女のことがさらに愛《いと》おしく感じた。

あの女が兵士に連れられて退場した後、一応魔族の執政者として仕事をしておく。魔族が狂化して悪魔と呼ばれていたのも、魔族が信仰する創世神が堕ちて邪神となりかけ世界が滅ぶところだったのも、気が狂った女の戯言《たわごと》と思われようが人の耳に入れるわけにはいかない。

本当のところは口封じのためにあの女を処刑したいのだが、レミリアはあんな奴相手でも心を痛めるだろうから難しい。

人にものを伝える声や文字を書く指などの手段を全て奪った上で禁固刑が妥当だろうか？　この国の王の意思決定にもよるからそこは確定ではないが。

殺せないなら……レミリアのそれまでの幸せを奪った罪で死を望むほどの罰を与えるのは最低限必要だ。

そうして結局、夜会はあの騒ぎで流れてラストダンスどころかその後全ての予定が消えた。あの女が予想以上に騒いだためそれも仕方がないか。

つまり俺もレミリアに対しての告白がまだできていない。最近はクリムトとミザリーだけではなくスフィア嬢にまで「ヘタレ」と謗《そし》られ、今日など「想いを伝えるまで魔界の転移門は潜《くぐ》らせませんから」とまで言われて追い出された状態でやってきている。

今日は……レミリアが王城に呼ばれて、かつての婚約者だったウィリアルドと顔を合わせる場が設けられていた。謝罪のためと名目が掲げられていたが、あの男が復縁を願い出るのは明白だった。

魔術を使い盗み聞きをしていた俺は、レミリアが王太子を拒絶したことに安堵《あんど》のため息を漏らす。

本人の口から聞いていたが、臆病な俺は今日のこの場を目にするまで「もしかしたら」と悪夢に見るほど悪い想像を散々していたのだ。

「レミリア……これは、あの王子とお前がケリをつけたら改めて告げようと思ってたんだ。……俺と結婚して欲しい」

けりがついてから、最初からそのつもりだったように言い訳をしてしまう。

……告白しようとしていたのが怖気付いて延ばし延ばしになっていたなんて、惚《ほ》れた女に格好が悪くてさすがに言えない。このくらいはクリムト達も許してくれるだろう。

しかも想いを告げるだけのはずだったのが、気が付いたら俺の口はプロポーズしていた。欲望に忠実すぎて、というか先走りすぎて自分でも呆れる。

種族や寿命の違いは恋愛関係になってからじっくり向き合って、それから結婚を考えてもらう予定だったのに。

「たった一人で俺の前に現れた……お人好しで傷付きやすいくせに、人を放っておけないレミリアが、好きなんだ。そんなレミリアを守りたいし……できることなら俺の手で、レミリアのことを幸せにしたい」

慌てた俺は全部口走った後に今更なことを話し出す。

間抜けなプロポーズになってしまったが、レミリアは涙をこぼして喜んでくれた。俺となら幸せになれる気がする、とまだ心の傷が癒えていないことを窺わせて……それがひどく痛ましくて。

絶対に幸せにする。いや、二人で幸せになろう。そう強く誓って、夢みたいに美しくて平和な庭園の中でレミリアと初めての口付けを交わした。


現存する魔族にとっては初めての慶事、として俺とレミリアの結婚式は盛大に行われた。

レミリアの母国の風習に倣《なら》った真っ白いウェディングドレス……という花嫁衣装に身を包んだレミリアは誰にも見せたくなくなるほどに美しい。結婚式は本来の王族の伝統、永らく行えていなかった創世神の神殿での宣誓の後、神殿前の広間に民を呼び入れての立食パーティー。近しい者達はこうしてバルコニーに集める。

今日は朝からクリムトもミザリーも泣きながら喜んでくれて、レミリアを守る女騎士として介添人を務めるスフィア嬢などは泣きながら「レミリア様を娶《めと》れる幸運と幸せに最大限感謝してくださいね！」などと俺に言い放ち周囲を笑わせた。

「もちろんだ、レミリアは俺には過ぎた女性だが、彼女と出会えて、想いを受け入れてもらえた自分の幸運に感謝しつつ……全力で愛して一緒に幸せになりたいと思う」

臆面もなく言い切った俺に、かつて父と母を失った経緯を知っているこの場の全員が心からの「おめでとう」を送ってくれた。

今なら、母を自らの手によって失い命を絶った父の絶望が分かる。

「ダメよ……アンヘル、口紅が落ちちゃうわ」

「スフィア嬢が化粧直ししてくれるだろう」

抗議の声を聞き入れず、見せ付けるように皆の前でレミリアに口付ける。

困った子供を見るような彼女の青い瞳に、甘やかされてる実感が湧いて幸せが胸に満ちた。

「レミリア……愛してるよ」

返事を聞かずに再度口付ける。レミリアの浮かべたとろけるように幸せそうな笑みで、聞かずとも分かっていたから。


「あら、アンヘル。また結婚式の映像を見てるの？」

「ああ、何でだと思う？」

「懐かしいからかしら？」

「違うよ……！　君が最近あまり構ってくれなくなったからだよ！」

「あら……しょうがないじゃない、子供が二人もいたらパパと二人きりの時間はどうしても少なくなるもの」

「俺はもうちょっとレミリアとイチャイチャしたいんだが……」

長男のアンリが五歳になって、やっと乳母に任せられる時間が増えて多少手が離れたと思ったら二人目だ。

いや、嬉しい……嬉しいのだが、もうちょっと俺との時間を作ってくれても良いと思う。

そう思うと一人目だったので大変に感じていたがアンリは手がかからない子供だったんだな。

育てやすさは本当にその子によると聞いていたが、エミは起きている時はレミリアが抱いてないとすぐ泣くし、乳母の乳も受け付けないので毎度レミリアが授乳する必要がある。

必然、俺とレミリアの二人きりの時間はほぼなくなる。レミリアはいいお母さんなので、子供がいるとちょっと強いイチャイチャは許してくれない。

教育に悪いのだそうだ。頬や髪へのキス、ハグだけではちょっとスキンシップが足りない。

今も、授乳中に俺がレミリアにちょっかいをかけていたら部屋から追い出されてしまった。

……授乳のために、平時もふくよかなレミリアの胸の膨らみがさらにけしからんことになっているので、ついその柔らかさが恋しくなってしまった俺が悪いのは分かっている。分かっているのだが……。

うちの奥さんは笑顔のまま怒るから怖いのだ。すっかり尻に敷かれてしまっている。

それにしてもエミはいつになったらパパに慣れてくれるんだろう。

授乳は俺にはできないし、王としての執務の合間を縫って育児に参加しようと思っても泣き止んでくれず、そのうち泣きすぎて疲れ果てて可哀想に、顔を真っ赤にしたエミを風呂などで席を外していたレミリアに渡すとあっという間に泣き止んだりする。とてもショックである。

「とーさん、またかーさんにワガママ言ってるの？」

「……アンリ、俺は困らせてなど……これは家族のすれ違いを解消するための大事な会話で……」

「アンリ、クリムトおじさまがアップルパイ焼いたから、スフィアのとこからニコラス君連れて息抜きに食べにいらっしゃいって言ってたわよ」

「ほんと⁉　わーい」

戻ってきてすぐに、我が弟の作ったアップルパイにつられて可愛い息子は厨房《ちゅうぼう》に走っていってしまった。

アンリは男の子だが、髪の色と瞳が俺と同じだけでその他……顔などはそのままレミリアそっくりなのだ。アンリに冷たくされるとレミリアに冷たくされた錯覚が起きて胸がキュッとしてしまう。

ま、まぁ、あのくらいの歳だと父親より友人か……。俺は自分を必死で慰めた。

ちなみにクリムトとスフィアは俺達の後に結婚し、俺達より先に子供を授かったためニコラスはアンリの二つ上だ。

母親のスフィアは将来はアンリの側近に……と言って騎士として育てているが、今のところただの幼馴染《おさななじ》みである。

いいな……クリムトは現在城の厨房を預かるチーフコックである。晩餐会《ばんさんかい》でもない限り業務終了時間は比較的早い。

夜番は専用の人員がいるしな。それと反対に国のトップは家族とゆったり過ごす時間を作るのも一苦労だ。

休憩時間がエミの授乳と被《かぶ》って、部屋まで追い出されていじけていた俺の横にレミリアは腰を下ろした。

胸にスヤスヤ眠るエミを抱いたまま……俺の頬に軽く口付けを落とす。

「まったく寂しがりなパパですね」

「レミリア……」

隣に座った俺のことを甘やかすように、自分より上背のある男の頭を撫《な》でてくれる。

授乳したてのエミからはふわりとミルクの香りがして……今があまりに幸せすぎると感じた。この同じ城の中で母を見殺しにして父の自死を見ているしかできなかった昔の俺がレミリアのおかげで少しずつ癒されていくようだった。

こんな、平穏で幸せな時間があると思っていなかった。

自分がこんな幸せになれると思ってなかった。幸せな家庭も、宝物である子供達も、全部、全部レミリアが俺に与えてくれた。

……俺だけにじゃなくて、魔族全員を救ってくれた。

一緒に幸せになろう、と結婚を誓ったけど。俺がもらった幸せを返す前にレミリアがくれた幸せが増える一方だ。

「レミリア、愛してるよ」

「なぁに、いきなり。……わたくしも愛してるわ、アンヘル。子供達の次に、ね」

いつしか、子供が生まれてからレミリアの一番は取られてしまった。

俺は、それも幸せだと感じている。

聖女様の宝物（書き下ろし）

お兄ちゃんはママとパパにそっくりでいいなぁ。顔はママ、髪の毛の色と目の色はパパと同じ。私は「どっちにも似てない」ってみんなに言われる。髪は黒で、目はこげ茶。ママは金髪に濃い空色の目、パパの髪は黒から青にだんだん変わる不思議な色で、目はママの髪と同じ金色。どっちの色も私には入ってない。お兄ちゃんはパパと同じ、くるんってなった角も生えてるけど私にはない。お兄ちゃんがママとパパといると親子ってすぐ分かるけど、私が三人と一緒に並ぶとよそのうちの子みたい。

従兄弟《いとこ》のニコラスお兄ちゃんは「エミも美人だからそこはレミリア様に似たんだよ」って言ってくれるけど、私は垂れ目でママとは似てない。

「エミ、どうしたの？　何か悲しいことがあったの？」

家族で撮った写真を眺めてむっつり黙ってると、ママが私を抱き上げて心配そうに聞いてきた。本物のママは今眺めてた写真より美人で、そんなママに顔を覗《のぞ》き込まれると、悲しいとは違うけど羨ましいとも言えないよく分からないモヤモヤが胸の中に湧いてきて、あっと思った時には私の目の前は涙で滲《にじ》んでいた。

「あら……エミのおめめから雨が降ってきちゃったね、雨が止むまでママがギュッとしてていいかしら？」

「…………っ」

黙ったままポロポロ泣き続ける私はされるがままに抱きしめられた。ママの匂いがする。首元、背中を撫《な》でられるとだんだん気持ちが落ち着いてくる。

「どうしたの……？　何があったのか、ママに話してくれる？」

私は写真を見ながら感じた、一人だけ「よそのうちの子」みたいな寂しい気持ちを泣きながら話した。涙声で、話だって、ぐちゃぐちゃになってて話してる自分もよく分からなくなってくる。

そんな私の話を聞きながら、ママはうんうんって頭と背中を撫でてくれる。

「ママはエミの、カラメルみたいな優しいこげ茶色のおめめも、艶々の黒い髪も大好きなのに」

「でも、でも……ママかパパといっしょの色が私も欲しかった……」

「色なんて違ってもエミはママの大切な娘よ？」

ギュッとしてもらうとママの匂いがたくさんする。私の大好きな匂い。

「わたくしの大切な大切な宝物さん、どうか泣かないで」

ママの腕の中に優しく声が降ってきて、私はなんだか安心しすぎて眠くなってしまう。泣かないで、とその声の方に、どこか悲しみが滲んでいた。

「エミ……わたくしの大切なエミ、大丈夫よ、すぐにそんなこと気にならなくなるわ」

ママの言葉に「そうか気にならなくなるのか」と私はストンと受け入れた。しばらくすると、寂しかった気持ちはすっかり薄れて、泣き疲れた私はそのままママの腕の中でいつの間にか眠ってしまっていた。

「エミ、壁際で何してるんだ？」

「あ、お兄ちゃん」

「どうした改めて昔の家族写真なんて見入って」

「ああ、ちょっとね。……この頃の私から今は大分見た目が変わったなって思って」

「そうか？　……確かに色は少し変わったけど、顔立ちとかは子供の頃から成長しただけに見えるぞ？」

魔族のパパも、お兄ちゃんを産む前に純粋な人間じゃなくなったママも今も全く変わらない美貌だ。お兄ちゃんも、この小さい頃の美少年から順当に美青年に成長した。男女関わらずモテるのを妹の私は知っている。

しかし家族写真の中の幼い私は、金髪碧眼《へきがん》のママに、黒から青に変わるグラデーションの髪に金色の瞳を持ったパパとの間に生まれたと思えない地味な黒髪茶目をしていて、一人だけ色が地味で逆に目についてしまう。

今の私は、ある頃から髪の毛の先端がうっすら金色がかった色味になり、現在は根元が黒で金に変わるグラデーションカラーだ。瞳にもいつからかこげ茶の中に青が混じって不思議な色になっている。そして何より嬉《うれ》しいことに、ママほどではないがそこそこ美人に成長したため並んでいても家族に見えない、なんてことがなくなったのだ。

そう、自分では顔つきもかなり変わったと思うんだけど。変わりすぎて、違和感まではいかないけど我ながら感心するほど面影がない。そんな、少し外見がコンプレックスだった子供の頃から私のことを可愛い可愛い、と公言しているお兄ちゃんの目はあまり信用していない。確実に兄の欲目が入っているし……そもそもママにそっくりの輝くような美形に生まれたお兄ちゃんに言われても……。

「俺達みたいな魔族と人間のハーフの生態はよく分かってないからなぁ、ほらニコラスだって成人してから角が生えたし、エミの目の色とかが変わったのもそれと同じだろ」

じゃあ私もそのうち角が生える可能性があるのだろうか。それはちょっとめんどくさいなぁ。パパもお兄ちゃんも角が生えてるけど、被《かぶ》って着るようなラフな服は着られなくなるし、毎年少し伸びる角が皮膚を引っ張ってその時期は痛痒《いたがゆ》くなるそうだ。あと頭が重くなるから首と肩が凝りやすくなるんだって。魔術を使う時には触媒として重要な要素になるらしいけど。パパはともかくお兄ちゃんもニコラスも戦うのがメインの仕事ってわけじゃないからそこまで便利そうにはしてない。

大人になってから突然生えてくるなんて親知らずみたい。

そう思ってふと違和感に首を傾《かし》げた。……「親知らず」って何？

「どうした？」

「ん、いや……なんか、よく分かんないこと思い出しただけ。何でもない」

私は昔から、こんなことがよくある。自分でも意味の分からない、知らない単語や行ったこともない場所の風景や知らないはずの人達の顔や思い出がたまにふっと頭をよぎる。寂しさを感じることはなく、懐かしさの残り香だけが漂う。嫌な感覚ではない。

「入学の準備は済んだのか？」

「うん。……と言っても毎日転移魔法で帰って来るんだし、何か足らなくなったら取りに戻るよ。まぁニコラスが準備ほとんどやってくれたから不備なんてないと思うけど」

見聞を広げるために留学したい！　芸術について学びたい！　と言い出した私。

私が暮らすここ、魔族の国は私の生まれるちょっと前まで瘴気《しょうき》に悩まされ、生きていくだけで精一杯の暮らしをしていた。もともと魔術や魔道具については外国を引き離していたし、今は衣食住については困っていないが、音楽や芸術などの文化面では外国に大きく遅れをとっている。外国の文化を知った、魔国の国民からも芝居小屋や美術館の建設や楽器の輸入について声が上がっていると聞いて、もともとそっち方面にとても興味のあった私はこの道に進む将来を考えた。

私はこの国に、芸術や音楽を学べる学校を作りたいのだ。そのためには自分がまず学ぶのが一番。

当初はその、外国である……学園の寮に入る予定だったのだが。突如私に転移魔法の才能が芽生えてここから毎朝通うこととなった。魔力は多いから、ここと芸術都市フィレーブルにある学園を往復するのは問題ない。まぁ、私もママと離れて寮暮らしは寂しかったからちょうどいいんだけど。私は自他共に認めるマザコンである。

「エミが外国に留学するなんて言い出してしばらくは、母さんもついていっちゃうんじゃないかって冷や冷やしてたから良かったよ」

「え、救世の聖女って呼ばれてるママが魔国から出るなんて大騒ぎじゃない。そんなことしないでしょ」

ニコラスの作ってくれたクッキーを齧《かじ》りながら、「あるんだよなぁ……」と呟《つぶや》いたお兄ちゃんの目はまたどこか遠いところを見ていた。

「まぁ……エミが楽しく学園で過ごせたらそれでいいよ。俺は父さんの跡を継ぐから学校では学べない内容が多いし、仕事を手伝って実地で学ぶことを選んだけど。楽しみにしてた友達も出来るといいな」

「うん、将来有望な芸術家の卵もスカウトしてくる予定だから、任せて！」

「あら、わたくしの宝物さん達。可愛いお顔を寄せ合って何をお話ししているの？」

「ママ！」

焼き立てのシフォンケーキを持って現れたママを認めた私はパッと身を翻してママの横からぴったり抱きついた。ふわりと香ばしいショコラの匂いで、さっき焼き菓子を食べたのにいくらでも入りそうな気がしてくる。

「エミの留学について話してたんだよ。通うことができるようになって良かったなって」

「そうね、エミが数ヶ月に一度しか帰ってこないなんて考えるだけで寂しくて。ママが転移で毎朝送ろうかしらってアンヘルと話したくらいよ。エミに転移の才能が芽生えて本当に良かったわ」

「ほんと、ちょうどいいタイミングだったね」

「きっとエミが良い子だから、神様が家族と離れて暮らさなくて済むようにって授けてくださったのよ」

ママはテーブルセットにトレイを置くと私とお兄ちゃんの前に一人分に切り分けたシフォンケーキ

を置いた。ミルクティーを淹《い》れながら、そうしみじみと話している。

一方私は、神様まで持ち出して良い子と言われて、ちょっと気恥ずかしくなって……くすぐったさに思わず聞こえないフリをしてミルクティーに口をつけた。

「アンリのお勉強は順調？」

「ああ、執務の方はね。……魔王の義務である魔物討伐は……父さんが俺に過保護でさ、ずっと後衛のままで一回も前に出してくれないけど」

パパは私とお兄ちゃんに過保護だからなぁ。留学の件も、「外国でエミに何かあったらどうする！」と最後まで聞き分けなく反対していた。

最終的に「私の夢を頭ごなしに否定するパパなんて嫌いになっちゃうよ！」とママの入れ知恵で言ったら何とかなったけど。お兄ちゃん曰《いわ》く、「静かにエミ恋しさを募らせる母さんの方がヤバかった」と言っていたが……何のことだろう。ママは引き止めるようなこと一回も言わなかったのにね。

「アンリは魔術師向きの才能じゃないの。隊員それぞれの役割は大事よ」

「でもニコラスだって後衛並みに魔法は使えるけど剣士として前に出てるのに。俺だって魔法が特に得意ってだけで、前衛だってできるくらい武器も使える」

「あらあら」

困ったように、ママはお兄ちゃんの頭を撫でる。お兄ちゃんは少し恥ずかしそうにしつつもされるがままにママにフワフワされていた。

私は知っている、お兄ちゃんはママに憧れているのだ。ママが聖女になった一連の出来事……世界中で舞台や絵本にもなってる話を見聞きして、当時一人で世界中のダンジョンを巡ったママみたいに、魔術師としても剣士としても一流、その上斥候もこなして、回復魔法まで使える。そんなママみたいになりたいんだって妹の私だけは知っている。パパについては、お兄ちゃん曰く「父さんは脳筋だからな……」「確かに世界一強いけど俺が目指すのとちょっと違う」と言っていた。

ちなみに私はママから魔術師の才能は引いているが、運動音痴で戦闘なんてできないレベルなので人の足を踏まずにダンスを踊ることでやっとだ。適材適所よ。

なお、私にも夢がある。やっと心や生活に余裕ができたこの国に劇場や美術館、コンサートホールや出版社を作る。その後に聖女になるまでのママの旅について詳細に語られた大長編の本を発売し、ゆくゆくは何部作かに分かれた劇に昇華してこの国から発信し、世界中に救世の聖女の偉業を今よりも広く詳しく皆に知って欲しいのだ。

ただの英雄譚《たん》ではなく、後世まで残る史実としてきちんとママの活躍を記録しないと！　私は使命に満ち溢《あふ》れていた。ただ、これをそのままママに伝えたら恥ずかしがってしまうのが想像できるため（そんな様子もきっと可愛いだろうけど）表向きの「この国に文化を輸入したいの！」以外の目的は誰にも話していない私の野望だ。折を見て、スフィアさんには相談するつもりだ。子供の頃の私とお兄ちゃんに、ねだられるままに何度も救世の聖女のお話を情熱をこめて話してくれた彼女ならきっと大賛成してくれるだろう。

この時はまだ、入学式を迎えた私がママの姿を新任教師として紹介される壇上に見て驚く羽目になるのをまだ知らない。

なんでも魔族に伝わる魔法「過去の水鏡」を使って、お芝居や演奏を遠く離れた場所でも楽しめるように魔法技術を広めるために特別に招かれたと紹介されていたが。いや、確かにそんなことができるようになったら素晴らしい文化革命だと思うけどね!? ……「毎日夜までエミに会えないのは寂しい」って言ってたの、もしかしてそのせいでは……いやまさか……。

こんなに新入生はたくさんいるのに、ママは私をすぐに見つけてくれる。目が合って、優しく微笑《ほほえ》んだ。ひらりと小さく手が振られて、私の周辺にいた男子生徒が色めき立った。私のママですけど!? 喧嘩《けんか》を売りそうになるのをグッと堪えた。……いけない、勉強を頑張りながらママに変な虫が付かないように目を光らせないと。

私は、波乱の待ち構えた、忙しくなりそうな学園生活にやる気を漲《みなぎ》らせた。

あとがき

この『悪役令嬢の中の人』は作者の「悪役令嬢が悪役であるまま幸せになる話が読みたい」というリビドーから生まれました。勢いで書き始めたとも言います。「婚約破棄からのざまぁも入れたい」「敵が破滅するスカッとする展開も欲しい」「自業自得で失恋して後悔して泣く愚か者（悪人ではない）を出したい」「共感はともかく応援できるような理由付けもしたい」「ヤンデレ美女」「クソデカ感情」と自分の好きな要素全部乗せ欲張りセットで作られたのがこちらになります。

思ったより反応をいただけて、驚くことに「小説家になろう」の短編累計一位にもなり、こうして書籍化までしてもらえてありがたいばかりです。ランキングに載った所は嬉しくて毎日スクショしてました。目に見えて形に残る評価は嬉しいです。でも自分が読みたくて形にした物語なのでその書いた作品に面白かった、など反応をいただけることが創作をしていて一番幸せです。

書くこと自体が楽しいのですが、やっぱり自分のど真ん中に刺さる話を生み出せるのは自分だなって読むたび思いますね。自分好みの話をこの世にまた一つ生み出せて満足です。今作のように読みたい話を自分で書いてるので、他の作品も「ざまぁモノ」ばかりです。本作が刺さった人は楽しめると思うので是非気が向いたら他の作品も読んでみてください。

今作の主人公のレミリア様については、たくさんの方から好意的な感想をいただきとても嬉しかったです。「本質は悪役のまま」一切ぶれないのが彼女の魅力として書きましたが、共感してもらえたからこそここまで反響があったのだと思っています。

結果的に世界が救われただけでまったく善人ではない、例えば断罪時にエミが「こんなつらい思いをするなら生まれ変わりたくなんてなかった」なんて思っていたら「ならこんな世界が存在する方が間違ってるわね」って躊躇なく丸ごと滅ぼしていた、そんな人物です。

愛が重い美女って良いよね……。

でも作中では苛烈な復讐をしましたが、きっとレミリア様が一番望んでいたのは自分が一生表に出なくても良いからエミちゃんが傷付くことなんてなく婚約破棄も断罪も起こらずあのまま幸せに暮らす優しい世界だったんだと思います。

連載時に心配する声が多かったので断言しますが、レミリアの本性は一生バレることはありません。

強く優しい救世の聖女のまま幸せな世界が最後まで続きます。

レミリアが信じた「エミが望む幸せな世界」はこの先もずっと守られて、報いを受けた悪人を除いてみんな幸せに暮らしました。そう締めくくって、あとがきに代えさせていただきます。

本著を手に取っていただきありがとうございました。また文字の世界でお会いしましょう。

ふつつかな悪女ではございますが

~雛宮蝶鼠とりかえ伝~

著:中村颯希　　イラスト:ゆき哉

『雛宮』――それは次代の妃を育成するため、五つの名家から姫君を集めた宮。次期皇后と呼び声も高く、蝶々のように美しい虚弱な雛女、玲琳は、それを妬んだ雛女、慧月に精神と身体を入れ替えられてしまう！　突如、そばかすだらけの鼠姫と呼ばれる嫌われ者、慧月の姿になってしまった玲琳。誰も信じてくれず、今まで優しくしてくれていた人達からは蔑まれ、劣悪な環境におかれるのだが……。大逆転後宮とりかえ伝、開幕！

後宮妃の隠しごと

～夜を守る龍の妃～

著：硝子町玻璃　　イラスト：白谷ゆう

龍に護られた大国、"凛"。その後宮には、龍の加護をもつ四人の妃賓がいた。その中のひとり、玲華は周囲がうらやむ美しさを持ちながらも、妃としての役目を果たさず周囲から置物の妃と言われ、疎まれていた。しかしある日、警護兵として後宮で働きだした青年、蒼燕が彼女の秘密を突き止め、その上「私をあなたのお傍に置いていただきたい」と志願してきて……？　豪華絢爛、奇奇怪怪、中華後宮ファンタジー。

龍鎖のオリ

―心の中の"こころ"―

著:cadet　　イラスト:sime

精霊が棲まう世界で、剣や魔法、気術を競い合うソルミナティ学園。ノゾムは実力主義のこの学園で、「能力抑圧」――力がまったく向上しないアビリティを授かってしまった。それでもノゾムは、血の滲む努力を続け、体を苛め抜いてきた。そんなある日、ノゾムは深い森の中で巨大な龍に遭遇する。その時、自身に巻き付いた鎖が可視化され、それをめいっぱい引きちぎったとき、今まで鬱積していた力のすべてが解放されて……!?

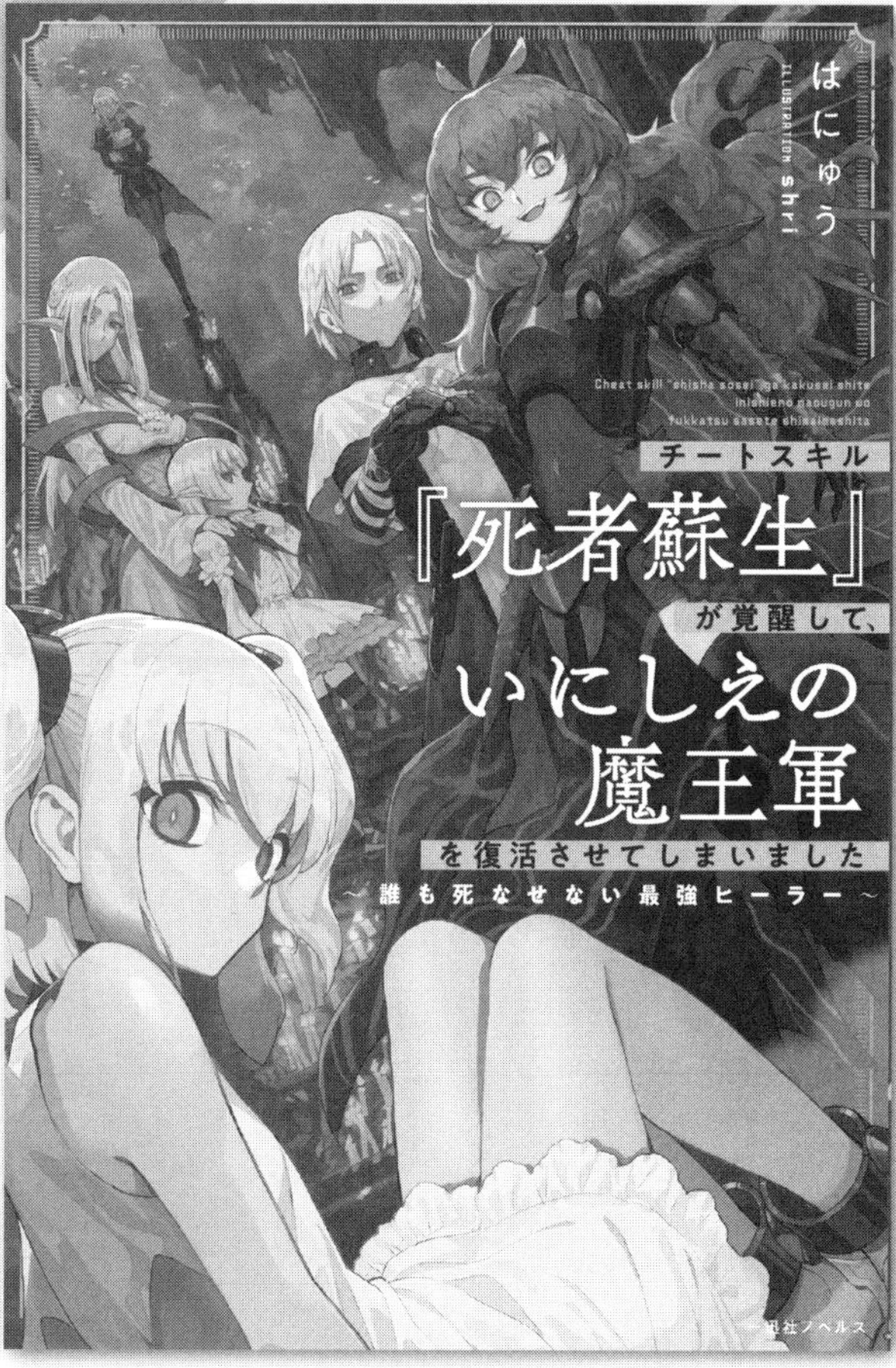

チートスキル『死者蘇生』が覚醒して、いにしえの魔王軍を復活させてしまいました～誰も死なせない最強ヒーラー～

著：はにゅう　　イラスト：shri

特殊スキル『死者蘇生』をもつ青年リヒトは、その力を恐れた国王の命令で仲間に裏切られ、理不尽に処刑された。しかし自身のスキルで蘇ったリヒトは、人間たちに復讐を誓う。そして古きダンジョンに眠る凶悪な魔王と下僕たちを蘇らせる！　しかし、意外とほんわかした面々にスムーズに受け入れられ、サクッと元仲間に復讐完了。さらにめちゃくちゃなやり方で仲間を増やしていき——。強くて死なない、チートな世界制圧はじめました。

悪《あく》役《やく》令《れい》嬢《じょう》の中《なか》の人《ひと》

2021年2月5日　初版発行
2024年9月24日　第4刷発行

初出……「悪役令嬢の中の人」
小説投稿サイト「小説家になろう」で掲載

【　著　者　】まきぶろ
【イラスト】紫《むらさき》 真《ま》依《い》

【発行者】野内雅宏

【発行所】株式会社一迅社
〒160-0022
東京都新宿区新宿3-1-13　京王新宿追分ビル5F
電話　03-5312-7432（編集）
電話　03-5312-6150（販売）

発売元：株式会社講談社（講談社・一迅社）

【印刷所・製本】大日本印刷株式会社
【　D　T　P　】株式会社三協美術

【　装　幀　】AFTERGLOW

ISBN978-4-7580-9337-8

おたよりの宛先
〒160-0022
東京都新宿区新宿3-1-13　京王新宿追分ビル5F
株式会社一迅社　ノベル編集部
まきぶろ先生・紫 真依先生